올레 감수광은 '올레 가세요?' 를 뜻하는 제주어입니다.

올레 감수광

느끼고 배우고 미친다　感修狂

글·사진 강민철

컬처플러스

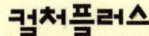

제주의 속살을
보고 싶은 당신에게

고향 제주는 내게 아픔이다.

누구의 고향인들 다 좋기만 하겠는가마는 유독 내게 고향은 붕대 하나 감지 못한 상처다.

나에게 제주는 느닷없이 들이닥친 병마에 누이 둘을 하루아침에 잃어 언 땅에 묻은 곳이고, 아들 못 낳은 어머니가 구박받던 곳이고, 유년 시절 바다에 둘러싸여 유배지처럼 갑갑하게 느껴졌던 곳이다.

그런 연유였을까. 서울로 떠난 이후 1년에 한 번씩 추석 명절에 오고가다 아예 발길을 끊기도 했다. 그러고 보면 나 역시 고향을 탓할 주제가 못 된다.

성산포에 유채꽃이 피었느니, 한라산에 첫눈이 내렸느니 하는 고향 제주의 소식들에 무심히 지내다 보니 어느덧 제주에서 보낸 시간과 서울에서 보낸 세월이 거의 비슷해졌다. 이제야 제주 바다에서 적당한 거리로 헤엄쳐 나온 느낌이다.

　어느 날 열세 살 난 초등학생 아들놈의 등짝을 장롱에 붙여 놓고 키를 재다가 문득, 내 고향 제주가 생각났다. 생각하면 뭔가 흙탕물 같은 것이 밑바닥에서 올라오는 느낌인데 산들산들 봄바람 부는 날 한바탕 해원굿을 벌이고 싶은 마음이 간절했다.

　고향 제주에 내려가 한라산을 오르고 바닷가를 거닐다 우연히 열세 살의 나와 해후하고 싶었다. 그리고 마을이 내려다보이는 언덕배기에 앉아 있는 그 소년의 눈물을 닦아 주고 꿈에 대해 이야기하고 싶었다.

　그때 마침 올레가 새로운 문화 코드로 만들어져 세간에서 한참 주목을 받고 있었다. 쾌재를 불렀다. 집에 이야기할 좋은 핑곗거리가 생겼다. 제주국제공항에 내렸다. 하루에 한 코스씩 올레를 걸었다. 올레의 본뜻은 마을길과 집을 이어 주는 돌담길이다. 이런 의미를 바탕으로 사단법인 제주올레가 마을과 오름과 바다를 이어 새로운 문화 코드로서의 올레를 만든 것이다. 올레는 제주의 속살을 만져 볼 수 있는 시름길이라 할 수 있다.

　배낭을 메고 카메라를 들고 이리저리 두리번거리는 내게 제주사람들은 물었다. "어디서 와수광?" 어디에서 오셨나요? 나는 무장간첩처럼 말했다. "서울에서 왔습니다." 제주와 일정한 거리를 둔 채 객관적으로 고향을 바라보고 싶었기 때문에 죄를 짓는다는 생각은 들었지만 쌀밥 먹은 말투로 고향 사람들을 대했다.

나는 그렇게 제주를 돌아다녔다. 우연히 올레꾼들을 만나 길동무가 되기도 했다. 그런데 그들은 제주를 볼 뿐 듣지는 못하는 듯했다. 그들은 밭 가운데 무덤이 들어서 있는 모습을 왕왕 목격해도 왜 그렇게 묘를 쓰는지 가르쳐 주는 사람도 없고 마땅히 물어 볼 데도 없어 궁금증을 참고 그냥 걷기만 했다. 나는 자신이 걷고 있는 길이 어떤 길인지 알고 걸어야만 제대로 길을 가는 것이라고 생각한다.

제주의 오름과 바다는 첫사랑 여인처럼 아름다웠다. 모진 바람과 거친 파도에 깎인 갯깍은 날카롭고 거칠게도 보이지만 옆에서 보면 아름다운 턱선을 드러내 놓고 있다. 제주 섬은 무릉도원의 절경이 한 폭 한 폭 펼쳐지는 부채와 같다. 오름에 올라서면 섬들이 그림처럼 바다에 떠 있고 조각보 같은 밭과 형형색색의 지붕들이 조화를 이루며 삶을 노래하고 있다.

혼자서 길을 가다 신기루처럼 목격하는 풍광의 아름다움에 취하다 보면 때론 한 코스마저 다 가지 못한 채 인적 없는 밭길이나 바닷가 숲길 한가운데에서 해가 떨어져 당황한 적이 한두 번이 아니었다. 그럴 때마다 형님뻘 되는 동네 아저씨가 도와주었고 민박집 아주머니가 트럭을 몰고 나타났다. 귤밭에서 만난 제주 할망들도 두손 가득 햇귤을 나에게 내밀고는 배낭에 귤을 다 넣는 것을 확인하고 나서야 돌아섰다. 눈물이 날 것 같았다. 제주에 대한 아픔이 사라지는 순간이었다.

그런 와중에 내가 발견한 것은 제주 역시 아픈 상처가 많다는 것이었다. 제주는 상흔의 땅이다. 세상의 칼에 베여 목숨만을 부지한 채 성난 바다를 건너오던 먼 유배의 땅이고, 민초들이 몽골의 말발굽에 짓밟혔던 통한의 땅이고, 부모 형제들이 총탄과 죽창에 서로 죽임을 당했던 '4·3'의 땅이고, 일본군이 제국주의 망령에 휩싸여 오름과 바닷가에 동굴을 숭숭 파놓았던 식민의 땅이고, 미국과 일본이 세력을 확장하는 교두보로 삼기 위해 혀를 날름거리며 욕망을 표출했던 보석의 땅이다.

아닌 게 아니라 제주 섬에는 보석과 같은 문화가 존재한다. 척박한 환경 속에서도 '할망바당'과 같이 더불어 살기를 꾀하는 공존의 문화가 내재하고 있고, 인간과 인간을 비교하지 않고 인간과 식물을 비교하는 친자연주의 문화가 남아 있다. 또한 전 재산을 내놓아 어려운 이웃을 돕는 김만덕의 노블레스 오블리주 문화가 흘러오고 있고, 고부간의 배턴 터치가 신속 명확하게 이루어지는 가족 민주주의의 문화가 있고, 손님은 주인이 있는지 없는지 정낭에 걸쳐진 통나무 개수만 봐도 정보를 알 수 있는 디지로그의 문화가 존재한다.

이처럼 제주가 간직한 문화를 속살까지 잘 보여주는 것이 올레다. 번잡한 관광지에서 벗어나 마을과 오름과 바다를 이어 만든 올레는 자동차로 다닐 수 없는 길이다. 좁다란 밭담길, 울퉁불퉁한 바당길, 구불구불한 오름길, 한적한 마을길은 도보 여행자를 위한 좁은 길이다.

아름다움과 상처를 동전의 양면처럼 간직한 제주 올레는 도보 여행자로 하여금 잠시나마 아픔과 고통을 잊게 하면서 다시 새로운 희망과 에너지를 불어넣어 주는 신비스런 힘을 가졌다.

그런 점에서 제주어로 '올레 가세요?' 를 뜻하는 〈올레 감수광〉은 그들에게 건네는 인사말이라 할 수 있다. 또한 〈올레 감수광〉은 제주의 올레에 한발자국 더 다가가 자연을 느끼고(感) 문화를 배움으로써(修) 올레의 진정한 가치에 더욱 미치게 되는(狂) 일련의 과정을 통해 변화와 희망을 꿈꾸는 이들에게 자신을 발견하는 기회를 제공하고 용기를 불어넣어 주는 좋은 말벗이 될 것으로 자못 기대해 본다.

그런데 이러한 기대도 길이 있기 때문에 가능한 것이다. 누군가는 길을 내고 누군가는 길을 걷는다. 한여름날의 땡볕 같은 열정으로 잊혀진 길을 되살리고 끊긴 길을 다시 이어 올레길을 내고 있는 사단법인 제주올레 서명숙 이사장님을 비롯한 임직원과 자원봉사자 여러분에게 머리 숙여 감사드린다.

또한 이 책이 나오기까지 부족한 필자를 위해 도움을 주었던 배규호 편집장·염아영 주임, 홍석문·장은미 디자이너, 그리고 부록 자료 조사를 거들어 준 김명희 씨에게도 감사를 드린다. 그리고 나의 사랑하는 세 여인에게도 고마움을 선한다. 전화 통화만 하면 당신의 서러움과 아들에 대한 그리움이 복받쳐 눈물만 흘리는 제주의 어머니와, 나를 사위라 부르지 않고 아들이라 불러 주시는 고마운 서울의 어머니와, 늘 일에 치여 사느라 가정은 뒷전인 무심한 나를 그래도 지아비라고 아침 저녁으로 계란프라이를 해 주는 사랑스럽고 현명한 아내 고혜란에게 이 책을 바친다.

올레길에서
강 민 철

일 러 두 기

• 본문의 귤 색깔로 된 글자는 제주어를 표준어로 바꿔 설명한 것입니다.
• 본문의 작은 글자는 이해를 돕기 위해 국어를 한자로 쓴 것입니다.
• 본문 각 코스의 첫 페이지에 나와 있는 여정은 축약된 내용입니다.
  자세한 내용은 부록에서 보실 수 있습니다.

1 Course 시흥~광치기 올레

총 15km | 4~5시간

시흥 초등학교 --> 말미오름 | 2.9km | --> 알오름 | 3.8km | --> 종달리소금밭 | 7km | --> 종달~시흥 해안도로 --> 성산 갑문 | 12.1km | --> 성산일출봉 아래 --> 동암사 --> 수마포 --> 광치기 해변 | 15km |

구불구불 오름길
걷다 보면 달이 뜨네

"어떵 완?" 무슨 일로 왔니?

누군가 나의 어깨를 툭 치며 말을 건네는 것 같았다. 허겁지겁 배낭을 걸쳐 메고 동회선 시외버스에서 뛰어내린 나는 밥을 훔쳐 먹다 들킨 도둑처럼 흠칫 놀라 옆을 돌아보았다. 아무도 없다. 간혹 성산포에서 불어오는 갯바람만이 풀잎사귀들을 쓰다듬으며 돌담 구멍 사이로 빠져나가고 있났다.

올레1코스 출발점인 성산읍 시흥초등학교 앞은 오래간만에 만난 벗처럼 서먹서먹했다. 20대 후반에 제주를 떠난 나는 정식으로 미소를 지으며 바다와 오름과 돌담을 향해 눈인사를 했다. '안녕! 내 고향.'

제주섬 사람들을 닮은 '당근' 송악덩굴이 얼키설키 붙어 있는 밭담을 따라 꼬닥 꼬닥 걷는다. 눈앞으로 잘생기지도 못생기지도 않은 오름 하나가 손짓한다.

초가을날 말미오름 앞은 녹색 물결로 일렁인다. 거뭇거뭇한 돌담에 둘러싸인 당근밭은 녹색과 검정의 대조를 이루며 바람이 스쳐지나갈 때마다 더욱 완연한 빛깔을 낸다.

대지 아래 숨어 있는 당근의 몸통은 빨갛지만 밖으로 드러난 잎사귀는 연녹색이다. 제주섬 사람들도 당근을 닮았다. 몸은 고되지만 얼굴은 웃는다.

땅바닥에 그려진 화살표와 나뭇가지에 묶인 노란색과 파란색이 어우러진 리본을 따라 '놀멍 쉬멍 걸으멍' 놀면서 쉬면서 걸으면서 올라간다. 노란색은 감귤을 의미하고 파란색은 바다를 나타내는데 이 두 개가 어우러져 제주섬을 상징한다. 화살표 역시 자세히 들여다보면 끄트머리가 앞으로 나와 있어 한자의 사람 인ㅅ과 같은 모습이다. 사람 인을 따라 걷다 보면 사람들을 만난다.

어느새 오름 입구다. 제주섬 밖의 아름다움이 바다라면 제주섬 안의 아름다움은 오름이다. 10여 분 쯤 헐떡이며 오르다 보면 이윽고 말미오름 정상이다.

한오라기 들바람이 불어와 이마의 땀을 식혀 준다. 어미소와 새끼소 두어 마리가 한가롭게 풀을 뜯고 있다. 올레꾼들이 오는지 가는지 안중에도 없다. 오름 능선을 따라 이어진 목책을 따라 걷다 보면 마치 대관령 목장에 와 있는 듯한 착각이 든다. 목책 너머로 성산일출봉과 우도가 한 폭의 그림처럼 바다 위에 떠 있고 엄지손가락만한 고깃배가 하얗게 파도를 부수며 내달리는 모습을 보았을 때에야 비로소 '섬이구나' 하는 생각이 든다. 발아래로는 조각보처럼 밭들이 널려져 있고 빨간 지붕, 파란 지붕, 노란 지붕이 크레파스로 색

말미오름 앞 당근밭

대지 아래 숨어 있는 당근의 몸통은 빨갛지만
밖으로 드러난 잎사귀는 연녹색이다.
제주섬 사람들은 당근을 닮았다.
몸은 고되지만 얼굴은 웃는다.

칠해 놓은 듯 정겨움을 더한다.

가족회의 중인 누렁소 세 마리
가슴속으로 파고드는 산바람을 안으며 오름 능선을 따라 내려간다. 오름은 들길로 이어지고 들길은 반듯해졌다가 다시 휘어지기를 두어 번 반복한다. 타박타박 걷다 보니 누렁소 세 마리가 가족회의라도 하듯 들길 가운데 앉아 있다. '비켜달라'고 하기에는 앉은 모습이 제집 거실인 양 너무나 당당하다. 마치 '지나가고 싶으면 네가 비켜 가거라'하고 말하는 듯하다. 우공牛公들을 뒤로 하고 걷다 보니 어느새 알오름이다. 오름의 형국이 새알을 반 뚝 잘라 엎어 놓은 듯하다. 아래에서 오름 봉우리까지 올려다보면 7대3 가르마를 하고 있고 그 사이로 가느다랗게 말테우리 말몰이꾼들이 다녔던 길이 나 있다.

알오름 정상에는 묘가 하나 자리 잡고 있다. 벌초하는 사람들에게 물어 보니 해주 오씨 가문이란다. 한가위를 앞두고 묘지를 둘러싸고 있는 방풍림의 웃자란 가지들을 낫으로 쳐내고 있다. 말들은 한가로이 풀을 뜯고 있고 바람 한줄기 오름 능선을 쓰다듬어 지나간다.

알오름은 동쪽을 내다볼 수 있는 망원경과도 같다. 알오름은 산세가 부드러운 게 오름에 성별이 있다면 여성이라 하고 싶다. 가까이에 있으면 매일 오르고 싶은 오름이다. 알오름에서 한참 내려와 도로 옆을 걷노라면 오른쪽으로 '천막카페'가 보인다. 출출한 올레꾼들을 위해 미숫가루와 매실주스, 냉커피 등을 판다.

국회의사당도 볼 때마다 달라
아까 알오름에서 사진을 찍다 우연히 만

들길 한가운데를 차지한 채 가족회의를 하고 있는 우공들

난 여성과 천막카페에 들어갔다. 평상에 앉아 미숫가루 두 사발을 시켰다. 서울에서 직장생활을 하고 있다는 그녀는 고향이 제주도이지만 정작 올레길을 걷는 것은 처음이라고 말했다. 제주가 아름답기도 하지만 사시사철 다른 아름다움을 지녔다는 니의 말에 그녀는 맞장구를 쳤다.

회사가 영등포인 그녀는 출퇴근길에 지하철을 타고 국회의사당을 지나게 되는데 그때마다 국회의사당을 휴대폰 카메라로 찍는다고 말했다. 그런데 재미있는 것은 국회의사당의 모습이 그때그때 다 다르다는 것이었다. 나도 이

해 저물 무렵 성산일출봉을 지키듯 서 있는 말 한 마리

도로변에서 일광욕을 즐기고 있는 오징어들

송악덩굴이 얼키설키 붙어 있는
밭담을 따라 꼬닥 꼬닥 걷다 보면 오름이다.
오름을 내려오면 바다.
그 시인은 어느 바위에 앉아
술을 마셨을까?

말을 듣고 서울로 온 뒤 휴대폰으로 국회의사당을 찍곤 했다. 아닌 게 아니라 비가 올 때의 국회의사당, 저녁 햇빛이 가득할 때의 국회의사당, 한겨울의 국회의사당, 그 모습이 모두 달랐다. 천막카페를 나와 바닷가 마을 종달리를 향해 걷다가 그녀와 나는 작별 인사도 제대로 못한 채 제 갈 길을 갔다.

종달리는 1900년대 초까지만 해도 소금밭이 유명했다. 그러나 처음부터 소금이 많이 나던 고장은 아니었다. 원시적인 방법으로 갯바위에서 소금을 생산하던 것이 고작이었다. 조선 시대 선조대에 이르러 목사 강여가 마을 유지들로 하여금 육지로 나가 제염술을 배워 오도록 하면서 소금밭이 만들어지기 시작했다. 그 뒤 종달리는 연간 약 53.4톤에 달하는 소금을 생산할 만큼 유명세를 떨쳤다.

그러나 광복 후 간척사업이 전개되면서 소금밭은 농지로 바뀌었고 설상가상으로 여기서 재배된 쌀마저 남아돌자 자연스레 휴농지로 변하게 된다. 지금 이곳에는 어른 키만큼 자란 갈대만이 무성하다. 길게 뻗은 갈대밭 사잇길을 빠져나가자 시야가 확 트인다. 눈앞에 종달리 바다가 펼쳐진다. 해안도로를 따라가는 길은 푸른 종달리 바다의 아름다움에 빠져 처음에는 아무 생각도 나지 않지만 조금 더 걷다 보면 지루한 느낌마저 든다.

마을과 성산일출봉을 잇는 '성산고도' 이즈음 시흥포구가 나온다. 아주 작은 포구로 어부의 딸이 나와 애비를 기다릴 것만 같다. 돌아보면 해안도로가 둥그스름하게 포물선을 그리듯 나 있다.

한도교旱渡橋를 건너면 성산일출봉으로 이어진다. 한도교 옆은 성산항이다. 크고 작은 어선마다 풍어와 만선을 소망하는 형형색색의 깃발들과 줄줄이 매

성산일출봉과 마을을 이어 주는 좁고 비탈진 올레길,
나는 이 올레길을 '성산고도'라 이름 붙였다.

달린 집어등이 가득하다. 아까부터 스멀스멀 콧잔등을 맴돌던 갯내음이 진하
게 풍겨져 나와 코를 쿡쿡 쏜다.

　해안가 옆 구릉을 터벅터벅 올라서면 영화 〈킹콩〉에서 본 듯한 거대한 장벽
이 눈앞으로 성큼 다가선다. 성산일출봉. 바다위에 떠 있는 성산일출봉을 병
풍삼아 널따란 풀밭이 녹색 양탄자처럼 펼쳐져 있다. 마치 옛 성곽을 연상케

성산일출봉 아래 언덕에서 한가롭게 풀을 뜯고 있는 말.
올레길은 그 앞을 지나간다.

한다. 그리고 고성古城을 지키고 있는 수문장처럼 당당한 품새로 풀을 뜯고 있는 말 한 마리.

날은 저물고 달은 뜬다. 성산일출봉과 말 한 마리 그리고 보름달. 성산일출봉에서는 달이 수줍게 웃는다. 월출은 눈을 비벼볼 필요 없다. 그래서 일출보다 오히려 낫다. 어둠이 짙게 깔릴수록 더욱 하얀 얼굴을 드러내는 달. 보름달 사이로 잿빛 구름 어릿어릿거린다. 술이 생각나는 시간이다.

그 시인은 어느 바위에 앉아 술을 마셨을까 몇 해 전 서울 인사동에서
열린 지인의 사진전에 갔다가 우연히 〈그리운 바다 성산포〉의 시인 이생진 씨
를 만났다. 시어들이 똑똑 부러지는 데다 모던한 느낌이 들어서 시인이 무척
이나 궁금했다. 그러나 막상 만나본 시인은 동네 아저씨처럼 부드럽고 수수
했다. 시인은 제주도를 사랑한다. 제주도에 200번 이상이나 왔다갔다고 말한
다. 이십대 때 모슬포에서 훈련병으로 군복무를 한 그는 군용트럭을 타고가
다 난생 처음으로 커다란 바위산을 보고 놀랐다고 한다. 그 바위산이 바로 성
산일출봉. 나는 시보다 시인을 더 좋아하게 됐다. 성산포에 올 때마다 그 시
인이 어느 바위에 앉아 술을 마셨을까 궁금해진다.

성산포에서는
남자가 여자보다
여자가 남자보다
바다에 가깝다
나는 내 말만 하고
바다는 제 말만 하며
술은 내가 마시는데
취하긴 바다가 취하고
성산포에서는
바다가 술에
더 약하다

모래밭과 성산일출봉 사이에는
허리 잘록한 바다가 누워 있다.
공을 뺑 차면 성산일출봉의 돌가슴에
맞을 듯하다.

성산일출봉에 해가 떴다. 파도에 깎인 언덕 모서리를 따라 마을과 성산일출봉을 잇는 꼬부랑 올레가 눈에 들어온다. 폭우가 내릴 때는 미끌미끌할 것 같고 폭설이 내릴 때는 분간이 안 될 것 같은 바닷가 벼랑길이다. 나는 이 올레를 '성산고도'라 이름 붙였다. 티베트의 마방馬幇들이 야크에 소금을 실어 나르던 차마고도처럼 성산의 꼬부랑 할망할머니이 아침부터 무거운 등짐을 지고 구불구불한 벼랑길을 지나고 있다. 눈에서 멀어질수록 작은 몸집의 할망은 더욱 작아져 하나의 점이 된다. 조금 있으려니 동네 아이들이 재잘거리며 한 줄로 달려온다. 낙타등 같은 오르막길의 굴곡에 가려 아이들이 사라졌다 나타났다를 반복한다.

세상에는 길이 많다. 그중에도 둘이 함께 지나가기 어렵고 가시덤불이 많은 길은 외롭고 쓰라린 사연들이 배어 있기 마련이다. 갯바람 불어 대는 성산고도 역시 새벽녘 삶의 무거운 짐을 등에 짊어지고 걸어갔던 이들의 한숨과 눈물로 얼룩진 발자국들로 길이 났을 것이다. 분명 동절기가 지나 새 봄이 오면 들꽃도 모진 추억을 잊고 화사하게 꽃망울을 터뜨릴 것이다.

굽이굽이 이어진 성산고도를 따라 언덕배기로 올라서면 성산일출봉이 왼쪽에 늠름하게 서 있고 번잡한 주차장 옆을 걷다 보면 청아한 동암사의 목탁소리가 들린다. 성산일출봉을 바라보는 곳에 자리 잡은 동암사는 태고종으로 굳이 불교 신자가 아니더라도 들어가 보면 포근한 느낌이 드는 절이다.

햇빛 비치는 광치기 해변
다시 바다를 향해 걸어간다. 강태공들이 릴낚시를 하고 있다. 저 멀리 바다 쪽으로 불쑥 튀어나온 섭지코지가 가뭇가뭇 보인다. 수마포 해변을 걷다 보면 눈앞으로 보이던 성산일출봉이 옆으로 물러나 앉는다. 모래밭과 성산일출봉 사이에는 허리 잘록한 바다가 누워 있다. 공을 뻥 차면 성산일출봉의 돌가슴에 가 맞을 듯하다. 태양이 중천中天에서 비추자 성산일출봉의 바위와 수목이 더욱 또렷해진다. 일본이 태평양전쟁 때 어뢰정을 숨기기 위해 파놓았던 동굴 네 개가 선명하게 보인다. 바닷물은 어제의 아픈 역사를 이야기라도 하려는듯 짙푸르다.

이윽고 광치기 해변에 다다랐다. 성산일출봉 앞으로 드러누워 있는 바다 물빛이 눈이 시리도록 아름답다. 물빛은 환상적인 데 반해 광치기라는 땅이름은 투박하기 이를 데 없다.

광치기는 관치기라는 말에서 유래한다. 인근 어부들이 테우를 디고 고기잡이를 나갔다가 난파를 당하면 시체들이 조류를 타고 이곳 해변으로 둥둥 떠내려 왔다. 그러면 마을 사람들이 힘들게 살다 스러진 주검을 그저 바라만 볼 수 없어 관을 가지고 와서 수습해 주었다고 한다. 이런 연유로 '관치기 해변'이라 불렸다. 광치기 해변이라고 불리는 것은 관치기 해변이라는 말에 제주도 특유의 억센 발음이 더해졌기 때문이다.

그런데 동네 식당에서 산뜻한 느낌의 마을 유래도 들을 수 있었다. 50대 초반으로 보이는 식당 여주인에게 마을 이름의 유래를 묻자 자신은 잘 모르겠다며 등을 돌리는데 혼잣말로 중얼거리는 소리가 설핏 들렸다.

"햇빛이 비춘다고 해서 광치기라고 하는 것 같기도 하던데. 광光자도 빛 광 자이고……."

성산바다가 초가을 햇빛을 받아 더욱 푸른빛을 발한다.

1-1 ➜ 우도 올레

총 16.1km · **4~5시간**

천진항 ╌➤ 홍조단괴해빈 해수욕장 | 2.2km | ╌➤ 하우목동항 | 3.2km | ╌➤ 하고수동 해수욕장 | 7.7km | ╌➤
검멀레 해수욕장 | 12.7km | ╌➤ 우도봉 정상 | 14.3km | ╌➤ 돌칸이 | 15.4km | ╌➤ 천진항 | 16.1km |

애 낳고 사흘 만에
물질 가던 바당

우도사랑 1호에 탔다.

배삯이 왕복 4,000원이고 도립공원 입장료가 1,000원, 터미널 이용료가 500원이다. 도합 5,500원이다. 섬 주민이 아닌 이방인 입장에서는 점심 한 끼 값을 내고 섬 속의 섬을 한 바퀴 둘러보고 올 수 있다는 것이 여간 행복한 일이 아닐 수 없다.

설레는 마음을 가라앉히며 배에 올랐다. 출항하자마자 새하얀 포말로 부서지는 파도와 아련히 보이는 우도의 지붕들이 나를 갑판 위에서 한 발짝도 움직이지 못하게 꽁꽁 묶어 놓았다. 배를 삼킬 듯 바람은 불어 대고 나는 쇠기

둥에 팔짱을 끼고 셔터를 눌렀다.

섬에서 보는 섬 '여서도'
성산항을 출발한 도항선은 15분여가 흐르자 하우목동항에 닿았다. 배에서 내려 방파제를 서성거리다 나도 모르게 눈이 번쩍 뜨였다. 아득하게 먼 수평선 위로 새끼손가락 손톱크기만큼 될까말까한 뭔가가 도드라지게 보였다. 가만가만 바라다보니 그건 분명, 섬이었다. 바닷바람 세차게 몰아치고 새털구름마저 산만스러운데도 섬의 윤곽은 또렷했다. 바다 안개라도 스쳐 지나가면 흔적 없이 지워질 듯 작았지만 바라보는 내내 수평선을 오롯이 지키고 있었다. 본섬을 등지고 외딴 섬으로 오자마자 먼 바다 너머로 또 하나의 고도孤島를 목격하는 것은 신기루를 보는 듯 묘한 기분이었다.

눈앞에 보이는 섬의 정체가 궁금해지기 시작했다. 같은 배에 탔던 민박집 할망을 붙잡고 무슨 섬인지 물어 봤다.

"어느 섬 마씀?어느섬 말입니까? 아~저거. 여서도 마씀.여서도입니다 날씨가 좋을 땐 자잘한 섬 서너 개 더 보입니다."

서울로 돌아온 뒤 나는 중학교 다니는 아들놈의 사회과부도를 펼쳐 보고서야 할망이 일러 준 여서도가 전남 완도군 청산면의 여서도란 사실을 알 수 있었다. 하지만 할망이 말했던 날 좋을 때 보인다는 자잘한 섬 서너 개는 도대체 무슨 섬인지 아직도 알지 못한다. 마을 사람들을 붙잡고 물어 보고 행정관청에 물어 봐도 딱히 답을 얻을 수 없었다.

소처럼 누워서 본섬을 호령하네
올레코스는 천진항부터다. 하지만 성산항에서 천진항으로 가는 배를 타려면 한 시간은 족히 더 기다려야 했다.

우도사랑 1호에서 바라본 우도

우도항에 내린 마을주민과 올레꾼들

바쁜 마음에 하우목동항으로 가는 배를 탄 것이다. 수평선의 섬을 바라보다 조금 걸어가면 해안도로다. 이번에는 넘실거리는 바다 너머로 본도 제주섬의 만물이 보인다. 드넓은 육지에서 섬을 바라보는 것과 섬에서 드넓은 육지를 바라보는 것은 사뭇 다른 느낌이다. 소섬 우도牛島가 배부른 소처럼 드러누워 바다 건너 육지의 삼라만상을 호령하는 느낌이다. 무엇보다 처녀 가슴처럼 불쑥 솟아난 지미봉을 위시해 구좌읍의 크고 작은 오름들이 한눈에 보인다. 마치 제주섬 여기저기 흩어져 있는 오름들이 웅성웅성거리며 삼삼오오 행군에 나서는 듯하다.

섬이라고 우습게보지 마라.

아이러니컬하게도 섬으로 떠나오면 드넓은 육지가 더 여실하게 보인다. 그래서 우리도 자신을 저 만치 놓아두고 섬이 되어야 한다. 어느 순간 자신과 만나는 날을 기약하며 자신과의 이별을 고해야 한다.

우윳빛 보석 '홍조단괴해빈' 몇 주 뒤 나는 다시 우도를 찾았다. 그때는 천진항에서 내렸다. 바다를 등지고 걷다 보니 쇠물통 언덕이 보였다. 언덕 한가운데 웅덩이가 적당하게 패어 있고 그 안에 물이 고여 있어 목마른 소와 말들에게는 오아시스와 같겠다는 생각이 들었다.

언덕을 내려오다 거뭇거뭇한 밭담을 옆구리에 끼고 바다 쪽을 향해 걸어가면 홍조단괴해빈紅藻團塊海濱이다. 우도에서 가장 이름난 해수욕장이다. 드넓게 깔린 하얀 홍조단괴가 푸른 바다와 대조를 이루며 아름답게 빛난다.

내가 어릴 때는 서빈백사西濱白沙라고 불러서인지 홍조단괴해빈이란 말은 낯설게 느껴진다. 누군가 나에게 우도에 대해 물어볼 땐 홍조단괴라는 단어

땅콩 부스러기를 주워 먹다 하늘로 날아오른 까마귀떼

보다는 서빈백사라는 단어가 툭 튀어나온다. 보통은 해변에서 수영을 하고
물 밖으로 걸어 나오다 보면 모래가 발목까지 묻기 마련이다. 그것을 다 떼어
내려면 성가시기 그지없다. 그런데 이곳에서는 신기하게도 손으로 툭툭 털면
깨끗이 떨어진다. 나는 학창시절 딱 한 번 우도에 가보았다. 그때 모래라고
하기에는 굵은 알갱이들이 순순히 털리는 것을 보면서 마냥 신기해 하곤 했
다. 다른 것은 가물가물 하지만 홍조단괴에 대한 기억만큼은 아직도 또렷하

다. 모양 역시 조개껍데기같이 예쁜 데다 색깔 또한 우윳빛 분홍빛으로 고와 우유병에 슬쩍 담아오곤 했다. 그런데 몇 해 전 이것들은 산호가 아니라 홍조단괴라는 사실이 새롭게 밝혀졌다. 홍조단괴는 물속에서 광합성 작용을 하며 서식하던 김, 우뭇가사리, 카라기닌 등 홍조류가 굳어 침전된 것을 말한다. 태풍이 불면 이 홍조류의 침전물들이 바닷가로 밀려와 해빈을 이룬다.

세계적으로 희귀해 무단반출 때는 문화재보호법에 따라 처벌을 받게 된다. 아무리 예뻐도 보기만 해야지 취해선 안 되는 장소는 꽃밭만이 아니다. 이곳 해수욕장에서도 마찬가지다.

까마귀와 물새의 군무

우도올레 펜션 앞을 지나는 순간 하늘과 땅이 갑자기 까맣다. 까마귀 세상이다. 수많은 까마귀들이 추수가 끝난 땅콩밭과 파란 쪽파밭 위로 날아오르며 화려한 군무를 펼친다. 아마 수확하다 떨어진 땅콩 부스러기를 주워 먹기 위해 모여든 것 같았다.

우도는 땅콩으로 유명하다. 우도 땅콩은 4월에 파종해 10월에 수확하는데 일반 땅콩보다 크기도 작고 모양도 동글동글하다. 손바닥으로 비벼 껍질을 까 먹을 필요도 없다. 그냥 껍질째 먹는 것이 맛있다.

얼마 후 새해 첫날 가족과 함께 우도를 찾았다. 까마귀들의 군무를 아내와 아들에게 보여주고 싶은 생각에 잰걸음으로 우도올레 펜션 앞으로 걸어 나갔다. 주위를 두리번거렸지만 까마귀들은 한 마리도 보이지 않았다.

'모두 어디로 간 걸까?'

터벅터벅 하고수동으로 향했다. 하고수동은 조그만 포구다. 모래사장에서 새끼갈매기들이 먹이를 쪼아 먹고 있었다. 우리가 다가가자 수십 마리가 한꺼번에 날아올라 모래사장을 한 바퀴 빙그르 돈 뒤 뿔뿔이 흩어지는 듯하다가 다시 원래 대열로 모여 날아오르길 반복했다. 마치 해군 사관생도들 같았다.

까마귀들의 군무와는 또 다른 느낌이었다. 갈매기들이 몸통을 비틀면 하얀 배가 드러나 은빛으로 반짝이고 원래대로 몸통을 가누면 다시 짙은 회색 빛깔의 등이 보여 마치 허공에서 카드섹션을 펼치는 듯했다. 무리들은 사방팔방으로 흩어지는 듯하다가도 선두에 선 갈매기를 꼭짓점으로 모여들길 수차례 거듭했다. 아름답고 절도 있는 갈매기들의 군무를 보노라면 '저 새들은 군대도 가지 않는데 어쩜 저리도 호흡을 척척 맞출까?' 하는 생각이 든다.

바다에 두 발 묶인 좀녀 석상

하고수동 해수욕장 한쪽에는 좀녀 석상이 하나 서 있다. 좀녀는 해녀를 뜻하는 제주어다. 일본인들이 우리나라를 식민지로 삼을 때 자기네 나라에 있는 해

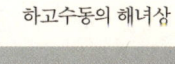
하고수동의 해녀상

녀와 견주어 좀녀들을 해녀라고 불렀다. 사실 좀녀가 맞는 말로 발음이라도 좀녀, 잠녀라고 해야겠지만 이미 해녀라는 데 더 익숙해 있어 어쩔 수 없이 쓸 수 밖에 없는 상황이다.

우도의 인구는 1,500여 명 정도 된다. 이 가운데 해녀는 300여 명을 약간 웃돈다. 다섯 명중 한 명이 해녀인 셈이다.

해녀들은 해가 저물기 전에 바다에

홍조단괴해빈에 앉아 있는 모자(母子)

해녀들의 물질

서 나오지만 바다 한가운데 서 있는 해녀 석상만은 컴컴한 밤이 되어도 바다에 두 다리가 묶여 나오질 못한다. 대낮이라도 물이 봉봉 들면 속절없이 물에 잠길 수밖에 없다.

그렇지만 우도 해녀들은 달랐다. 숙명의 해녀라기보다는 저항의 해녀들이었다. 종군위안부로 끌려가던 일제 치하에서 제주 해녀들은 독립운동의 선봉에 섰다. 바다에서는 거친 파도와 싸웠고 땅에서는 일제의 압제에 항쟁했다.

귀여운 애기상군 저 멀리 우도 해녀들이 물질을 하고 있다. 고래꼬리처럼 고무발을 물 위로 쳐내며 바다 속으로 곤두박질치고 있다. 소라, 전복을 따다가 물 위로 올라오면 가쁜 숨을 몰아 내쉰다.

'호~오~이', 숨비소리가 물새 우는 소리 같다.

제주에서는 물질 기량에 따라 해녀들 사이에도 상군上軍, 중군中軍, 하군下軍과 같은 계층이 존재했다. 그리고 상군 중에서도 특출한 기량을 발휘하는 해녀들이 간혹 있었다. 이들을 대상군이라고 불렀다. 해녀 계층에 군軍자가 들어간 것은 흥미로운 일이 아닐 수 없다. 하지만 일반 군대처럼 속칭 '짬밥'으로만 결정되는 것은 아니었다. 나이가 어려도 어머니뻘 할머니뻘 어른 못지 않게 해산물 채취 실력이 뛰어나면 누구나 상군이 될 수 있었다. 이들을 애기상군이라고 불렀다.

나이가 든 해녀들은 자신이 소싯적에 애기상군이었다는 것을 훈장처럼 자랑스럽게 말한다. 그리고 옹기종기 모여 불을 피워도 상군은 연기가 가지 않은 쪽에 앉았다.

그러나 대부분의 여자 어린아이들은 애기바당 엄마 해녀를 따라 어린아이가 물질을 배우던 얕은 바다에서 서투른 솜씨로 물질을 배우다 나이가 열다섯 살을 넘을 즈음 하군으로 들어간다. 제주도 속담에 서방질은 거꾸로 하여도 물질은 거꾸로 못한다는 말이 있다.

남녀간의 잠자리는 얼마든지 순서와 절차를 바꿀 수 있지만 해녀들의 물질은 반드시 정해진 수칙과 노하우를 따르지 않으면 안 된다는 뜻이다. 숨을 멈추고 어른 키의 열 배나 되는 물속으로 내려가 해산물을 채취하고 나오려면 배운 대로 해야 한다. 제대로 배우지 않거나 배운 대로 행동하지 않으면 그 순간이 저승길이다.

바람부는 날 천진항에서 땅콩을 팔고 있는 이금선 할방은 매립된 부두의 앞바다를 가리키며 말한다.

"일고여덟 살 무렵에 저 얕은 바당바다에서 숨을 참아가며 물질을 배웠지."

올해 나이가 일흔다섯 살이니 70년 가까이 바다에서 물질을 한 셈이다. 이금선 할망을 만난 날은 바람이 셌다. 바람이 센 날은 물질을 가지 않고 부두에 나와서 관광객들에게 땅콩을 판다. 하지만 할머니 역시 하군, 중군, 상군일 때가 있었고 물질로 2남 2녀를 다 키웠다.

"한창 때는 구쟁기소라 생복살아있는 전복을 많이 잡았지. 그런데 요즈음은 구쟁기는 많이 나오지만 생복은 잘 잡히지 않아. 상군이더라도 보름에 고작 서너 개 잡을까?"

모진 고난을 겪으면서도 해녀들의 꿈은 야무졌다. 공통된 소망이라면 물질 잘하는 상군이 되어 소라 닷 섬, 전복 여든 섬을 잡고 대궐 같은 집에서 살아보는 것이었다.

소라랑 잡거들랑

닷 섬만 잡게 하고

전복일랑 잡거들랑

여든 섬만 잡게 하오

못 사는 우리 팔자

한번 아주 고쳐 보게

  벼 한 섬을 두 가마니로 쳤던 옛날 도량법대로 환산해 보았더니 소라는 10
가마니, 전복은 160가마니를 캐어야 해녀들의 소원이 이뤄지는 일이었다. 그
러나 아직까지 소라, 전복을 캐어 갑부가 되었다는 소리는 들어 보지 못했다.
먹고 사는 것이 힘들었던 제주섬의 해녀들은 아기를 낳고 사흘 뒤에는 물질
을 갔어야 했으니 무서운 것은 시퍼런 바다가 아니라 혹독한 가난이었다. 오
죽하면 소보다 못한 것이 해녀 팔자라 했던가.

  옆구리가 찢어진 동료의 물옷을 손가락으로 가리키며 서로 재미있다고 배
꼽잡고 웃던 해녀들. 늙은 해녀가 죽고 난 뒤 입던 물옷을 보니 아버지와 아
들 일곱 명이 힘을 합쳐야 들 수 있을 만큼 무거웠다는 이야기도 있다. 그만
큼 물옷이 헐어서 떨어지면 헝겊을 덧대고 덧댄 부분이 해지면 또 기워 입길
반복했으니, 등허리를 누르는 가난의 무게가 오죽했을까.

공존의 바다 '할망바당'
처절한 가난과 질박한 정으로 엮인 그들의 공동
체 정신은 갯바위처럼 단단해 저 혼자만 잘 살기를 바라지는 않았다. 나이가
들면 왕년에 쌩쌩했던 해녀들도 바다에 나가면 뒤처지기 마련이다. 이들 늙

은 해녀들을 위해 만들어 놓은 바다가 있다. 바로 할망바당_{할머니바다}이다. 바닷가 마을에서는 수심이 얕은 바다에 선을 그어 '할망바당' 을 마련해 놓곤 했다. 그런가 하면 나이 어린 여자아이들에게는 성인 해녀들이 소라나 우뭇가사리를 몇 개 집어 넣어 주기도 했는데 이른바 '게석' 이다. 게석은 힘이 부쳐 소라를 보고도 캐내지 못한 채 다시 물 위로 떠오르고 마는 해녀 할망들에게도 해당되었다. 동료 해녀들은 저녁이나 해 잡수시라고 나이든 해녀 할망들의 빈 망태_{채취한 수산물을 넣는 작은 그물망}에 전복 한 개, 미역 한 줄기 등을 넣어 주곤 했다.

천진항에서 땅콩을 팔고 있는 이금선 할망.
어릴 적 애기바당에서 물질을 배웠다고 말한다.

나란히 서 있는 옛등대(뒤)와 현대식 등대(앞)

해변을 따라 가다 보면 우도봉 아래로 기암괴석이 보인다. 그 안쪽으로 검은 모래가 깔려 있는 작은 모래사장이 나온다. 바로 검멀레 해수욕장이다. 검멀레 해수욕장을 가로질러 우도봉 아래로 다가가면 기암괴석 사이로 '고래콧구멍'이라 부르는 커다란 동굴이 하나 보인다. 옛날에 고래가 살았다고 전해지는 동안경굴이다. 동안경굴이라는 동굴 이름 역시 '동쪽 언덕의 고래東岸鯨가 살 만한 동굴'이라는 뜻이다. 그러나 동안경굴은 아무 때나 볼 수 없다. 썰물일 때라야 가까이 다가갈 수 있다. 이중동굴로 수백 명이 들어갈 수 있을 만큼 넓다. 가을철에는 동굴음악회가 열린다.

늙은 선장처럼 먼 바다 바라보는 옛 등대

우도봉에 오른다. 소가 머리를 들고 누워 있는 형태다. 그래서 이름하여 쇠머리라고도 한다. 한자어로는 우두악牛頭岳이다. 오름 정상까지 오르는 데 10분도 채 걸리지 않지만 새밭띠밭 너머로 보이는 조각보 같은 밭들과 원색의 민가 지붕들, 둥그렇게 이어진 해안선에 눈을 빼앗겨 뒤돌아보기를 여러 번 하다 보면 뒤처지기 마련이다.

우도봉 꼭대기에는 옛 등대와 현대식 등대가 공존하고 있다. 지금은 현대식 등대가 젊은 어부처럼 바다를 비추는 일을 다 하고 옛 등대는 일선에서 물러선 늙은 선장처럼 옛 생각에 잠겨 있는 듯하다. 하지만 이 늙은 선장은 100년 전에는 화려했다. 제주도에서 최초로 세워진 등대로서 날이 어두워지기 시작하던 석유등의 심지에 불을 붙여 수평선 너머 조업을 나간 어부들이 무사히 돌아올 수 있도록 희망의 불빛 구실을 다했다.

내리막길 가까이에는 알오름이 봉곳 솟으니 있어 눈길을 잡아당긴다. 이른바 오름 속의 오름이다. 한자어로는 난봉卵峰이라 하는데 망을 볼 수 있어 망

톨칸이 쪽을 바라보고 있는 소

돗사이라 부르기도 한다.

풀 뜯는 소와 '톨칸이' 어디선가 나타난 개 한 마리가 앞서거니 뒤서거니 길동무가 되어 준다. 올레는 다시 휘어지며 톨칸이로 향한다. 톨칸이는 움푹 들어간 먹돌해안 지대를 말하는데 돌칸이라 부르기도 한다. 소섬이라고도 불리는 우도는 소가 누워 있는 모습으로 우도봉은 소의 머리이고 툭 튀어나온 기암절벽은 얼굴 광대뼈, 그리고 올레 2코스에서 만나는 식산봉은 건초더미 사이에 비유된다. 그리고 소와 건초더미 사이에 있는 톨칸이는 바로 소의 여물통이 된다. 우도 사람들은 톨칸이를 촐까니라고도 한다. 사실 톨칸이는 촐까니에서 와전된 말이다. 촐은 소나 말이 먹는 풀을 말하고 까니는 여물통을 일컫는다. 따라서 톨칸이 혹은 촐까니는 소나 말이 먹는 풀을 담는 여물통이라는 뜻이다. 아닌 게 아니라 바로 옆 풀밭에서 소 여러 마리가 톨칸이 쪽을 바라보며 오물오물 되새김질을 하고 있다.

해가 기울어갈수록 우도 바다는 갓 사 입은 청바지처럼 짙어진다. 하루를 묵어갈 양인지 앞서 가는 두 젊은 여성이 느릿느릿 걷는다. 누가 보면 정말 간세다리_{게으른 사람}다.

20여 분 걸었을까. 어느덧 천진항이다. 승객과 차량을 태우기 위해 항구 끄트머리에 닻을 내린 배는 이미 입을 아 하고 벌리고 있다. 상군으로 보이는 해녀가 테왁_{해녀들이 물 위에서 이동할 때 사용하는 박 형태의 부유도구}과 망태기를 짊어진 채 마을을 향해 걸어온다. 방금까지도 물질을 하다 나왔는지 걸을 때마다 물발자국이 찍힌다. 망태기에는 소라가 가득이다.

배는 다시 천진항을 떠나 성산항을 향한다. 푸른 바다가 넘실거리고 몸이 절레절레 흔들린다. 물위에 앉아 있던 갈매기들이 수없이 날아올라 배를 따라온다. 갈매기들도 섭섭함을 아는 것일까? 항구를 떠난 배는 미끄러지듯 물살을 가르며 앞으로 나아가는데 갈매기들은 지칠 줄 모르고 좇아온다. 배가 바다 한가운데로 나갔을 때 홀로 남은 대장 갈매기가 날갯짓하며 마지막 배웅을 한다. 무정한 배는 속도를 내고 대장 갈매기는 점점 멀어져 간다.

2 _{Course} 광치기 ~ 온평 올레

: 총 17.2km : 5~6시간 :

광치기 해변 ---> 방조제길 | 439m | ---> 식산봉 ---> 오조리 성터 입구 | 4.1km | ---> 고성 윗마을 ---> 대수산봉 정상
| 12.7km | ---> 대수산봉 아래 공동묘지 | 13.4km | ---> 혼인지 | 16.4km | ---> 백년해로나무 ---> 온평 포구 | 17.2km |

두레기 담에나 오른다.
니는 뭐에 오를티

광치기 해변 길 건너편은 내수면이다. 금방 바다를 등지고 오름 방향으로 들어섰는데 앞에 보이는 것은 또 하나의 드넓은 '육지 안의 바다'다.

오조리와 고성리, 성산리 등 3개 리가 관장하는 이 내수면은 그 면적이 무려 서울 잠실야구장 그라운드의 100배 크기다. 면적이 광활한 것도 광활한 것이지만 은빛 비늘처럼 햇빛에 반사되어 일렁이는 물빛들이 마치 불 위를 걸어가도 될 것 같은 착각을 일으키게 한다. 그런가 하면 저 멀리 수초 사이로 고개를 기다랗게 내민 하얀 철새들이 운치를 더해 준다.

도로 아래쪽에 자리 잡고 있기 때문에 자동차를 타고 출퇴근하는 사람들은 주변에 이런 풍광이 있는지도 모르고 지나는 경우가 허다하다.

인기척에 철새가 '파다닥'

파래가 자라고 있는 오조리 내수면은 숭어양식이 일부 이뤄지고 있을 뿐 별다른 쓰임새는 없다. 다만 제주섬에서 손꼽히는 철새도래지 가운데 하나다. 국제멸종위기종 1급으로 보호하고 있는 천연기념물 205-1호인 저어새, 205-2호인 노랑부리저어새를 비롯해서 평균 1만 마리 이상의 철새가 추운 겨울을 나는 곳이다. 저어새와 노랑부리저어새는 매우 닮았다. 그러나 저어새의 부리는 검은 반면 노랑부리저어새는 부리 끝이 이름 그대로 노랗다. 그런데 한 겨울에는 부리 끝의 노란색도 엷어진다.

해수면을 따라 걷다 보면 해초 사이에 몸을 숨기고 있다가 낯선 이의 발자국 소리에 놀라 파다닥 하늘 높이 날갯짓하는 철새들을 만날 수 있다. 그러나 철새보호를 위해 매년 10월 25일부터 이듬해 4월 30일까지 일부 구간이 출입 통제되기 때문에 언제나 철새 구경을 할 수 있는 것은 아니다. 사람의 통행이 허용되는 기간에는 철새가 멀리 떠나가 버리고 철새가 찾아오는 계절에는 사람이 들어가지 못해 철새 무리와 인간 군상이 상면할 기회가 폼처럼 많지 않기 때문이다. 통제 기간에는 오조리 마을을 거쳐 성산포 성당을 경유한 뒤 고성 오일장 방향으로 우회해야 한다.

내수면 가운데로 주욱 뻗어 있는 방조제 길을 따라 조금 더 가면 황근으로 유명한 식산봉이 나온다. 식산봉은 화산의 분출에 의해 형성된 뒷동산처럼 아주 자그마한 오름으로 황근 20여 그루가 자라고 있다. 제주섬 해안지대에서 자생하는 아욱과의 식물로 희귀종에 속한다. 초록 이파리들 사이로 살포시 피는 연한 황색 꽃은 우아한 느낌을 준다.

올레 2코스 시점始點 부근에 피어난 유채꽃.
그 너머로 오조리 내수면과 식산봉이 보인다.

두레기보다 못난 내 아들아! 돌담길 따라 오조리 마을을 지난다. 어르신
들이 열려 있는 대문 틈으로 바깥에 서성이는 이방인을 바라본다. 눈이 마주
치기라도 하면 들어와서 쉬었다 가라 손짓한다. 시원한 냉수 한 컵을 앞으로
내민 뒤 신기한 듯 요것저것 물어 본다.

　"아이고, 날도 와랑와랑헌디 무사 경 걸어다념수꽝?" 아이고 날도 뜨거운데 왜 그렇게 걸어

다니세요?

오조리 내수면 옆을 걷고 있는 올레꾼들

드넓은 오조리 내수면. 서울 잠실야구장 그라운드의 100배 크기다.

잠   귀_ "이 집이 누구네 집이냐?"
하늘레기_ "저는 눈도 없고 코도 없고
        귀도 없고 입만 있어서
        누구네 집인지 모릅니다."

　나라도 궁금할 일이다. 너무 날이 뜨거울 때는 발이 먼저 그늘을 찾게 되는 것을 보면 시골사람 입장에서 그런 궁금증이 생기는 것은 당연한 일일시 모른다. 초가을 뙤약볕은 한여름 땡볕 저리 가라할 만큼 뜨거웠다.

　돌담길 그늘을 따라 걷다가 하눌타리를 발견했다. 하눌타리는 담장이나 지붕이나 전봇대나 기어 올라갈 수 있는 곳이라면 아무 데나 기어 올라가 열매를 맺는 박과식물이다. 하눌타리의 열매는 제주에서는 말똥, 소똥만큼이나 지천으로 볼 수 있다. 열매 모양이 둥근 데다 익으면 오렌지 빛깔이 되는 하눌타리를 제주에서는 '두레기'라 하고 열매 모양이 타원형인데다 익으면 누런 황금색을 띠는 하눌타리를 '하늘레기'라고 한다. 하지만 둘 다 맛이나 약

효에서는 별반 차이가 없어 민간에서는 두레기, 하늘레기 구분하지 않고 부른다. 두레기는 들판에서 철없이 노는 애기와도 닮았다 하여 두르애기라고 불렀던 것이 차츰 발음이 축약되면서 두레기가 되었다는 설이 있다. 하늘레기 역시 하늘 높은 줄 모르고 지붕이나 담장이나 높은 데만 있으면 올라가는 모습이 마치 세상물정 모르는 애기 같다는 데서 유래했던 것 같다.

"두레기 담에나 오른다. 니는 뭐에 오를티" _{두레기는 담에라도 오르는데 너는 무엇에 오르겠니}

얼굴이 황토색으로 그을린 엄마가 콩밭을 매다가 무엇 하나 야무지게 하는 일이 없는 아들을 돌아보며 안타까운 마음에서 툭 던지는 말이다. 여기에는 살짝 비교급이 들어가 있다. 두레기와 아들을 견주는 섯이다. 하눌타리는 다 익은 열매를 쪼개 보면 노란 데다가 씨만 촘촘하게 들어 있어 갓난아이가 설사똥을 눈 듯하다. 하눌타리의 뿌리에 전분 성분이 많고 항암제로도 효험이 있다고는 하지만 보통 때는 쓸모가 없다. 참외와 비슷하게 생겼을 뿐 농사일을 하다가 출출해도 먹을 수는 없다.

이처럼 아무 소용없는 두레기와 자신을 비교하니 아들 자존심이 말이 아닐 성 싶지만 이상하게도 그리 기분이 나쁘지도 않고 질투심이 나지도 않는다. 그러면서도 아들에 대한 엄마의 안타까운 마음과 살가운 정이 버무려진 채 나이만 먹은 철부지 아들에게 은근히 전달된다.

완전 바보 모드로 돌변하는 '하늘레기'

이쨌든 시골 농가에서는 하눌타리를 대문이나 처마, 부엌에 걸어 두곤 한다. 이것은 고뿔에 걸렸을 때 약재로 쓸 심사도 있지만 무당의 방법처럼 사악한 기운이 집안에 들어오지 못하도록 하려는 의도도 배어 있다. 잡귀가 와서 대문에 매달려 있는 하늘레기에게 묻는다.

담장 너머로 열매를 드리우고 있는 하눌타리

"이 집이 누구네 집이냐?"

그러면 얼굴이 매끈하게 생긴 하늘레기는 완전 바보 모드로 태노를 바꿔 능청을 부린다.

"저는 눈도 없고 코도 없고 귀도 없고 입만 있어서 누구네 집인지 모릅니다."

그러면 잡귀는 이리저리 두리번거리다가 "에이!" 하며 다른 데로 가버린다는 것이다.

두레기나 하늘레기나 보통 때는 별 쓸모없어 보이지만 최대의 위기를 맞았을 때는 한몫 단단히 한다는 것을 함축하고 있다.

맞다. 세상 만물이 저마다 달란트를 갖고 태어나는 것이다.

500cc보다 더 시원한 풍광

내수면을 빙 둘러 나오면 동남 사거리로 이어진다. 얼마쯤 더 갔을까. 오른쪽으로 대수산봉大水山峰 안내 표지판이 보인다. 대수산봉은 제주어로 얘기하면 큰물메다. 물메는 물과 메뫼·미의 합성어로 오름 꼭대기에 물이 솟아났었다는 이야기다. 물메 역시 큰물메가 있고 조금 떨어진 곳에 족은작은물메가 있다. 예전에 큰물메는 파란 물이 가득한 산정호수의 아름다움을 뽐냈으련만 아쉽게도 지금은 물이 마르고 토양이 쌓여 오목해야 할 분화구가 오히려 무덤같이 솟아나와 있다. 그러니 성산읍뿐만 아니라 저 멀리까지도 한눈에 조망할 수 있어 세상사 갑갑하게 느껴지는 날 큰물메에 오르면 맥주 500cc 이상의 시원함을 느낄 수 있다. 어른 걸음으로 정상까지 20여 분 걸린다.

내려올 때는 올라갈 때와 달리 왼쪽으로 난 길을 따라가야 한다. 큰물메 꼭대기에서 조밍이 부족했다면 조금 아래에 있는 전망대에서 다시 주변 풍광을 즐길 수 있다.

억억 우는 억새꽃

큰물메를 다 내려와 무작정 걷다 보면 공동묘지 옆을 지나치고 있는 자신을 발견하게 된다. 이곳에서부터 중산간의 풍광이 조금씩 눈에 들어온다. 어른 키보다 더 큰 억새들이 온천지를 뒤덮고 있다. 들바람이 불면 억새가 억억 운다. 끝없이 이어지는 억새밭. 온 세상이 허옇다. 억새가 드문드문 서 있는 것을 보고 여기가 끝이구나, 생각할 즈음 빽빽이 군락진 억새들이 눈앞에 나타나고, 구불구불한 길은 또다시 시작된다. 그러길 여러 번. 바닷가 방향으로 가야 옳을 터인데 길은 한라산을 향해 나 있다. 조바심마저

든다. 날이 흐리거나 비가 오면 마음이 분주해진다.

　공동묘지를 지나 혼인지까지 가는 길은 해가 저물어 갈수록 멀게 느껴진다. 하지만 가을철 머리를 풀어헤친 억새의 춤사위를 만끽하기에는 그만이다. 여기부터는 동행자가 있다면 놀멍, 쉬멍, 걸으멍, 또 이야기도 허멍놀면서 쉬면서 걸으면서 또 이야기도 하면서 가는 것이 좋다. 만일 혼자라면 속절없이 피고 지는 억새꽃에게 인생이 뭐냐고 물어보라. 들바람을 맞으며 하얀 웃음을 터뜨리는 억새꽃이 허리를 구부리며 대꾸하는 듯하다. "별거 아니예요!"

하지만 날이 밝을 때만 물어보자. 땅거미가 내릴 즈음에는 억새꽃이 희뜩희뜩 거리고 웅성웅성 바람소리를 내어 무섬증도 설핏 든다.

이즈음 도로가 나온다. 공동묘지에서 도로로 나오기까지는 어른 걸음으로 한 시간을 꼬박 걸어야 한다. 그래도 다시 걷고 싶은 중산간의 올레다. 세월이 많이 흘렀어도 바람에 흔들리는 억새들의 몸짓이 눈에 아른아른하다.

벽랑국은 완도군 소랑도?

혼인지에 들어간다. 혼인지는 제주의 시조인 세 명의 신인이 벽랑국 출신 세 명의 공주와 이른바 합동 결혼식을 올린 곳이다. 삼신인은 고高을라, 양良을라, 부夫을라로 제주 삼성혈에서 대이났다. 삼성혈은 지금의 행정구역상 제주시에 속하고 온평리는 서귀포시에 속한 것만으로 보아도 먼거리다. 그렇다면 삼신인은 어떻게 여기까지 왔을까?

어느날 삼신인은 한라산에서 사냥을 하고 있었다. 그러다가 온평리쪽을 바라보자 궤짝 세 개가 파노에 떠밀려 해안가로 둥둥 떠내려 오는 것이 아닌가. 한라산에서 내려와 궤짝을 건져 안을 들여다보니 푸른 옷을 입은 세 명의 공주와 말, 소, 오곡의 종자 그리고 사신이 있었다. 사신은 삼신인에게 벽랑국 왕이 하늘의 계시를 받고 자기 딸들을 보낸 것이라며 대업을 이루기 바란다는 말을 남기고 홀연히 사라져 버린다.

지금까지 전설의 섬 벽랑국碧浪國이 어디인가에 대해서는 일본의 섬, 상상의 섬 등등 의견이 분분한데 제주도가 ᄇ이고 사방이 4리라는 문헌상의 기록으로 보아 전남 완도군 금일읍 소랑도일 가능성이 높다는 주장도 나오고 있다. 여하튼 삼신인은 벽랑국에서 온 세 공주를 맞이한 뒤 배필로 삼아 혼례를 올렸다. 그리고 세 공주가 가지고 온 말과 소, 오곡의 종자로 말미암아 수렵만

하던 제주섬에 비로소 농업이 시작된다.

어른 키만큼 높은 신방굴 천장
연꽃이 피어 있는 혼인지를 지나 경내를 거닐다 보면 삼신인과 세 공주가 첫날밤을 보냈다는 신방굴이 나오는데 동굴을 자세히 들여다본 사람들은 삼신인과 세 공주의 러브스토리를 한낱 전설이라고 치부할 수만은 없지 않겠냐는 반응을 보인다. 이유인 즉 동굴이 3개의 공간으로 나뉘어 있는 데다 쪼그리고 앉아야만 안으로 들어갈 수 있을 만큼 천장이 낮지만 한걸음 한걸음 안으로 옮기다 보면 어느새 낮았던 천장이 어른이 서 있을 수 있을 만큼 높아져 안방 같은 느낌이 든다는 것이다.

동굴 탐사 대원과 플래시를 들고 직접 이 동굴 안으로 들어가 본 한 여성 올레꾼은 천장이 서 있을 수 있을 만큼 높아 어쩌면 삼신인과 세 공주가 정말 살림을 차려 살 수 있지 않았을까 하는 생각이 들었다고 한다.

삼신인과 세 공주의 이야기는 온평 포구로 내려올 때까지 이어진다. 정안수를 뜨던 샘물이 '산물통' 살아 있는 물 이란 이름으로 아직도 남아 있다. 또 두 그루의 나무가 100년 넘게 딱 붙어 살아오고 있다고 하여 백년해로 나무라고 불리는 고목이 도로변에 서 있다. 이 마을에서 하룻밤을 묵어가면 무병장수하고 아들을 낳는다는 말이 전해져 온다.

올레 2코스 종착지인 온평 포구에 도착하면 삼신인과 세 공주의 러브스토리가 완성된다. 바람이 불지 않는 날에는 온평 포구가 마치 호수처럼 평온하다. 온평 포구에 다다라서 잠시 숨을 몰아쉰 뒤 환해장성을 따라 걷다 보면 당시 세 공주가 들어 있던 상자를 건져 올렸던 '황루알'에 닿는다. 썰물 때면 사람의 발자국과 함께 말발굽이 갯바위에 선명하게 드러난다. 그 옆에는 세

삼신인이 벽랑국의 삼공주를 만나 혼례를 올린 혼인지

공주가 목욕을 했다는 선녀탕도 모습을 드러낸다.

올레꾼들을 위해 포구 앞에 세워진 쉼터로 들어간다. 성게칼국수 한 그릇으
로 허기를 달랜다. 배낭을 풀고 잠시 휴식을 취하다 보니 포만감에 감실감실
눈이 잠긴다.

옛 추억이 떠오른다. 초등학교 다니던 시절 나는 바닷가 마을에 살았다. 썰
물이면 무작정 도마칼을 가지고 바다에 나갔다. 큰 돌을 뒤집으면 큼직큼직
한 성게들이 옹기종기 모여 있었다. 성게를 하나씩 뾰족한 갯바위 위에 올
려놓고 반으로 짝 갈라내 안을 보면 노란 알이 군침을 나게 한다. 손가락으로
파내어 먹으면 입안에 바다가 가득했다.

3 Course 온평 ~ 표선 올레

총 22km ┊ 6~7시간

온평 포구 --> 도대불 --> 통오름 | 9km | --> 독자봉 --> 김영갑 갤러리 | 14km | --> 바다
목장 올레 | 17km | --> 신천리마을 올레 --> 표선 백사장 --> 표선 당케 포구 | 22km |

제주를 짝사랑한 김영갑과 '비밀의 화원'

온평리 바닷가.

도대불 하나 외롭게 서 있다.

혼자 길을 가는 여행자는 도대불에게 따뜻한 위로를 받는다.

도대불은 옛 등대다. 글자그대로 도대道臺불, '길을 밝히는 불'이란 뜻이다. 그런데 씁쓸하게도 등대燈臺의 일본어 발음인 도우다이에서 유래되었다는 주장도 있다. 그 모양이 원뿔 모양, 코카콜라병 모양, 사다리꼴 모양, 사각 모양 등 여러 가지인데 온평리 바다 앞에서 만난 도대불은 첨성대와 흡사하다.

불과 40여 년 전만 해도 도대불은 보재기^{잠수부}들에게 생명의 등불이었다. 솔칵_{송진류}이나 상어기름, 석유, 카바이드 등을 이용해 불을 켰다가 뱃일을 마치고 아침에 돌아오면 껐다고 한다.

말에서 내려 걸어갔던 난산리

온평리에서 멀어질수록 밭길은 난산리로 인도한다. 난산리는 마을이 생긴 지 800년이나 되는 유서 깊은 마을이다. 예로부터 박사, 교사, 작가 등 학자들이 많이 나오는 마을로 유명하다. 마을주민들의 자부심 또한 대단하다.

양지바른 길가에서 동네 촌로들과 쪼그리고 앉아 이야기를 나누고 있던 김평담 어르신은 "안동 하회마을과 견줄 수 있을 만큼 고위관료들과 덕망 높은 학자들이 많이 살았던 마을"이라며 "다른 동네 양반들도 우리 마을을 지나칠 때는 말에서 내려 걸어가야 했다"고 말한다.

여기서 통오름은 그리 멀지 않다. 통오름은 아침에 오르는 것이 좋다. 일부러 여기서 하룻밤을 머물고 싶다면 난산리 마을 가운데에 있는 고정화 할망 집에서 민박하며 이런저런 이야기를 듣는 것도 좋을 듯싶다. 고정화 할망의 남편이 바로 김평담 어르신이다.

김평담 어르신은 통오름 꼭대기에 서면 사방으로 말미오름, 수산오름, 다랑쉬오름 등 38개의 오름이 보인다고 말해 준다. 제주섬에 있는 오름이 모두 합

쳐 368개이니 10분의 1을 여기서 다 볼 수 있는 셈이다.

　오름의 형세가 밥통이나 물통 모양을 닮았다고 해서 통桶오름이다. 먼 옛날 제주섬이 바닷물에 잠겼을 때는 담배통 만큼만 물 위에 남았다는 전설이 내려온다.

　통오름은 대여섯 개의 봉우리가 화구를 둘러싸고 있다. 초록 양탄자와 같은 부드러운 촉감의 잔디를 밟으며 능선을 따라 한 바퀴 돌기 시작한다. 쑥부쟁이가 수줍게 피어 있다.

반쯤 돌다 맞은편 봉우리를 바라보면 민틋하다. 봉우리에 먼저 올라간 사람들이 개미처럼 작게 보인다. 내가 봉우리를 오르는 동안 그들은 봉우리를 내려온다. 그들이 점점 커지더니 내 옆을 지나친 이후에는 다시 점점 작아진다.

통오름과 독자봉은 아스팔트 길 하나를 사이에 두고 있다. 통오름을 내려와 아스팔트 길을 따라 가면 신산리라고 쓰인 표지석이 나온다. 여기서 5분 정도 걸어가면 독자봉 입구가 나온다. 마을에서 홀로 떨어져 있는 모습이 외롭게 보인다고 하여 독자봉이라고 불려졌다고 하는데 오름 이름 탓일까 이곳 신산리에는 독자들이 유독 많다고 전해지기도 한다. 하지만 이 또한 뚜렷한 근거를 갖고 하는 이야기가 아닌 그저 민담 정도의 이야기에 불과하다.

독자봉은 나무 계단들이 놓여 있어 오르기에 어렵지 않다. 길 건너 통오름과는 사뭇 다른 느낌이다. 듬성듬성 숲을 이루고 있는 탓에 정상을 향해 오르는 동안 시야가 확 트이지는 않는다. 정상에는 봉수대로 이용했던 흔적이 남아 있다. 화구 안에는 곰솔, 삼나무, 편백나무, 찔레나무가 어우러져 있다.

이어도를 영혼에 인화한 '김영갑'

아름다운 제주의 오름과 바다에 반해 20년 가까이를 제주에서 살며 '비밀화원'을 가꾸었던 말총머리 사진작가가 있었다. 고故 김영갑.

그가 생전에 공들여 지은 두모악 갤러리에 들러보자. 두모악은 한라산의 옛 이름으로 정상에 봉우리는 없고 대신 백록담이란 분화구만 있어 '머리가 없는 산'이란 뜻으로 두무악頭無岳으로 불렸던 데서 유래한다.

충남 부여에서 태어난 김영갑은 제주인 그 이상으로 제주를 사랑한 사람이

다. 그는 1982년부터 3년 동안 샛살림하듯 제
주와 서울을 오가며 사진을 찍다 제주섬만이
가진 신비스러움과 아름다움에 매혹되어
1985년 아예 제주에 둥지를 튼다. 그 뒤 김영
갑은 눈을 감을 때까지 오름과 바당 바다 을 오
가며 노인과 해녀, 들판과 구름, 오름과 억새
등 제주섬의 속살을 카메라에 담는다. 시인
정희성은 김영갑이란 이름 앞에 '이어도를 영
혼에 인화한 사진가' 란 수식어를 붙였다. 딱
들어맞는 표현인 것 같다.

섬사람들은 카메라를 메고 오름을 이리저리
휘저어 다니는 말총머리 남자를 이상하게 여
기기도 했다. 그래서 김영갑은 어떤 때는 간
첩으로 오인받아 경찰서를 들락거려야 했고
또 어떤 때는 가수로 착각한 사람들로부터 사
인을 해달라는 요청을 받기도 했다.

(위)김영갑 두모악 갤러리 정문.
(아래)두모악 갤러리에 걸린 김영갑
의 생전 모습

목동과도 마주치지 않은 '비밀화원' 제주의 속살을 들여다보는 즐거움

에 외로움과 궁핍함은 아무 문제가 되지 않았다. 밥 한 끼를 걸러 그 돈으로
필름을 사고 들판의 당근이나 고구마를 뽑아 먹으며 허기를 달랬다.

도시의 친구들이 그리워져 울적할 때는 그만의 비밀화원으로 내달렸다. 김
영갑은 자신의 글에서 비밀화원은 목동과도 마주치지 않는 태고의 신비를 간

직한 곳이라고 소개한다.

"많은 이들이 그곳을 스쳐 지났지만, 발길을 멈추지 않고 그냥 지나쳐 갔습니다. 그저 무덤덤하게 지나쳐 갈뿐이었습니다. 그곳에선 사람들과 마주치는 일이 없었습니다. 테우리^{목동}들과도 마주치기 어려웠습니다. 나는 그곳을 누구에게도 가르쳐 주지 않았습니다. 그곳에서만은 탐라인들처럼 자유롭기를 원했습니다. 비나 눈이 오는 날에는 나무에 기대어 구름과 놀고, 맑은 날에는 나비처럼 이리저리 날아다니며 정신이 몽롱해질 때까지 꽃향기에 흠뻑 취했습니다. 흐린 날이면 개구리처럼 땅바닥에 배를 깔고 풀밭에 납작 엎드려 키 작은 풀들의 흔들거림에 추임새를 넣어 가며 어깨춤을 추었습니다. 또한 바람 심한 날에는 족제비처럼 돌담 밑에 웅크리고 앉아 돌 틈 사이에 뿌리를 내리고 살아가는 키 작은 생명들을 들여다보며 삶에 대해 생각했습니다."

렌즈 속 풍경을 둘로 나누는 '송전탑'

그러나 불행히도 김영갑은 폐교인 삼달초등학교를 얻어 갤러리의 초석을 다질 무렵 셔터를 눌러야 할 손이 떨리고 이유 없이 허리에 통증이 오기 시작했다. 얼마 뒤 김영갑은 서울의 한 대학병원에서 루게릭병이라는 청천벽력과도 같은 소리를 듣게 된다. 병세는 점점 악화됐다. 혀가 꼬여 말하기도 어려워지고 서 있기도 힘들어졌다. 그러나 김영갑은 카메라를 메고 아무렇지도 않는 것처럼 오름을 오르내렸다. 비로소 카메라 들기가 버겁게 되자 두모악 갤러리에 칩거했다. 투병생활을 하는

김영갑의 뼛가루가 뿌려진 두모악 갤러리 정원의 감나무.

동안 더욱 고통스러웠던 것은 렌즈 속의 풍경을 둘로 나누는 송전탑이었다.

김영갑은 오름들이 신비스런 모습을 간직하던 어제가 그리웠시만 이제는 영영 돌아갈 수 없는 시간이라고 체념하고 하는 수 없이 용기를 내어 비밀의 화원에 대한 추억을 지우기로 결심한다.

투병생활 한 지 6년 만인 2005년 5월 29일. 김영갑은 눈을 감는다. 그의 뼛

야자수가 보이는 바다목장 올레

바닷가 언덕을 걷는 올레꾼들

한가롭게 풀을 뜯고 있는
소와 말들을 바라보다 나도 풀썩 앉는다.
고개를 돌리면 바다다.
갯내음과 풀내음을 번갈아 맡을 수 있는 올레다.

가루는 자신이 손수 만든 두모악 갤러리 감나무 아래 뿌려졌다. 가을이 되면 마당과 뒤뜰에 심어 놓은 10여 그루의 감나무에 주황빛 감이 주렁주렁 열린다. 투병생활을 하던 방에는 그의 손때가 묻은 가방과 카메라들이 주인을 잃은 채 놓여 있다.

올레 코스 중간쯤에 있지만 바로 가고 싶다면 동회선 시외버스를 타고 삼달2리에 내려 10~20분 걸어가면 나온다. 오전 9시 30분이 되어야 문을 여는데도 일찍부터 갤러리 앞에는 사람들이 서성거린다. 시골 마을인 데다 가구 수마저 적어 변변한 숙소나 식당을 찾기 힘들다는 점도 알아둘 필요가 있다.

바다와 목장이 어우러진 바다목장 올레
갤러리를 나와 밭에 난 샛길을 걷는다. 소똥 냄새가 뒤따라온다. 잰걸음으로 소똥 냄새와 간격을 두자 이번에는 앞에서 농약 냄새가 내려온다. 황급히 코를 막고 걷는다. 생전에 김영갑도 그랬을까.

신풍리로 내려와 '우물 안 개구리'라는 재미있는 이름의 레스토랑 안으로 난 길을 따라 주욱 내려가다 기역자로 꺾어지면 혼자 보기 아까운 풍경이 나온다. 도로 양쪽으로 소금을 뿌린 듯 가득 피어난 하얀 억새꽃들이 아름다운 오솔길을 내고 있다. 오솔길은 바다를 향하고 있다. 원근법에 따라 오솔길은 바다가 가까울수록 점점 좁아진다.

바다 앞에서 뚝 끊긴 길은 다시 기역자로 방향을 틀어 해변을 따라 S라인으로 이어진다. 돌담 너머로 신풍리 바다목장이 드넓게 펼쳐져 있다. 바다에 수평선이 있다면 목장에는 지평선이 있다. 드넓은 초장이 만들어 놓은 지평선 위로 야자수가 총총히 심겨 있어 남국의 정취를 더한다. 한가롭게 풀을 뜯고 있는 소와 말들을 바라보다 나도 풀썩 앉는다. 고개를 돌리면 바다다. 갯내음과 풀내음을 번갈아 맡을 수 있는 올레다.

연초록 잔디와 검은 갯바위, 코발트빛 바다가 어우러지는 풍광을 만끽하다 일어서서 앞으로 걸어가면 바당올레다. 바닷가에 돌멩이를 눕혀 울퉁불퉁한 바닥을 평평하게 하고 양 옆으로 돌을 쌓아 길을 냈다. 그래도 바당올레를 지날 때는 발톱을 먼저 깎아야 한다. 발끝으로 체중이 옮겨지기 때문에 발톱이 길면 아프다. 뾰족뾰족한 바윗돌을 밟고 지나다 보면 지압 효과를 맛볼 수 있어 시원하다. 신발을 벗어도 좋다.

감태 손질하는 표선 사람들

바당올레는 밭길로 이어지고 밭길은 신천리 배고픈 다리로 이어진다. 신천리 올레가 끝나갈 무렵 표선 해수욕장이 드넓

감태를 손질하고 있는 표선 사람들

오솔길을 내고 있는 억새꽃 무리

게 펼쳐진다.

해수욕장 도로에 널어놓은 감태를 마을주민들이 손질하고 있다. 햇빛을 받은 감태는 다시마처럼 까만 색을 띠는데 화장품 원료로 쓰일 만큼 보기답지 않게 효용 가치가 높다. 제주산 감태에서 추출된 씨놀이 현재까지 알려진 노화방지 물질로는 최고라는 연구가 나오고 있다. FDA미국식품의약국도 씨놀을 건강기능성 물질로 인정했다. 언뜻 보기에는 쓸모없는 해조류 같지만 마을주민들에게 감태는 고가의 부수입원이다. 태풍이 불면 해변으로 많이 쓸려 올라온다. 바닷가에서 할망이 몸을 구부려 감태를 바지런히 옮기고 있다. 시세를 물어봤다. 할망은 얼마 전까지만 해도 60킬로그램에 20만 원 정도 했는데 요즘은 조금 내렸다고 말한다.

표선 해수욕장 옆으로 난 산책길을 걷노라면 찰랑거리는 바닷물의 유혹에 못 이겨 신발을 벗어던지고 들어가고 싶은 충동이 인다. 그러나 표선 바다가 그래도 좋을 만큼 온순하지만은 않다. 예로부터 한번 폭풍우가 몰아치면 마을 전체가 파도에 휩쓸렸고 해마다 아이들이 빠져 죽는 일이 비일비재했다. 그래서 마을 주민들은 제주의 창조신이자 바람의 여신인 설문대할망에게 마을의 안녕을 빌었었다.

속옷명주 한동 모자라 연륙교 건설 못해 설문대할망은 옥황상제의 셋째 딸로 제주의 1만 8,000 신들 중 대표적인 여신으로 손꼽힌다. 설문두할망, 세명주할망, 선문대할망 등 여러 이름으로 불린 걸 보면 인기도 많았던 것 같다. 특히 설문대할망은 한라산을 베게 삼고 성산일출봉을 빨래바구니로 사용할 정도로 키가 컸다. 아무리 깊은 바다라 할지라도 무릎까지만 찼다.

이런 설문대할망에게도 고민이 하나 있었다. 그것은 소중이속옷가 한 벌뿐이라 매일 빨래를 해야 하는 불편함을 해결하는 것이었다. 그래서 제주섬 사람들이 제주와 육지를 잇는 다리를 놓아 주길 부탁하자 자신의 소중이를 만들어 주면 소원을 들어주겠다고 말한다. 설문대할망의 소중이를 만드는 데는 명주 100동이 필요했다. 제주섬 사람들은 온 섬을 다 뒤져 명주를 모았다. 그러나 아무리 애를 써도 99동만 모아지고 딱 한 동이 모자라 끝내 연륙교는 만들어지지 못했다.

대신 설문대할망은 표선 마을주민들의 소원을 받아들여 포구를 만들어 주었다고 전해온다. 그것이 바로 당케 포구다.

당케는 당과 개가 합쳐진 말인데 개는 제주어로 포구나 만灣을 말한다. 따라서 당케는 그 자체가 당이 있는 포구라는 의미인데, 지금까지도 포구 옆에는 은혜를 입은 마을주민들이 설문대할망을 기리기 위해 세운 할망당이 남아 있다. 언제 가보아도 소_L만 당집 안에는 제물로 올려졌던 사과나 소주나 음료 등의 흔적이 남아 있다. 기와지붕 위에는 고양이 두 마리가 앉아 낯선 이방인의 동태를 살피고 있다. 당집의 위치를 가르쳐 주었던 수퍼마켓 여주인이 말하길 매월 초하루에 제사를 지낸다고 한다.

도새기와 비바리

여기서 더 갈 것이 아니라면 제주 민속촌 박물관을 들러보는 것도 좋다. 눈여겨볼 것은 제주의 뒷간, 즉 통시다. 통시는 통새라고도 하는데 육지 지방의 뒷간과 다른 점은 하나의 울타리 안에 사람이 볼일을 보는 뒷간과 돼지막이 같이 있어 언제든지 돼지가 드나들 수 있다는 것이다. 다만 뒷간과 돼지막이 별도의 공간으로 거리를 두고 있어 뒷간에서 사람이 똥

제주 민속촌 박물관의 제주 도새기

을 누면 돼지막에 드러누워 있던 돼지가 걸어 나와 먹는 식이다. 그리고 다시 돼지가 눈 똥과 오줌은 바닥에 깔아 놓은 짚과 섞여 거름으로 만들어지는데 자연 발효됨으로써 냄새가 불쾌하지만은 않다. 거름은 밭에 뿌려지고 밭에서는 채소가 자란다.

　통새는 제주섬만이 갖도 있는 독특한 양식의 해우소解憂所다. 마음을 가라앉히고 속에 있는 것을 비워 내려 하면 성질머리 나쁜 돼지가 가끔 "꽥~ 꽥~" 소리를 내며 머리를 쳐들고 대들기도 한다. 이럴 때는 미리 준비해 둔 막대기로 돼지의 머리나 등을 툭툭 치면 좀 누그러진다.

제주 민속촌 박물관에는 제주돼지 즉 도새기가 두어 마리 자라고 있다. 도새기는 인분을 먹고 자란다. 비오는 날의 통새가 생각난다. 양옆으로 놓인 넓적한 팡돌에 발을 딛고 일을 보고 있는데 도새기가 탁탁 귀를 털기라도 하면 사방팔방 황금빛 오물이 날린다. 비바리^{처녀}라도 올라가 있으면 도새기 중에는 물개쇼를 하듯 짧은 목을 뺀 채 두발로 서서 경중경중 뛰어오를 태세를 하는 놈들도 있다. 도새기도 비바리를 쉽게 보는 것인가. 그러나 할망한테 걸렸을 때 그 도새기 영락없이 죽음이다.

4 Course 표선~남원 올레

총 23km : 6~7시간

표선 당케 포구 --> 해녀올레 --> 가는개 --> 토산 바다산책로 | 9km | --> 토산새동네 --> 망오름 | 11km | --> 거슨새미 --> 영천사 --> 송천 삼석교 | 14km | --> 태흥리 해안도로 --> 남원 포구 | 23km |

신에게 보내는
마지막 SOS

표선리 해비치호텔리조트 앞에는 푸른 바다를 배경으로 순백색의 등대 하나가 서 있다. 한무리의 남녀들이 떠드는 소리가 아침 바다를 깨운다. 이곳은 국내 최초 블록버스터 첩보액션 드라마라고 알려진 〈아이리스〉에서 승희(김태희 분)가 현준(이병헌 분)을 기다리는 마지막 장면을 찍은 곳으로 유명하다.

국가안전국 요원인 현준과 승희는 생사를 넘나드는 첩보와 데러 현장을 뒤로 하고 이제야 보통 사람들처럼 서로 사랑하며 조용한 삶을 사는가 했다. 둘은 제주도로 내려와 모처럼 꿀맛 같은 휴식을 취한다. 그런데 승희에게 줄 반지를 사러 갔던 현준이 자동차를 몰고 돌아오다 머리에 총을 맞고 승희가 보이는 바닷가 즈음에서 피를 흘리며 쓰러진다. 이런 사실을 전혀 모르는 승희는 마냥 설레는 표정으로 등대를 돌며 현준이 오기만을 기다린다.

누구에게나 아름다운 사랑 뒤에는 남모를 고단한 삶이 존재한다. 등대 가까이에 다가가 찰랑이는 바닷물에 손을 담갔다 나 혼자 돌아선다. 드라마는 드라마이고 현실은 현실일 뿐인데 아직도 등대에는 승희가 현준을 기다리며 서 있는 듯하다.

민박집 냉장고에 놓고 온 캔커피

드라마의 한 장면처럼 빨간 오픈카가 휙 지나간다. 나란히 앉은 남녀의 대화가 들리진 않지만 커피향처럼 달콤하게 느껴졌다.

아-차!

아침에 마시려고 민박집 냉장고에 넣어 뒀던 캔커피가 이제서야 생각났다. 그러나 돌아가기에는 너무 많이 와 버렸다. 머리를 쥐어박아도 소용없다. '세상살이가 다 주고 받는 건데……, 나도 누군가에게 주면 누군가로부터 받게 될거야. 깡통보다 더 큰 것으로…….' 애써 자위를 해본다.

해안도로는 끝이 보이지 않는다. 한지동을 지나갈 때 바다에서 검은 고무옷을 입고 망태를 걸치고 걸어 나오는 해녀 할망을 봤다. 해녀 할망이 렌즈 중앙에 들어올 때 즈음 찰칵 찰칵 셔터를 눌렀다. 거리가 좁혀질 즈음 해녀 할망이 쳐다본다. 용심화난 표정이다.

나는 해녀 할망들을 무서워한다. 어릴 적 그리 깊지 않은 바다에서 놀다 아무 생각 없이 해녀들이 뿌려 놓은 소라 양식 망사에 손을 댄 적이 있었다. 그때 고릴라 한 마리가 달려오듯 해녀 할망이 갖은 욕을 다하며 쫓아와 걸음아

나살려라 바윗돌에 무릎이 까여 피가 나도록 도망간 적이 있다. 그때 얼마나 놀랐는지 성인이 된 지금도 간혹 그날의 기억이 악몽처럼 되살아나곤 한다.

"찍지 말아, 할망 찍어 뭐허젠?" 나는 검지를 추켜올리며 '1컷' 촬영 요청 신호를 보냈다. 해녀 할망은 나의 제스처를 완전히 무시했다. 안 되겠다 싶어서 "할머니 한 컷 찍을게요!"라고 부드럽게 말을 건넸다. 할망은, 완강히 거절했다. "찍지 말아, 무사 찍엄서, 할망 찍엉 뭐허젠" 찍지 말아, 왜 찍는 거야, 할머니 찍어서 뭣 할려구

손자처럼 해녀 할망을 졸졸 따라 걸었다. 할망은 나를 거들떠보지도 않고 성큼성큼 걸어간다. 다시 슬그머니 말을 붙여 본다.

"할머니, 소라는 제주에서 구젱기라고 하죠?"

"흠" 할망이 해설피 웃는 듯하다.

"문어는 물꾸럭, 뭉게라고 하구요?"

이번에는 "히힛" 하고 소리내어 웃으며 대답한다. "그렇지."

"그럼 전복은 뭐라 하나요?"

"전보옥!"

바닷가에서 올라오면 찻길이다. 할망이 찻길 옆에 있는 집으로 스윽 들어가더니 문을 연다.

아! 해녀 할망 집이었구나. 그렇지 않아도 바닷가가 훤히 보이는 이 집에는 누가 살까, 궁금했었다.

할망은 오리발을 벗어던지고 슬리퍼를 신은 채 너부러지게 앉아 망태를 쏟아 낸다. 소라 여나문 개, 전복과 오분작이 서너 개, 문어 두어 개. 물에 들어간 지 꼬박 1시간여 만에 이룬 어획물이다.

(위)사진 찍지 말라던 해녀할망이 포즈를 취해 준다.
(아래)70년 동안 '바다학교' 다닌 순덕이 어멍.

할망이 소라를 까기 시작하자 나는 또다시 해녀 할망한테 사진 한 컷을 구걸했다.

"찍지 말아, 할망 찍어 뭐허젠" 할머니 찍어 뭣 하려고

다시 반복되는 대답이다. 하지만 톤은 한층 부드러워져 있다. 연신 호통 맞고 눈치를 살피고 있던 참이었는데 소라를 다듬던 할망이 슬쩍 곁을 내준다.

"이럴 때 찍지 뭐햄서?" 이럴 때 찍지 뭐해요?

일부러 소라를 가슴에 안으며 포즈도 취해 준다.

"어디서 와수광?" 어디에서 오셨습니까?

"서울에서 와수다." 서울에서 왔습니다

"하나 먹어 보쿠광?" 하나 먹어 보시겠습니까?

할망은 쇠꼬쳉이로 갓 잡은 소라 하나를 파내 건네준다. 맛있다. 아침식사다.

70년 동안 '바다학교' 다닌 순덕이 어멍

다시 5개월이 흐른 뒤 한지동 근처를 지나갔었다. 중년을 넘긴 해녀들이 손짓해 부른다. 여행자에게 신품종귤인 천혜향을 맛보라며 하나 건넨다.

얼굴이 가뭇가뭇한 해녀들 가운데 아담한 체구의 나이든 해녀가 눈에 띄었다. 동료 해녀들이 '순덕이 어멍'이라 부른다. 본명은 권옥화. 1931년생 양띠다. 권옥화 해녀 할망은 초등학교 입학 전에 바당 바다 에 입학했다고 한다. 그러고 보면 70년 이상을 바다에서 보낸 것이다. 힌빈 바다에 늘어가면 약 5시간 동안 물질을 한다. 어른 키 열 배가 되는 바다 속으로 들어가 해산물을 채취하고 숨이 차면 수면 위로 나오길 반복한다.

할망의 몸은 작고 야윈 편이었다. 하지만 물옷을 입고 바닷물 위로 엎드리

가마리 해녀올레에서 ᄀᄂ는개로 이어지는 대나무 숲길

며 헤엄을 칠 때는 스무살 처녀 저리 가라 할 만큼 몸놀림이 유연했다. 땅에 서는 할망이지만 바다에서 처녀였다.

35년 만에 복원된 가마리 해녀올레
한지동과 가마리를 잇는 해안도 로에서 바다 쪽을 바라다보면 강태공들이 툭 튀어나온 갯바위 하나씩을 차 지하고 고기를 낚느라 여념이 없다. 조금 더 가면 가마리 포구가 나온다. 가 마리는 행정구역상 세화2리다. 마을이 자리 잡은 위치가 포구의 머리라 하여 갯머리라 하다가 가마리라 불렸다. 펜션 에트왈제주를 왼쪽 옆구리에 끼고 바로 옆 계단을 내려가면 포구를 감싸듯 동그렇고 좁다랗게 길이 나 있다. 오른쪽에는 민가들이 들어서 있는데 허물어진 담 너머로 한 어르신이 네모난 주낙통에 옥돔잡이용 낚시바늘들을 가지런히 끼어 놓고 있다.

포구 위쪽은 가마리 해녀 작업장이다. 안에는 매직펜으로 이름들이 쓰인 주홍색 태왁들이 벽에 줄줄이 매달려 있다. 오른쪽으로 가마리 해녀올레로 이어지는 길이 나 있는데 언뜻 보면 막다른 곳처럼 보인다. 앞에 놓인 바윗돌을 밟고 올라서면 터널 같은 가마리 해녀올레가 눈에 들어온다.

고무매트가 깔린 가마리 해녀올레는 100여 미터 이어지다 끊기고 다시 100여 미터 이어진다. 고목들 사이로 난 가마리 해녀올레는 이곳 해녀들이 물질하러 다니던 길로 한동안 잊혀져 지내오다 사단법인 제주올레에 의해 35년 만에 복원되었다. 바다 옆으로 나 있는 길이라 한 동네에 살았던 사람이더라도 특별한 용건이 있지 않고서는 평생 모르고 지냈을 법한 길이다.

옛 정취가 되살아난 가마리 해녀올레는 울창한 대나무 숲 길로 이어지고 더 이상 앞으로 나아갈 수 없을 즈음 길은 바닷가로 내려간다. 이곳은 ㄱ는개라 불린다. 해군 제주방어사령부 소속 93대대 장병들이 넓적한 돌들을 바닥에 깔고 양옆으로 어린아이 무릎에 닿을락말락 담을 쌓아 만든 바닷가 길이다. 일명 해병대길이라 부른다. 이 해병대길은 ㄱ는개 해변을 따라 약 200미터 정도 반원을 그리며 나 있다.

다시 해변 끝에서 바윗돌들을 딛고 언덕 위로 올라서면 이름 모를 나무들이 빽빽한 숲이 있고 그 사이로 구붕구붕 소릿질 좁은 길이 도산리까시 나 있다. 여름날에는 숲 터널이 만들어져 햇빛이 들지 않고 겨울날에는 서너 시에도 어둑어둑해진다. 숲길의 길이는 약 300미터 남짓 된다. 뒤척이는 바다를 옆에 두고 나무들이 뿜어내는 신선한 공기를 마시며 숲길을 걷는다. 세상 시름

가마리 해녀 작업장에 걸린 주홍빛깔의 태왁들

다 사라지고 무엇과도 바꿀 수 없는 행복감이 밀려온다. 숲길을 빠져나오면 시야가 트이는 공터가 나오고 사시사철 빨간 열매가 다닥다닥 열리는 피라칸사스가 올레꾼들을 반긴다.

토산여자들 혼삿길 망친 '전설의 고향'

나그네의 발걸음은 토산마을로 향한다. 토산은 웃토산과 알토산으로 나뉜다. 웃토산은 토산 윗마을이고 알토산은 토산 아랫마을이란 뜻이다. 중산간도로를 기준으로 한라산 방향은 웃토산이고 바닷가 방향은 알토산이다.

토산은 당집으로도 유명하다. 더욱이 토산은 뱀을 모시는 마을로 알려졌다. 그렇다고 토산만 뱀을 숭배했던 것은 아니다. 제주 어느 마을이나 뱀을 하나의 신으로 모셨다. 제주에서 뱀신의 이름은 칠성신이다. 그 배경에 칠성본풀이 신화가 존재한다. 중의 자식을 임신한 처녀가 돌함에 담겨 제주섬에 표착한다. 곧이어 처녀는 일곱 마리의 뱀을 낳는다. 뱀들은 모두 여성의 몸으로 변신해 나타난다. 그중 한 명은 뒤뜰에 모셔져 부귀를 담당하고 또 한 명은 고팡곳간에 모셔져 곡식을 담당한다. 뒤뜰에 모셔진 칠성은 밖칠성, 고팡에 모셔진 칠성은 안칠성이라 부른다.

그러나 정작 토산은 뱀 때문에 한동안 오해와 편견에 시달려야 했다. 그중의 하나가 토산여자의 첫날밤 이야기다. 다른 마을로 멀리 시집간 토산여자가 새신랑과 함께 첫날밤을 보내기 위해 집에서 가져온 이불을 펴자 그 안에 뱀 한마리가 똬리를 틀고 앉아 기다리고 있었다는 이야기다. 그러나 이것은 TV 프로그램 〈전설의 고향〉이 재미를 더 하기 위해 살을 보태 극화한 데서 비롯된 것일 뿐이다. 하지만 이런 뜬 소문 때문에 직접적으로 피해를 입은 것

가마리 해너울래

은 토산여자들이다. 토산 출신 여자들에 대한 이미지가 왜곡되어도 한참이
나 왜곡되어 혼삿길이 막히기도 했다. 그러나 지금은 아무리 눈 씻고 뱀을 찾
아보려고 해도 찾아볼 수 없다. 농약과 제초제가 보급되면서 뱀들이 사라져
버린 것이다.

귤 안고 달려오는 할망들

일주도로를 건너면 망오름으로 이어진다. 조
용한 들길. 10월 하순. 평일이어서 그런지 한참을 가도 인적이 보이지 않는
다. 길은 길고 해는 짧다. 쓸쓸함마저 들 때 바람에 날린 이파리 하나 어깨를
툭 치고 지나간다.

다시 길을 간다. 과수원에서 할망들이 귤을 따고 있다. 한 할망이 나를 보
더니 혼잣말을 한다.

"분시 모른 저 어른은 어디 가젠 햄시고" 세상 물정 모르는 저 사람은 어디 가려 하나.

또 한 할망이 나를 보더니 기다리기라도 했다는 듯 두 손 가득 노란 귤을
갖고 와서 건네준다.

"어디에서 와수광?" 어디에서 오셨습니까?

"서울에서 왔습니다."

"망오름 감수광?" 망오름 가세요?

"예."

"혼적 갑시. 이거 믹으밍." 어서 가세요. 이거 먹으면서.

귤을 받고 등산복 윗도리 양쪽 주머니에 넣었다. 주머니가 불룩해졌다. 한
할망이 똑같은 모습으로 다가와 귤을 내놓는다. 나는 손사래를 쳤다. 그러나
할망은 셌다.

맛오류 가는 길에 있는 귤밭, 할망이 귤을 들고 다가온다.

"가져갑서! 가져가세요 맛 좋습니다."

주머니에 다시 밀어 넣었다. 양쪽 주머니가 불룩하다 못해 귤이 굴러 떨어지기까지 했다. 오늘 내일은 귤을 사먹을 일이 없겠구나 생각하며 자리를 털고 일어나려 하던 참이었다. 그런데 이미 한 할망이 다가와 서 있었다. 양손에는 크고 작은 귤들이 탑을 쌓고 있었다. 아뿔싸. 그 뒤에 또 한 할망이 다가오고 있는 것이었다. 할망 역시 갓 딴 귤을 앞으로 내놓았다.

"나꺼 아니우다. 주인은 저기 이수다. 혼적 혼적 갑서!" 제 것이 아닙니다. 주인은 저기 있습니다. 어서 어서 가세요!

나는 안 되겠다 싶어 허겁지겁 배낭을 열어 할망이 건네주는 귤들을 담았다. 할망은 내가 배낭에 귤을 다 넣는 것을 확인하고 나서야 돌아섰다. 그날 받은 귤은 며칠 동안 먹을 수 있을 만큼 많은 양이었다.

사실 제주에서는 귤 인심이 좋다. 그러나 12월이 다 되어야 귤 인심이 생기지 조생귤이 나오는 이때쯤에는 상품으로 나가기 바빠 대놓고 귤을 얻어먹기가 그리 쉽지만은 않다.

그런데도 내가 귤을 얻어먹을 수 있었던 것은 햇귤따는 첫날이라는 우연 때문이었을 것이다. 농촌 할망들에게는 이 날이 축제처럼 흥겨운 날이다. 마침 그날 내가 그쪽을 지나가다 기웃거렸던 것이다. 게다가 그런 나의 모습을 보고 할망들은 도회지로 나가 있는 자식 생각이 났을 터였다. 서울에 간 아들딸을 보듯 나름대로 대해 준 것이었다는 생각이 든다.

제주에 대한 섭섭함 씻겨 내려
엉겁결에 주인에게 들키면 무슨 꼴이 될 것인가 하는 생각에 발걸음이 바빠졌다. 도둑이 제 발 저린다고 했던가.

푸드덕.

풀숲에 머리를 박고 있던 꿩 한 마리가 하늘로 날아오르는 소리에 흠칫 놀랐다.

망오름에 가까이 왔다. 망오름 초입에는 돌계단이 곱게 깔려져 있다. 망오름은 그야말로 망을 볼 수 있는 오름이다.

인근에서 키위와 한라봉 농사를 하는 김재근 씨는 제주섬이 삼림보다 초지가 많아 망오름에 올라서면 아래 마을이 다 굽어보이고 저 멀리 성산읍 일대와 서귀포 바당이 보인다고 말한다.

그런 까닭에 망오름 정상에는 봉수가 설치되어 있었다. 불씨가 주변으로 번지지 않도록 정상에 고랑을 두 겹으로 파 놓은 흔적도 눈에 띈다.

루이뷔통, 헤르메스, 거슨새미?
망오름을 내려오면 아스팔트 길이다. 간혹 승용차들이 다닌다. 거슨새미가 빨리 보고 싶어졌다.

숲속에 있는 거슨새미. 그 이름이 멋있다. 나는 거슨새미라는 단어에서 루이뷔통, 샤넬, 에르메스처럼 핸드백이나 화장품에 붙여도 손색이 없을 것 같은 언어의 질감이 느껴진다.

이름에 담긴 뜻도 역동적이다. 거스르는 샘. 조금 더 가면 영천사가 나오고 그 옆에 노단새미가 나온다. 거슨새미와 노단새미는 원래 한곳에서 흘러나오는 생수인데 노단새미가 바다 쪽을 향해 제대로 흘러가는 샘이라고 한다면 거슨새미는 한라산으로 거슬러 올라간다는 샘이다. '거슨'은 거스르다라는 뜻이고 '노단'은 제주어로 바른쪽이란 뜻이다.

거슨새미. 이 얼마나 에너지가 넘쳐나는 물인가. 거슨새미는 산남 동쪽 끝 샘으로 유명한데 물통이 외따로 1개 있고 층층이 7단에 걸쳐 물통이 있어 물

량이 어느 정도였는지 짐작게 한다. 거슨새미의 물은 상탕, 중탕, 하탕으로 구분해 용도에 따라 사용되었다. 상탕은 가장 정갈한 물로 마을 동제를 지낼 때 쓰였다. 그리고 중탕은 식수로 이용됐고 하탕은 빨래터 역할을 했다.

돌부리에 물허벅 깨질라 사실 제주섬은 물이 귀하다. 구멍 뻥뻥 뚫린 화산토라 물이 고이지 않는다. 지금도 논농사가 되지 않는 이유가 거기에 있다. 다만 제주섬에는 용천수가 많다. 지하로 스며든 물은 해안에 이르러 자연스럽게 돌틈으로 흘러넘치거나 아니면 바닷물의 압력에 의해 땅위로 솟아오른다. 이것이 제주 해안가에서 종종 발견되는 용천수다.

용천수 주변에는 비바리처녀들이 물허벅을 지고 나르는 풍경이 벌어지곤 했다. 육지에서는 물허벅을 머리에 이지만 제주에서는 등에 진다. 제주도가 돌, 여자,

물허벅

바람 많은 삼다도 아니던가. 그래서 자칫하면 돌부리에 발이 걸리거나 바람에 몸을 가누지 못해 넘어질 수 있었다. 그렇게 되면 물허벅이 산산조각 깨질 위험이 있기 때문에 대나무 바구니에 물허벅을 넣어 등에 지고 다녔다. 물허벅 주둥아리 역시 잘록하게 만들어 물허벅을 지고 바쁜 걸음으로 가더라도 철렁철렁 소리만 날 뿐 물이 밖으로 흘러넘치지 않도록 했다.

그런 면에서 본다면 토산리는 복 받은 땅이다. 이 두 곳의 샘물은 여름에는 시원하고 겨울에는 따뜻하며 수질이 좋고 양이 많아 토산리가 생긴 이래 상수도 시설이 되기 전까지 인근 가시리, 세화리, 신흥리 등의 중요한 생활용수로 사용되었다.

아리따운 수신이 지킨 샘물 '거슨새미'

전설에 따르면 약 900년 전 송나라에서는 제주도에 날개 달린 장수가 날 것이라는 소문이 돌았다. 이에 송 황제는 복주福州 출신 술사 호종단을 보내어 제주의 산수맥을 모두 뜰 것을 명했다.

구좌읍 종달리 포구로 들어온 호종단이 수맥을 뜨면서 토산리에 거의 올 무렵 한 어여쁜 처녀가 먼저 너븐밭넓은 밭을 갈고 있는 농부에게 허겁지겁 달려와 매우 급하고 딱한 표정으로 사정을 한다.

"빨리 저기 새미물을 여기 행기놋그릇에 떠서 저 고부랑낭구부러진 나무 아래 잠시만 숨겨 주십시오."

농부는 그녀의 말대로 거슨새미로 달려가 헹기로 물 한 바가지를 떴다. 그러자 신기하게도 물이 콸콸 넘쳐나던 샘이 눈 깜짝할 사이에 바짝 마르고 말았다.

얼마 안 있어 농부 앞에 호종단이 나타났다. 호종단은 제주도의 명혈을 그린 산록을 들고 나타나 농부에게 대뜸 물었다.

"여보시오. 말 좀 물읍시다. 이 근처에 고부랑낭 아래 있는 헹기물이 어디 있소."

농부는 고개를 흔들며 시치미를 뚝 뗐다. 그러자 호종단은 산록을 여러 번 넘겨 보며 '이곳이 맞는데……' 라고 숭얼거리나가 이리저리 아무리 찾아도 샘이 보이지 않자 "에이! 쓸데없는 문서"라고 하면서 산록을 태워 버리고 어디론가 사라졌다고 한다.

호종단이 떠난 뒤 농부는 거슨새미에 가서 물을 부었다. 그러자 그곳에서 다시 물이 솟아나 원래대로 샘이 되었다.

그 아리따운 처녀는 다름 아닌 거슨새미의 수신水神이었던 것이다.

마을 샘을 지키려고 했던 아름다운 여신의 이야기가 전해 내려오고 있는 거슨새미. 거슨새미는 현재 별다른 쓰임새가 없이 숲속에 고즈넉이 자리잡고 있다. 상탕에서는 물이 고인 가운데 연꽃이 피어 있는가 하면 물이 마른 아래 탕에는 이름 모를 잡초들만이 자라나고 있다. 아직도 땅속에 많은 물이 들어 있는지 여기저기서 물이 터져 나오는 작은 구멍들이 발견된다. 너븐밭 주변에는 헹기 무덤이 있다.

영천사에서 태흥리 가는 길은 앞을 보아도 감귤밭이고 옆을 보아도 감귤밭이고 뒤를 보아도 감귤밭이다. 들바람이 셔츠 사이로 파고들고 서녘은 황금

귤빛으로 물들기 시작한다. 간혹 들길의 적막을 깨뜨리는 것은 감귤 밭 인부들이 틀어 놓은 라디오 소리다.

  꽹 꽤애앵 꽹 꽤애앵.

  태흥리 해변가를 걸어가는데 어디선가 징소리가 들렸다. 라디오에서 나는 소리는 아니었다. 소리를 따라가 보니 바닷가 앞에 쓰다만 것 같은 가건물에서 새어나오는 굿소리였다. 그 안을 들여다보았다. 사과, 배가 올라간 제상 앞에서 하얀 고깔모자를 쓴 한 여인이 방울을 흔들며 춤을 추고 있다. 그리고 바로 앞에는 할망과 나이가 조금 든 아지망^{아주머니} 서너 명이 고개를 조아리고 있다.

  "미리 해시민 애기도 낳고 살 걸."^{미리 했으면 애기도 낳고 살 걸}

심방_{무당}이 조금이라도 일찍 빌었으면 좋았을 텐데, 하고 안타까운 마음을 전하자 모서리에 앉았던 중년여성과 할망들이 추임새를 한다.

"예에—, 예에—."

창가로 다가가 할망에게 사연을 묻자 불쾌한 표정으로 잘라 말한다.

"알앙 뭐 허쿠광?" 알아서 뭘 하시려구요?

맞다. 알아서 뭘 할 것인가? 묻는 사람이 바보다. 굿이란 본래 사람의 힘으로 안 될 때 신에게 기대는 마지막 수단이 아니던가. 열 중 아홉은 남에게 알리기 어려운 아픈 사연들인 것이다. 한동안 바닷가에서 들리는 징소리가 발을 동동 굴리는 모정_{母情}처럼 귓가에 맴돌았다.

5 Course → 남원~쇠소깍 올레

총 15km | 4~5시간

남원 포구 --> 큰엉경승지 산책로 | 3km | --> 동백나무 군락지 | 6.5km | --> 위미항 조배머들 코지 | 8km | -->

공천포 검은 모래사장 | 11km | --> 망장 포구 --> 예촌망 | 13km | --> 효돈천 --> 쇠소깍 | 15km |

반전의 올레,
예술의 올레

남원 포구를 두리번거리다 보면 한쪽에 '괸당네 어시장 1호점' 이라는 허름한 수산물 도소매점 간판이 보인다.

괸당.

이 말처럼 제주 사회의 오래된 문화를 잘 나타내는 단어가 있을까. 친척이나 혈족을 뜻하는 괸당은 제주 사회의 특징을 보여 주는 하나의 키워드다.

시집 장가 멀리 가는 것을 터부시 하는 제주섬에서는 한 다리 건너면 사돈이고 팔촌이다. 그렇다고 육지 지방처럼 동족촌을 이루는 것은 아니고 다양한 성씨가 마을에 거주한다. 그렇다 보니 친척이나 혈족을 중심으로 한 공동체 의식이 보다 강조되어 괸당문화가 만들어진 것이 아닐까 생각한다.

현대에 와서는 괸당문화가 부정적으로 평가받기도 한다. 선거문화가 혼탁해졌을 때를 일컬어 '괸당선거'라고도 한다. 사실 괸당이란 단어는 먼 친척까지 끌어안는 힘이 있다. 서로 촌수가 어떻게 되는지 잘 몰라도 괸당이라고 하면 금방 가까워지는 느낌이 든다. 그래서 어떤 이는 대한민국에서 가장 큰 정당은 괸당이라고 우스갯소리를 하기도 한다.

남원 해안도로를 걷다 보면 낭사랑 회원들이 세운 시비들이 보인다. 도종환 시인의 〈흔들리며 피는 꽃〉이 산만했던 마음을 다잡아 준다.

흔들리지 않고 피는 꽃이 어디 있으랴
이 세상 그 어떤 아름다운 꽃들도
다 흔들리면서 피었나니
흔들리면서 줄기를 곧게 세웠나니
흔들리지 않고 가는 사랑이 어디 있으랴

어디 사랑만 그러하겠는가. 바람을 맞지 않고 비에 젖지 않고 피어나는 꽃이 없는 것처럼 실패하지 않고 절망하지 않으며 살아가는 인생이 어디 있을까.

남원 큰엉과 산책로 남원 큰엉 경승지에 당도했다. 큰엉은 그야말로 '큰' 엉 이다. 엉은 바위의 윗부분이 앞으로 튀어 나와 옆에서 보면 바다쪽으로 아가리를 크게 벌린 듯한 지형을 말한다. 남원 큰엉 산책로는 제주도에서 가장 아름다운 산책로로 손꼽힌다. 장장 1.5킬로미터의 해안가를 따라 5층짜리 건물 높이보다 더 높은 기암절벽들이 성을 두른 듯 서 있다. 추락사를 방지하기 위해 바다 쪽으로는 목책이 둘러쳐져 있다. 들풀과 나무들이 가지를 뻗어 나 그네의 팔을 잡아당기고 이름 모를 새들이 청량한 소리로 말을 걸어온다.

남원 산책로는 연인들끼리 소곤소곤 이야기를 나누며 걷기에 안성맞춤인 올레길이다. 시퍼런 바닷물이 서서히 밀려와 삐죽삐죽 솟아난 바위를 때리 며 하얗게 부서져 포말이 된다. 바다는 다시 푸르게 말리며 점점 큰 파도를 만들어 낸다. 지칠줄 모르고 되풀이하는 파도의 몸짓을 보노라면 누군가에 게 뭐라 뭐라 소곤대는 듯하다.

해안 산책로를 걷다 보면 마치 영화 속 주인공이 된 듯한 느낌이 든다. 멋 있게 포즈를 취하고 사진 한 장 두 장 찍으며 걷다 보면 마침내 신영영화박물 관으로 연결되는 계단이 나온다. 이름만 대면 알 만한 스타들의 얼굴 사진을

큰엉 산책로

프린트한 큼지막한 패널들이 꽂혀 있다.

수평선의 '지귀도'

큰엉 산책로를 벗어 나오면 한국불교태고종 선광사 앞이고 이 앞을 지나치면 위미리로 들어서게 된다.

위미리 마을 올레를 걷다 보면 바다 저 멀리 수평선 위로 지귀도가 두꺼운 펜으로 한 일—자를 그려 넣은 듯 떠 있다.

지귀도는 무인도다. 동력선을 타고 가면 20~25분 걸린다. 지귀도 근처에는 자리돔, 갈치, 톨, 미역 등 전어종이 풍부하다. 위미리 마을 주민들의 자부심도 이만저만이 아니다. 마을 어귀에서 만난 60대 주민은 "지귀도는 완벽한 무공해 지역"이라며 "만일 지귀도마저 더러워지면 우리나라는 끝"이라고 큰소리로 말한다.

오른쪽으로 섶섬과 문섬이 얼굴을 내민다. 그러나 올레 6코스까지 가야 완연한 모습을 볼 수 있다. 섶섬은 보목항을 지나가노라면 눈에 한가득 들어온다. 문섬은 외돌개에서 바로 볼 수 있다.

위미는 효돈과 함께 귤이 매우 달기로 유명하다. 우리가 일반적으로 먹는 노지 귤은 11월 초순에서 중순 사이에 따는 조생 온주라는 귤이다. 이보다 더 빨리 노랗게 익는 귤이 있다. 10월 중순에 따는 극조생이 그것이다. 서귀포 주변 귤밭 옆을 걷다가 하나를 얻어 여러 갑을 한꺼번에 입에 넣으면 달콤하고도 시원한 과즙이 출렁인다.

위미리는 효돈과 함께 귤 농사로 부자가 된 사람들이 많다. 1960~70년대에는 귤나무 하나면 대학을 보낸다고 해서 귤나무에는 대학나무라는 별명도 생겨났다.

위미리 바닷가

남편 발 찌른 소나무 베어 내고 심은 동백나무

담벼락처럼 동백나무가 둘러쳐 있다. 심심풀이로 오각형 꼴인 동백나무 군락지 담장밭을 한 발 한 발 세어 가며 돌아보니 700걸음은 족히 넘었다. 한 걸음에 하나의 동백나무가 심겨 있는 꼴이니 700그루는 가히 될 듯하고 밑둥에서부터 서너 개의 가지가 뻗어 올라와 있어 그 수는 더욱 많아 보였다.

약 130년 전 현맹춘 할머니(1858~1933)가 심은 것이다. 현맹춘 할머니는 열일곱 살 때 이 마을로 시집와 해초 캐기와 품팔이를 하며 어렵게 돈을 모았다. 그렇게 해서 모은 돈 35냥으로 황무지를 사들이고 모진 바람을 막기 위해 방풍림을 심었다. 그러나 방풍림으로 처음부터 동백나무를 심은 것은 아니었다. 원래는 이 자리에 소낭 소나무 들을 심었다. 그런데 어느날 남편인 고 오용진 옹이 밭일을 하던 중 소나무 가시에 발이 찔려 파상풍으로 고생하게 된다. 그 뒤 이를 옆에서 지켜보던 할머니는 소낭을 모두 뽑아내고 그 자리에 가시 없는 나무인 동백나무를 심는다.

손자 오두찬 씨는 "이때 뿌린 동백 씨만도 관대로 넉 대, 즉 한 말 들었다"고 말한다. 오 씨는 "옛날에는 지금보다 더 많은 동백나무가 둘러쳐 있어 도둑이 들어와도 대문을 통하지 않고는 밖으로 나가지 못할 만큼 울창했다"고 회고한다. 추석이 오기 전에 떨어지는 동백나무 열매는 민간에서 머릿기름이나 등잔불 기름 용도로 애용됐는가 하면 천식이나 독감에 걸린 사람에게 특효약으로 각광을 받기도 했다. 지금 동백나무 군락지에는 5대에 걸쳐 군위 오씨 집안만 살고 있다.

일본 풍수학자 계략에 부서진 조배머들 기암괴석

바람이 없는 날 위

조배머들 코지

미 바다는 호수와 같다. 바다색이 연푸른 색을 띨 때는 입을 대고 마시고 싶은 충동 마저 인다. 울퉁불퉁한 갯바윗돌을 걷다 보면 자연스레 발바닥이 지압효과를 받아 시원해진다. 저 멀리 바다에 떠 있는 섶섬 문섬이 아까보다 더 크게 보인다.

조배머들 코지에 당도했다. 코지는 제주어로 바닷가로 튀어나온 지형을 말한다. 조배머들 코지에는 100여 년 전만 해도 70척이 넘는 비룡형飛龍型, 문필봉형文筆峯型 등 기암괴석이 즐비해 마을의 번성과 인재의 출현을 기대하던 위미리 주민들에게는 성소聖所 역할을 했었다.

그런데 이를 시기한 일본인 풍수학자가 김 씨 집을 찾아가 "저 기암거석이 당신의 집을 향해 총을 겨누고 있는 형세이니 앞으로 집안의 안녕을 도모하려면 바위들을 파괴해 버려야 한다"고 속여 김 씨로 하여금 조배머들 코지의 기암괴석을 부숴 버리게 한다. 전해 오는 말에 따르면 당시 조배머들의 부서진 기암괴석 아래는 곧 용이 되어 승천하려던 늙은 이무기가 붉은 피를 뿜으며 죽어 있었다고 전해진다.

이 일이 생긴 뒤로 위미리에는 큰 인물이 나오지 않았다고 한다. 게다가 장래가 촉망되는 인물이 나왔다가도 시름시름 아프거나 일찍 세상을 떠났다고 전해진다.

위미우체국을 지나 해안가를 걷다 보면 바닷물이 육지 안으로 밀려드는 모습을 볼 수 있다. 거기에 담수가 나오는 '고망물'이 있다. 고망은 제주어로 구멍을 뜻한다. 고망물은 한라산에서 발원한 물이 제주섬 특유의 화산회토층을 거치면서 자연스럽게 여과된 뒤 흘러 오다 바닷물의 압력을 받아 구멍을 통해 솟아난 물이다.

배낭을 내려놓고 납작이 엎드려 두 손으로 고망물을 떠서 먹어 본다. 갈증이 났던 터라 수퍼마켓에서 파는 생수맛 이상이다. 한 치 두 치 넘어 짠물이 밀려오고 있는데 이 고망에서 나는 물은 달기만 하다. 고망물은 상수도가 개설되기 이전까지 오랜 세월 동안 주민들의 식수원으로 사랑을 받아왔다. 1940년대 이곳에는 고망물을 이용해 소주를 생산하던 황하소주 공장도 있었다고 한다.

사생활 보호했던 '올레목'
위미리는 해안가를 따라 길게 형성되어 있다. 걸어도 걸어도 위미다. 마을 안쪽으로 들어서자 반갑게도 옛 올레의 원형이

올레의 본래 의미는 마을길과 집을 잇는 골목길로 양쪽의 돌담이
끄트머리에 가서 급하게 휘어져 마을길에서 집 안을 볼 수 없다.

여럿 남아 있다. 반가운 마음에 몇 번이고 큰길에서 대문까지 이어진 남의 집 올레를 왔다 갔다 해 보았다.

올레는 마을길과 집을 잇는 골목길이다. 양옆에 쌓아놓은 돌담이 햇빛을 가려 어둑어둑한 느낌마저 든다. 올레의 길이가 길면 길수록 집주인이 이신가 어신가 있는지 없는지 더욱 궁금해지고 설레는 마음 역시 더 커진다.

예로부터 올레는 폭이 넓을수록 돌담을 높게 쌓고 폭이 좁을수록 돌담을 낮게 쌓아 돌담이 사람을 위압하지 않도록 했다. 그리고 제대로 된 올레는 바닥의 양옆에 넓적한 돌들을 깔아 일종의 유도 표시 기능을 맡도록 하면서 비올 때는 신발에 흙을 묻히지 않고 걸을 수 있도록 했다. 게다가 멋을 아는 사람들은 돌담 아래 수선화 몇 그루 총총히 심어 올레에 포인트를 주었다. 사실 올레레는 대부분 마을길과 대문까지의 거리가 다소 긴 데다 폭마저 좁아서 지루함마저 든다. 수선화는 골목의 단조로움을 없애는 역할을 했다. 가히 서민예술의 백미다.

올레의 길이는 보통 6~15미터에 달한다 또한 올레는 돌담이 약간 휘어지거나 비뚤거리는 형태로 대문까지 이어지는데 그 폭 역시 일정한 간격을 고집하지 않는다. 두 사람이 걸으면서 양팔을 벌려도 될 만큼 넓어졌다가는 금세 절반으로 좁아지고 그러다가는 다시 조금씩 넓어진다. 사람이 낸 길이 맞다.

그러나 뭐니 뭐니 해도 올레의 묘미는 반전이다. 마을길에서부터 길게 이어져 오다 대문 가까이에 이르러 급하게 휘어진다. 일명 올레목이다. 올레목을 지나면 마당인데 좁고 어두웠던 시야가 갑자기 넓어지고 환해진다.

이 같은 올레의 반전 구조 덕분에 바람 많은 제주에서 아무리 바람이 세게 불어도 막바로 초가집을 강타하는 것을 막을 수 있었다. 또 여간해서는 밖에서 안을 들여다볼 수 없어 사생활을 보호하는 데도 한몫 톡톡히 했다. 한여름 더위를 못이긴 여인네가 웃통을 훌러덩 벗고 멱을 감고 있더라도 마을길을 지나는 남정네는 아무리 고개를 빼고 까치발을 세워 보아도 올레 안집 여인네가 목욕을 하고 있는지 빨래를 하고 있는지 알 수가 없다.

바닷가의 노천 목욕탕

마을길을 지나다 보면 작정하듯 바다 쪽으로 쭉 뻗은 돌담길이 나온다. 여기를 통과하면 위미1리 넙빌레로 이어진다. 넙빌레는 예로부터 주민들이 여름철 멱을 감으며 휴식을 취하던 노천탕으로 유명

바닷가에 있는 여자 목욕탕. 여자들이 목욕과 빨래를 했던 곳이다.

하다. 용천수가 솟아올라 담을 쌓아 놓고 남탕과 여탕을 만들어 각기 사용했다. 대체로 남탕은 도로변에서 가깝고 여탕은 사람의 시선이 닿지 않은 곳에 자리 잡고 있다. 남자들은 바다를 오가며 다이빙과 목욕을 하고 여자들은 목욕과 빨래를 했던 곳이다.

공천포 마을이 나온다. 마을 노인회관 건물에 올레꾼들을 위한 쉼터도 마련되어 있다. 바로 앞에 '올레 우체국' 이라 쓰여 있는 빨간 우체통도 놓여 있어 그리운 사람에게 엽서 한 장 보내고 계속 길을 가면 좋을 듯하다.

마을을 휘감아 돌다 보면 건너편으로 배고픈 다리가 나오는데 다리가 오목하게 들어가 있는 것이 배가 고파 보인다. 이곳을 건너자마자 또 하나의 배고픈 다리가 나온다.

언덕배기로 오르면 두 갈래 길이 나오는데 불광사 방향으로 길을 잡는다. 그러나 만조 때에는 우회해야 한다고 표지판은 가르쳐 준다.

오래된 디지로그 '정낭'

불광사 방향으로 난 길은 시골마을 어귀 같은 느낌이다. 좌우로 늘어서 있는 고목 아래로 시원한 바람이 불어온다. 시골 별장 건물 앞에 정낭이 놓여 있어 눈길을 끈다. 예로부터 정낭은 제주에서 대문 구실을 해오던 것인데 현대식 건물과 묘하게 맞아떨어지는 것 같다. 소나 말 같은 동물의 출입을 막기 위해 사용됐던 정낭은 현대식 콘크리트 건물에서 풍겨 나오는 폐쇄성이나 거만함을 십분 완화시켜 주기에 충분하다.

아날로그 시대에 만들어졌던 정낭은 두 개의 돌기둥과

공천포 마을의 올레우체국

귤밭 옆으로 좁다랗게 난 길

쇠소깍에서 테우를 타 보세요.
하지만 소리는 지르지 마세요.
고성방가를 하면 날씨가 나빠진다고 해요.

통나무 세 개를 이용해 정보를 송수신하는 오래된 디지털 대문이다. 우편함만 붙어 있는 우리의 쇠대문이 수신 기능만 하는 것에 비하면 정낭은 집주인의 위치를 말해 주는 송신 기능까지도 하는 스마트한 대문이다.

집주인을 만나러 왔다가 통나무 세 개가 모두 걸쳐져 있으면 그냥 돌아서야 한다. 집주인이 장기 여행을 떠나 현재 집에 사람이 없다는 신호이기 때문이다. 통나무가 두 개만 걸쳐져 있으면 한참 뒤에 온다는 뜻이고, 통나무가 하나만 걸쳐져 있으면 잠깐 나갔다 온다는 의미다. 물론 통나무가 하나도 걸쳐져 있지 않으면 집에 사람이 있으니 들어와도 좋다는 뜻으로 받아들여진다.

길이 끝나는 지점에서 불광사로 향하는 오르막길이 나온다. 이 길로 올라가려는데 갑자기 배고픈 다리 건너편 길에서 뭐라 뭐라 외쳐 대는 소리가 들린다. 손차양을 하고 자세히 바라보니 아까 만난 동네 어르신이었다. 오르막길로 가지 말고 바로 아랫길로 가라고 손짓하고 있었다.

아랫길은 바다를 따라 나 있었다. 울퉁불퉁한 바윗돌들을 밟으며 10여 분 동안 걷다 보니 눈앞에 아담하고 포근하게 느껴지는 망장포가 나왔다. 고려 말 제주섬이 몽골의 직할지였을 당시 말과 물자를 원나라로 보냈던 포구다. 오랜 세월의 더께처럼 푸른 이끼가 낀 망장포는 무덤덤하게 바다를 바라보고 있었다.

언덕배기로 올라서면 이내 해안 숲길로 이어진다. 해안 숲길의 길이는 자그마치 약 500미터 정도나 된다. 숲길을 빠져 나오면 시원스럽게 뻗은 아스팔트 길이 보인다. 한라산은 전봇대로 두 동강 나 있다.

쇠소깍에서는 소리 지르지 마세요 서귀포시 효돈동에 있는 쇠소깍은 해수와 담수가 합수하면서 절경을 만들어 내는 관광명소다. 언뜻 보기에는 마치 돌수박을 파먹은 것 같은 큰 웅덩이다.

예로부터 효돈동은 기후가 따뜻한 덕에 감귤과원으로 유명했다. 이곳 감귤을 성균관 유생들에게 나눠 주어 황감제라는 시험을 치렀다는 이야기도 전해 온다.

쇠소깍이란 글자 하나하나에는 저마다의 의미가 있다. '쇠'는 효돈의 옛이름 쉐둔, 쉐돈에서 연유하고 '소'沼는 물이 있는 못을 나타낸다. 그리고 '깍'은 벼랑과 같은 끝지점을 이야기하는 제주어다. 다시 말해 쇠소깍은 효돈의 벼랑 끝에 있는 못이란 의미다. 이 못에는 용이 살고 있다고 전해져 온다. 그래서 일명 용소라고도 한다. 가뭄이 들어 기우제를 지내면 반드시 비가 오는 곳으로 이름나 있다.

쇠소깍에는 애틋한 전설이 내려온다. 약 350년 전 하효마을 어느 부잣집의 무남독녀는 머슴의 동갑내기 아들과 사랑에 빠진다. 하지만 사회적으로 신분에 대한 존비尊卑사상이 엄격하던 때라 둘은 사랑을 꽃피우지 못한다. 이를 비관한 총각은 쇠소깍 상류에 있는 '남내소'에 몸을 던져 죽고 만다. 이 사실을 뒤늦게야 알게 된 처녀는 사랑하는 남자의 죽음을 슬퍼하며 시신이라도 수습하게 해 달라고 100일 동안 쇠소깍 소원바위에 기도를 드린다. 그러자 마침내 비가 내리고 총각의 시신이 냇물에 떠내려 왔다. 처녀는 시신을 부둥켜안고 울다가 소원바위로 올라가 사랑하는 남자를 따라 쇠소에 몸을 던지고 만다. 그 뒤 하효마을 주민들은 이들 처녀 총각의 넋을 위로하기 위해 당을 지었다. 지금도 이 당은 '할망당' '여드레당'이란 이름으로 불리며 오늘에 이르고 있다.

이처럼 쇠소깍은 옛날부터 성소로 여기는 곳으로 돌을 던지거나 고성방가를 하면 용이 노하여 갑자기 바람이 불고 날씨가 나빠진다고 전한다.

　쇠소깍에서는 통나무를 엮어 만든 전통 어선인 테우를 타볼 수 있다. 무동력선인 테우를 타면 뱃사공의 구수한 제주 사투리로 쇠소깍에 대한 이야기를 들을 수 있다. 아이들을 동반한 가족이나 연인들에게 인기다. 다만 조금이라도 바람이 세게 불 때는 운항을 중단한다. 아이들이 돌을 던지거나 이성친구가 소리를 지르면 입을 막아야 한다.

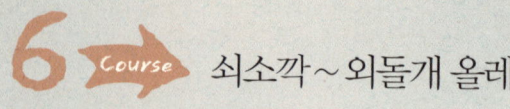

6 Course 쇠소깍 ~ 외돌개 올레

총 15km | 4~5시간

쇠소깍 --> 제지기 오름 | 2.34km | --> 보목항 --> 구두미 포구 | 3.95km | --> 서귀포 KAL 호텔 | 6.82km | -->

소정방 폭포 | 8.17km | --> 이중섭 미술관 | 10.6km | --> 천지연 기정길 --> 외돌개 | 15km |

외로운 삶,
그리운 사람

쇠소깍에서 한 시간 남짓 걷다 보면 제지기 오름이 보인다. 옛날 이 오름에 절지기가 살았다고 해서 제지기 오름이라고 불린다는 설도 있는데 오름의 생김새가 아침에 일어나 빗질 하지 않은 시골아이의 머리마냥 터벅하다.

제주를 사랑한 이주일   오름 입구에는 지금은 고인이 된 코미디 황제 이주일 씨가 지냈던 별장이 있어 행인들이 호기심 어린 눈으로 쳐다보며 지나간다. 지금은 카페로 운영된다. 유명스타의 별장이다 보니 으리으리할 것이라고 생각하기 쉬운데 사실 방 두 칸짜리 농가를 리모델링한 것이었다. 이주

우미와 쉰다리를 파는 천막카페

일은 1970년대 무명시절 제주에서 공연을 하며 '나중에 돈 많이 벌면 물 좋고 공기 좋은 이곳에 그림 같은 별장을 짓고 가족과 함께 오순도순 살아야지'라고 다짐했다고 한다. 당시 이주일은 서울 상계동 허름한 무허가주택에서 살고 있었다. 주변 사람들에게 늘 입버릇처럼 말한 이 소원은 결국 20여 년이 지난 후 현실이 되었다. 하지만 어느날 코미디언 이주일에게 코미디와 같은 일이 벌어진다. 몸이 이상해 찾아간 병원에서 '폐암 말기'라는 사형선고를 받은 것이다. 이주일은 병환 중에도 제주를 그리워하다 어느 여름날 10년 먼저 세상을 떠난 외아들 곁으로 떠난다.

이곳을 지나노라면 생전에 "못생겨서 죄송합니다"라며 얼굴 가득 주름이 잡히도록 웃던 희극배우의 얼굴이, 수지 큐 음악에 맞춰 뒤뚱뒤뚱 오리춤을 추던 그의 모습이 떠오른다.

저칼로리 웰빙음식 '우미'와 '쉰다리'

보목포구를 지나 언덕배기를 올라 보면 도로변에 볼래낭이 많이 자라고 있다. 볼래낭은 볼래나무란 뜻이다. 볼래낭에는 소롬소롬한 모양의 볼래가 열리는데 볼래가 익으면 색깔은 은백색에 발긋발긋 붉은 빛이 돌고 맛은 달콤새콤하다. 어릴 적 시골마을에서는 아이 어른 할 것 없이 볼래를 따러 다니곤 했다. 보목이란 마을 이름 또한 볼래낭이란 뜻이다. 볼래낭은 한자어로 보애목甫涯木이라 불렸는데 이를 줄여 보목이란 한 것이다. 그러고 보면 마을 이름이 나무 이름인 셈이다.

조금 더 가다 보면 소낭을 기둥 삼고 비닐을 외벽 삼은 천막카페가 나온다. 시어머니 한가세자 씨와 시어머니를 잘 따르는 젊고 똑똑한 며느리가 제주의 향토음식인 우미와 쉰다리를 판다.

우미(위)와 쉰다리(아래)

우미를 만들려면 우뭇가사리를 뜯어다가 햇볕에 말린 다음 빨고 널기를 다섯 번 정도 한 다음 베롱한약한 불에 삶아 국물을 만들어 낸다. 그런 다음 하룻밤만 놓아두면 똑똑 썰릴 만큼 굳어진다. 여름에 콩가루나 부추간장을 넣어 먹으면 시원해 열독이 빠진다. 칼로리가 제로인 웰빙음식이다. 더위 먹은 사람이나 화증 있는 사람에게 더할 나위 없이 좋다.

쉰다리는 발효음식이다. 쌀 한 톨이 아깝던 시

절 밥이 쉬면 버리지 않고 당원을 넣어 100도의 화력으로 달여 국물을 냈는데 그것이 바로 순다리, 또는 쉰다리라 불린다. 요사이는 누룩을 이용해 만드는데 이른바 '제주산 요구르트' 다.

제주의 '칼슘 보급 창고' 자리돔

그러나 보목항은 뭐니뭐니해도 자리돔으로 유명하다. 5월과 8월 사이 보목을 지나가게 되거든 자리물회 한 그릇을 먹어 보자. 예로부터 보목 바다에서 잡히는 자리돔은 가시가 부드러워 물회로 해 먹고 모슬포에서 나는 자리돔은 가시가 억세 구이를 해 먹는 것으로 알려져 있다.

자리돔은 제주섬 사람들에게 칼슘 보급 창고 역할을 했다.

그리고 이왕이면 자리물회 한 그릇도 정통으로 즐겨 봐야 하는데 이럴 때 꼭 잊지 말아야 할 것은 생된장과 식초로 버무려지는 놀라운 맛의 자리물회에 제피라는 아주 작은 풀잎이 가미되어야 자리물회의 맛이 화룡점정畵龍點睛된다는 사실이다. 한라산 자락에서 자라나는 제피나무의 잎은 톡 쏘는 향기로 비린내를 없애 주고 독특한 맛을 낸다. 나는 올레 14-1코스를 걷다가 숲 멀리까지 향을 강하게 풍기는 작은 키의 제피나무를 목격하고 한동안 발걸음을 옮기지 못했었다.

자리물회

자리돔은 크기가 새끼붕어빵만하고 살 속에는 가시가 많다. 처음보는 사람들은 먹기를 주저하지만 들이나 바다에서 힘든 노동을 해야 살아갈 수 있었던 섬사람들에게는 뼈를 튼튼히 해주었던 더할 나위 없는

영양식이었다. 짱뚱어보다는 잘생겼고 전어보다는 못생겼다. 못생겨도 맛만
좋다. 매년 봄 보목항 일대에서는 자리돔 축제가 열린다.

구두미 포구를 지난다. 포구 모양이 거북이 머리龜頭를 닮았다 하여 구두미
라 부른다. 거북이 머리는 섶섬을 바라보고 있다. 섶섬은 숲섬 혹은 삼도森島
라고 불리는데 육지에서 3킬로미터 떨어져 있다. 동서로 630미터, 남북으로
380미터인 긴 타원형 섬이다. 국내 유일의 넙고사리 자생지로도 유명하다.

포구를 뒤로 하고 언덕배기를 오른다. 해안초소를 지나면 바닷가 옆으로 좁
은 숲길이 나 있다. 나뭇가지가 옆으로 뻗어 나와 낮은 포복자세를 취해야 지
날 수 있을 때도 있다. 나무가 빽빽이 우거진 숲은 아열대 느낌이 물씬 난다. 나
뭇잎 사이로 보면 바로 옆은 아스팔트 길이다. 가다 보면 숲속에 정자가 세워
져 있어 잠시 땀을 닦을 수 있다. 길은 끊겼다가 금방 다시 숲길로 이어진다.

이중섭이 살던 1.4평 쪽방 해안가 숲길을 빠져나와 조금 더 가면 국궁장

백록정과 서귀포 KAL호텔 돌담길이 나오는데 여기서 이중섭 미술관은 멀지
않다.

이중섭 가족 네식구가 살던 1.4평 남짓한 크기의 쪽방

나는 이중섭 미술관을
여러번 찾았다. 이중섭
이란 예술가를 생각할
때마다 마음 한끝이 아
려와 언제나 전시장을
다 돌고도 발을 떼기 어
려웠다.

　서울에 있는 줄 알았던 25년 지기 고향 친구가 잠깐 서귀포에 내려와 있다
는 것을 알고 나는 이중섭 미술관 앞에서 만나자고 했다. 친구는 서울에서 화
장품회사를 오래 다니다가 이번에 식품회사로 옮길 참이었다. 그 틈을 타 고
향 제주에 내려와 있었던 것이다. 가을햇볕이 뜨겁게 쏟아지는 날 나는 올레
를 함께 걷자고 친구에게 제의했다. 친구는 흔쾌히 동의했다.

　이중섭 미술관으로 올라가는 올레에 초가집 하나가 있다. 평안남도 출신의
화가 이중섭李仲燮이 6 · 25 전쟁 때 가족들을 데리고 제주도로 피난 와 1년 동
안 세들어 살던 초가인데 근대화 바람이 불면서 슬레이트 지붕으로 바뀌었

다가 다시 옛 모습 그대로 복원한 것이다. 아직도 안방에는 이중섭과 함께 지냈던 옛 집주인 김순복 씨가 그대로 살고 있고 부엌처럼 생긴 오른쪽의 문을 열고 들어가면 이중섭 가족이 지냈던 1.4평 남짓한 쪽방이 있다. 옛 가옥들이 다 그러하지만 '이 좁은 방에서 어떻게 네 명이 살았을까?' 하는 생각이 갈 때마다 든다. 방벽에 붙은 그의 자작시 〈소의 말〉처럼 이중섭에게 '삶은 외롭고 서글프고 그리운' 것이었는지 모른다. 방과 이어진 통로 겸 부엌을 나오다 보면 발아래 죽이나 끓여 먹음직한 두 개의 작은 솥단지가 걸려 있는데 빈한한 예술가의 뒤안길을 걸어나오는 듯하다.

바닷가에서 게 잡는 이중섭네 식구
1916년 평안남도 평원군 조운면 송천리에서 3남매 중 막내로 내어난 이중섭은 평안도 발음으로 둥섭이라 불렸다. 유작 중에는 둥십이리 쓰여 있는 것도 더러 있다. 이중섭은 오산고보를 졸업하고 일본으로 유학간다. 일본인 아내 야마모토 마사코를 만난 것도 이때다. 마사코는 이중섭의 대학 2년 후배로 둘은 수돗가에서 붓을 같이 씻다가 가까워졌다고 한다. 그리고 얼마 뒤 이중섭은 원산으로 귀국했고 나이 30이 되던 해 마사코와 결혼해 장남 태현泰賢, 차남 태성泰成을 낳는다.

이중섭이 세 들어 살던 초가집 앞을 왔다 갔다 하다가 나는 우연히 주인집 넷째 딸 송경생 씨를 만났다. 송경생 씨는 이중섭의 차남 태성과 동갑이라고 말했다.

이중섭이 이렇게나마 서귀포에서 지낼 수 있었던 것은 송경생 씨의 부친인 집주인 송시태 씨의 배려 덕분이었던 것 같다. 송경생 씨는 "당시는 4·3의 상흔이 채 아물지 않는 때라 머리가 더벅하시고 아무 연고도 없는 사람을 집으로 들이는 것에 대해 어머니가 한마디 하셨지만 아버지가 행색이 그렇다고 해서 다 나쁜 사람인 것은 아니라며 길에서 만난 이중섭 선생님 가족을 집으로 데리고 와 살 곳을 마련해 준 것으로 안다"고 말한다.

그 뒤 어머니는 너 나 할 것 없이 어려운 형편인데도 고구마, 간장, 된장 등 먹거리를 챙겨 이중섭 가족에게 자주 가져다주었고 이중섭은 고마움의 뜻으로 송 씨 집안 사람들을 위해 초상화를 몇 점 그려 주었다고 한다. 그중 하나가 동그란 안경을 쓴 송태연 씨의 초상화다. 또한 주인 송 씨의 초상화도 그려 주었지만 주인 송 씨가 세상을 떠난 후 부인 김순복 할머니의 꿈속에 나타나는 남편의 모습이 괴로워 없애 버렸다고 한다.

그런데 막내딸 송경생 씨가 나에게 살짝 귀띔해 준 이야기는 달랐다. 놀랍게도 그것은 이중섭이 아버지 송시태 씨에게 그려 준 초상화를 어머니가 아직도 간직하고 있다는 것이었다. 나는 송경생 씨로부터 그 말을 듣고 호기심이 들어 사실이냐고 거듭 물어보았지만 송경생 씨는 생글생글 웃으며 자리를 떠 버렸다.

"게님, 미안합니다. 고맙습니다" 이중섭은 1915년 4월부터 이곳 서귀포에서 살면서 〈서귀포의 환상〉, 〈섶섬이 보이는 풍경〉 등을 그린다. 이중섭은 살아생전에는 무명화가에 불과했다. 1960년 부산 로터리 다방에서 열린 최초의 유작전을 통해 그의 이름과 작품은 널리 알려지게 됐다. 〈파도와 물고기〉, 〈선착장을 내려다본 풍경〉, 〈꽃과 아이들〉, 〈게와 가족〉, 〈가족〉, 〈파란 게와 어린이〉, 〈섶섬이 보이는 풍경〉 등 이중섭의 그림에는 유독 게 그림이 많다. 바닷가에 뛰노는 아이들을 담은 〈그리운 제주도 풍경〉은 24.5×35cm 화폭으로 A4보다 조금 큰 크기인데 여기에 등장하는 게가 무려 10마리 이상이다.

이처럼 이중섭의 그림에는 게가 많이 등장해 게하고 무슨 원한이 졌나 생각이 들 정도다. 어느 날 친구가 이중섭에게 "왜 만날 게만 그리느냐?"고 물었다. 그러자 이중섭은 "제주도에 있을 때 반찬이 없어서 게를 많이 잡아먹었는데 그 게들에게 대한 미안함과 감사의 마음으로 게를 많이 그리는 거라네"라고 말했다고 한다.

미술관 옥상에 올라가 바다 쪽을 보노라면 어린 두 아들의 손을 잡고 바닷가로 나아가 돌을 뒤집으며 게를 잡는 싱마른 이중섭과 그를 바라다보는 마사코의 모습이 보이는 듯하다.

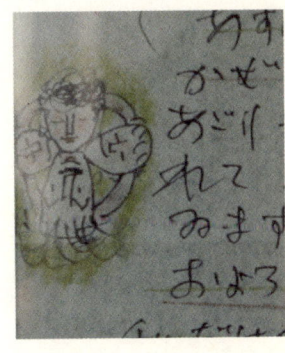

(위)이중섭이 아내 남덕을 생각하며 편지지에 그린 발가락 (아래)이중섭이 쓴 편지. 네백에 기족이 부둥켜안은 모습을 그려 놓았다.

이중섭은 제주에서 12월까지 보낸 뒤 다시 부산 범일동으로 떠난다. 그리고 이듬해 7월 부인과 두 아들을 일본으로 보내고 자신은 부산에서 친구들의 주선으로 종군화가가 된다.

아고리와 남덕의 사랑 이중섭과 그의 일본인 아내 야마모토 마사코와의 편지가 애절하다. 이중섭은 그의 아내를 남쪽에서 온 덕 많은 여인이란 뜻으로 남덕南德이라 불렀다. 이남덕. 그리고 남덕은 자기의 남편 이중섭을 아고리라고 불렀다. 아고리는 이중섭의 애칭이다. 일본 유학시절 이씨 성을 가진 학생이 3명 있었는데 교수가 구분해 부르기 위해 이중섭이 턱이 긴 것을 보고 아고리라고 부른다. 아고는 일본어로 턱을 뜻하고 리는 그의 성씨 이를 나타낸다. 이중섭은 185센티미터 정도의 훤칠한 키에 노래와 운동도 잘했다고 한다. 오늘날로 이야기하면 탤런트 송승헌과 같은 훈남이었다고 이중섭 미술관의 문화해설사는 말한다.

사랑하며 그리워하는 아고리

당신의 편지를 못 받은 지 얼마나 지났을까요. 대구에 계시다면 아무리 전람회 준비로 바쁜 나날을 보내신다 하더라도, 지금까지 두세 통의 편지는 보내 주실 수 있었을 텐데…… 제작에 들어가 우리들을 잊어버리신 건 아니신지요? 〈중략〉

8일 일요일에는 두 아이를 데리고 디즈니 영화 〈사막은 살아 있다〉를 보고 왔습니다. 〈중략〉 태현은 곧바로 그림일기에 그려 선생님께 보여드렸습니다. 당신을 포함한 온 가족 네 명이서 즐겁게 나들이를 다닌다면 얼마나 좋을까. 〈하략〉

마음으로부터 당신의 남덕 1955. 5. 10

헤어진 뒤 편지에서 남덕은 아고리를 부를 때 그냥 아고리라 부르지 않고 '나의 사랑하는 아고리' '사랑하며 그리워하는 아고리' '나의 사랑하는 소중하고 소중한 아고리'라고 부른다. 그녀가 얼마나 이중섭을 사랑하고 그리워했는지 절절히 와 닿는다. 이중섭이 아내에게 보낸 편지도 애절하긴 마찬가지다.

나의 최고 최대 최미의 기쁨, 그리고 한없이 상냥한 최애의 사람, 오직 하나인 현처 남덕 군, 잘 있었소? 나는 당신을 생각하는 마음으로 꽉 차 있소. 〈중략〉

아고리는 만족해서 마음속으로 혼자 싱글벙글 웃고 있다오. 사람들은 아고리가 제

이중섭 미술관과 이중섭의 대표작 중 하나인 '황소'.
올레꾼들이 '황소'를 배경으로 사진을 찍을 수 있도록 로비에 걸어 놓았다.

아내만을 생각하고 있다고 여길지도 모르지만, 자기가 가장 사랑하는 소중한 애처를,

진심으로 모든 걸 바쳐 사랑할 수 없는 사람은 결코 훌륭한 일을 할 수 없소. 〈중략〉

나의 아스파라가스군에게 몇 번이고 몇 번이고 살뜰한 **뽀뽀**를 보내오. 한없이 부

드럽고 나긋한 나만의 아스파라가스군에게 따뜻한 아고리의 **뽀뽀**를 전해주구려.

〈하략〉

아빠 중섭

중섭은 편지 여백에 남덕군, 태현군, 태성군 세 사람이 볼을 맞댄 얼굴 사진을 보내 달라고 쓴다. 그리고 특유의 장난기를 발동해 발가락을 그려 넣는다. 그것은 남덕의 발가락이다. 어느 날 남덕이 계단에 넘어졌을 때 이중섭이 남덕의 신발을 벗겨 봤는데 그때 본 발가락이 아스파라가스와 같다고 해서 남덕을 아스파라가스군이라고 불렀다.

가난한 화가, 고가의 유작

이중섭 미술관은 11점의 진품을 보유하고 있는데 그중 〈선착장을 내려다본 풍경〉(40.8×28.4cm), 〈꽃과 아이들〉(23×18.6cm) 등 2점은 미술관이 무려 10억 원을 들여 구입한 작품이다. 관람객들에게 어느 것이 더 고가일 것 같은지 물으면 대부분은 다소 추상화와 같은 느낌이 드는 〈꽃과 아이들〉을 지목하지만 실은 〈선착장을 내려다 본 풍경〉이 7억 5,000만 원으로 세 배나 더 비싸다고 한다.

이중섭은 그의 나이 마흔한 살에 영양실조와 간염으로 사망한다. 무연고자로 취급되어 사흘간 서대문적십자병원 영안실에 방치되었다가 병원을 찾아온 친구 김병기에 의해 신분이 확인되어 친지들에게 유해가 전달된다. 지금 이중섭은 망우리 공동묘지에 묻혀 있다.

한 폭의 그림 '천지연 폭포'

이중섭 미술관 골목을 나오면 옛날 영화 포스터가 붙어 있는 서귀포 관광극장이 나온다. 까까머리에 교복을 입고 영화관을 기웃거렸던 시절이 생각났는지 미술관을 함께 둘러보고 나온 친구는 거기에서 포즈를 취하며 사진 한 장을 찍어 주기를 바랐다.

오르막길 표지판과 보도블록에는 이중섭 작품들이 새겨져 있다. 얼마 전부터

칠십리 시공원 기정에서 내려다본 천지연 폭포

삼매봉 오르막길에서 바라다본 문섬

이중섭거리로 단장해 오고 있다. 오르막길 끝까지 올라와 횡단보도를 건너면 사람 냄새가 물씬 나는 서귀포 상설시장이다. 나는 물건 하나라도 더 팔기 위해 안간힘을 쓰는 상인들 옆을 배낭을 메고 지나갈 때마다 모자챙을 아래로 당긴다. 아무리 간세다리게으름뱅이라고 자처하고 다니지만 그들을 볼 때마다 나는 빈 고동과 같은 삶을 살고 있다는 생각을 지울 수 없다.

상설시장을 빠져나와 도로를 건너고 민가 사이를 걸어가며 서귀포항으로 이어지고 이윽고 칠십리 시공원 기정에 올라 아래를 내려다보면 천지연 폭포가 고스란히 보인다. 한 폭의 그림을 보는 듯하다.

삼매봉에 오르다 왼쪽을 보면 문섬이 소나무가지 사이로 완연한 모습을 드러낸다. 오른쪽으로는 한라산의 능선이 완만하게 바다를 향해 흘러내리고 있다.

어느 노부부의 슬픈 전설 어린 '외돌개'

삼매봉을 내려가면 포장도로가 나온다. 포장도로를 따라가다 아래로 나 있는 계단을 내려가면 외돌개가 보인다. 외돌개는 화산이 폭발할 때 생성된 21미터의 바위로 바닷가에 외롭게 서 있다. 고려 시대 최영 장군이 몽골족의 잔당인 목호와 최후의 격전을 벌이기 위해 외돌개를 장군의 형상으로 치장시켰다 하여 장군석이라 부르기도 한다.

외돌개에는 이 동네에서 고기잡이를 하던 어느 노부부의 슬픈 이야기가 전해져 온다. 어느 날 고기잡이를 나갔던 할아버지가 날이 저물어도 돌아오지 않자 할머니는 바닷가에서 할아버지를 하염없이 기다리다 점점 몸이 굳어져 바위가 되었다는 전설이다.

전설처럼 외돌개 바위 위에는 풀과 나무가 할머니의 머리처럼 자라고 있고 왼쪽 바위 윤곽을 뜯어보면 할머니가 할아버지를 목 놓아 부르는 모습이다.

이런 전설 때문인지 외돌개에는 노부모를 모시고 온 가족 일행들이 유독 많다. 외돌개 아래를 내려다보면 바닷물은 눈이 시리도록 퍼렇다.

외돌개

7 Course 외돌개 ~ 월평 올레

:총 16.4km :4~5시간 :

외돌개 --> 돔베낭길 --> 속골 --> 법환 포구 | 4.79km | --> 서건도 바다 산책길 | 7.74km | --> 제주풍림리
조트 | 8.88km | --> 강정 마을 올레 | 12.1km | --> 강정 포구 | 13.2km | --> 월평 포구 | 15.1km | --> 월평마을
아왜낭목 | 16.4km |

하얗게 흩어지는
빨래터의 마께 소리
방망이

외돌개를 바라보다 해안선을 따라 걸어가면 돔베낭길이 나온다.

돔베낭길은 옛날에 돔베도마를 만들던 낭나무이 많았다는 데서 유래한다. 창창한 바다와 하얀 포말이 이는 파도를 배경으로 벼랑을 따라 길이 나 있다.

왼쪽으로 섶섬이 보이고 조금 돌면 문섬이 다가온다. 문섬은 돌고래 꼬리처럼 생긴 바위섬을 하나 달고 있다. 조금 더 걷다 보면 범섬이 저 멀리 떠 있다. 해안을 따라 이어진 돔베낭길을 오르락내리락 거리며 바다를 향해 입을 삐죽 내밀었다가 오므라지기를 반복한다. 이른 아침이나 늦은 저녁에 거닐면 좋은 길이다.

(위)돔베낭길
(아래)속골 앞 야자수

돔베낭길을 지나 포장도로를 따라가다 보면 속골로 내려가는 길이 나온다. 물이 솟아난다 하여 속골이라 이름 붙여졌다. 햇볕이 와랑와랑 <mark>이글이글</mark>하는 여름날 이곳을 지나가게 되면 신발도 벗고 양말도 벗고 두 발을 물에 담가 보자.

솟아난 민물은 바다로 흘러간다. 바로 앞에는 야자수 숲이 보이는데 얼핏 보아도 100여 그루가 넘는다. 야자수는 하늘 끝까지 뻗을 기세로 길 양쪽에 도열해 있어 남국의 정취를 한껏 느끼게 한다.

속골을 지나가면 푸른 바다를 왼쪽 허리에 끼고 걸어가는 즐거움을 만끽할 수 있다. 매끈매끈한 몽돌이 파도에 씻기며 햇볕을 받아 더욱 거멓게 빛난다. 오른쪽 등성이에는 들풀들이 제멋대로 자라나고 있다. 해변길을 200여 미터 걸었을까. 그리 높지 않은 비탈길을 올라 소나무 그늘 아래에 서면 어디선가 바람이 한줄기 불어온다. 아까 내가 걸어온 길을 되새김질 하듯 돌아보면 속골에서부터 가느다랗게 이어진 길이 아련하기 그지없다.

흑염소 두 마리가 알려 준 '수봉로'
잠깐 바위에 앉아 감귤을 까먹으며 심심함을 달랜다. 조금 더 가면 수봉로다. 아무 생각 없이 걷다가는 그냥 지나칠 법도 한 좁다랗고 구불구불한 내리막길이다.

사단법인 제주올레에 따르면 속골로부터 공물로 이어지는 길이 끊기는 바람에 아스팔트 길로 나갈 수밖에 없어 난관에 봉착했는데 우연히 흑염소 두 마리가 기정을 오르는 모습을 보고 가까스로 길을 찾을 수 있었다고 한다.

그 뒤 올레꾼들이 길을 가다가 미끄러지지 않게 올레지기 김수봉 씨가 삽과 곡괭이로 흙을 계단처럼 턱지게 다져 놓았다. 현재 이 길은 그의 이름을 따 수봉로라 불린다.

속골에서 수봉로로 이어지는 길

수봉로에서 일냉이로 이어지는 길

매끈매끈한 몽돌이 파도에 씻기며
햇볕을 받아 더욱 거멓게 빛난다.
아까 내가 걸어온 길을 되새김질하듯
돌아보면 속골에서부터 가느다랗게
이어진 길이 아련하기 그지없다.

무인점포. 1봉지 무조건 1,000원!

　푸른 바다를 벗삼아 해변을 따라 이어진 흙길을 걷다 보면 '1봉지에 1,000원' 이라 쓰인 무인점포가 보이다. 무인점포라고 해봐야 누군가 잠시 후에 찾으러 올 것처럼 컨테이너 하나가 덜렁 놓여 있고 그 안에는 귤봉지들이 수북이 쌓여 있다. 컨테이너가 점포이고 무인점포라 쓰인 팻말이 간판일 뿐이다.

　언덕배기로 올라서면 해돋이 모습이 가히 장관이어서 일명 법환일출봉이라 불리는 '일냉이' 가 나오고 조금 더 가면 언덕에 올라서서 바라보는(望) 달(月)이 아름답다는 망다리가 나온다. 망다리는 또 해안가로 침투하려는 목호 세력을 망보던 곳이라는 데서 유래했다는 설도 있다.

　'일냉이' 와 '망다리' 사이에는 '공물' 이 있다. 평소에는 물이 나지 않다가도 벼락과 천둥이 치면 비로소 물이 솟아났다고 한다. 하늘의 뜻에 따라 물이

나기도 하고 나지 않기도 한다고 하여 '공물'이라 불린다. 공물 끄트머리 바위는 갯바위 낚시가 잘되는 곳으로 강태공들에게 인기가 높다.

바다가 보이는 노천 빨래터
어느 새 법환 포구에 닿았다. 포구 언덕 위 나무 그늘 아래에서 도보 여행자들이 옹기종기 모여 도시락을 먹고 있다. 이들 너머로 선창가에는 고깃배들이 한들거리며 선장이 오기만을 기다리고 있다.

법환 포구 가까이에는 동가름물, 서가름물이 있다. 예전의 아름다운 정취가 많이 퇴색된 채 남아 있다. 그리고 20여 년 전 빨래터가 가운데에 생겨났다.

새해가 밝은 지 며칠이 안 된 날 나는 법환 포구를 지나다 옛 추억에 잠길 수 있었다. 오래간만에 빨래 소리를 들었다. 사오십대로 보이는 한 아지망^{아주머니}이 보드라운 햇살을 받으며 빨래터로 겨울옷을 한 대야 들고 나와 빨래를 하고 있었다. 아지망이 녹을 앞으로 제쳐기며 서답마께^{빨래 밧맹이}로 빨랫감들을 힘껏 두드린다. 그때마다 탁탁 소리가 났다. 나는 오랫동안 빨래터를 바라보며 앉아 있었다. 빨래터의 마께소리는 마치 산사의 죽비소리처럼 사방팔방으로 흩어지는 듯했다. 내 안의 두터운 때도 하얗게 씻기는 느낌이 들었다. 오래간만에 보는 바닷가 빨래터 모습에 취해 오랫동안 서성거리다 돌아섰다.

법환 좀녀마을을 지난다. 좀녀潛女는 제주해녀를 말한다. 아래아 발음인데 육지에서는 그냥 '잠녀'라고 읽어 버리지만 제주에서는 '좀녀'에 보다 가깝게 발음을 한다. 법환은 제주좀녀의 생활문화가 잘 간직된 아름다운 해안마을이다.

법환 포구 옆에는 해녀체험센터가 있어 일반인들도 해녀들처럼 고무옷을 입고 테왁을 메고 바다 속으로 풍덩 들어가 참소라와 전복, 보말, 성게 등을

바다가 보이는 빨래터의 마께소리가
산사의 죽비소리처럼 사방팔방으로 흩어진다.

잡을 수 있다. 고층빌딩 숲과 아스팔트 위를 거닐다 이곳에 와서 바다 아래를 돌아다녀 보면 별천지가 따로 없구나 하는 생각이 든다.

600년 전의 '범섬 전투'

법환 포구에는 600여 년 전 고려 최영 장군과 목호 세력과의 '범섬 전투'를 말해 주는 옛 지명들이 고스란히 남아 있다. 막숙과 배염줄이가 그것이다.

막숙은 고려 공민왕 23년 대부대를 이끌고 제주로 내려온 최영 장군이 원나라의 마지막 세력인 목호(牧胡 : 말을 키우던 몽골의 잔당)와의 최후의 격전을 벌이기 위해 막을 쳤던 곳이다. 또 그때 범섬까지 건너가기 위해 만들었던 나무배 다리가 배염줄이다. 여러 척의 배를 잇대어 만든 모양이 비뚤비뚤해 마치 배염뱀같다고 해서 배염줄이라 했던 것 같다.

범섬 전투의 배경은 이렇다. 당시 제주는 100년 동안 몽골의 지배하에 있었다. 이러한 때 중국의 패권을 잡은 명나라 황제는 "앞서 원나라가 탐라에 남겨 두어 방목한 2만~3만 필의 말들이 시늠씀 새끼를 많이 낳았을 것이므로 좋은 말 2,000필을 가려 바치라"고 고려 정부를 윽박지른다. 이에 명나라의 강압을 못이긴 고려는 탐라로 관리를 보내 목호 세력들에게 말을 진상할 것을 요구한다. 하지만 목호 세력들은 말 300필만 내주고 "원세조께서 기르신 말을 명나라에게 바칠 수 없다"며 완강하게 저항한다.

그즈음 명나라 역시 말에 대한 집착이 점점 더 강해진다. 어쩔 수 없이 공민왕은 탐라 정벌대를 편성하고 그 총사령관에 최영 장군을 임명한다. 최영 장군은 군사 2만 5,605명을 전함 314척에 싣고 명월포를 거쳐 이곳으로 와 범섬으로 도주하는 목호 세력을 추격해 섬멸한다. 이른바 목호 세력과의 최후의 결전 '범섬 전투'인 것이다. 이로써 제주는 100여 년간의 몽골 지배에서 완전히 벗어나게 된다.

눈앞에 서건도가 보인다. 이 섬은 원래 썩은 섬이다. 섬의 토질이 죽은 흙과 같아서 썩은 섬이라 불렸다. 그런데 썩은 섬이란 이름이 듣기에 좋지 않아서인지 나중에 서건도라는 이름으로 부른 것이 오늘에 이르게 되었다. 〈탐라고지도〉에는 '부도'라고 기록되어 있다. 하루에 두 번 간조 때마다 바다가 갈라지는 모세의 기적이 일어나 뭍에서 섬으로 걸어서 갈 수 있다. 가끔 돌고래 떼도 출현한다.

여기서 조금 더 가면 풍림리조트다. 올레베이스캠프란 나무 현판이 올레꾼을 마중한다. 바닷가 우체국이 있어 그리운 사람에게 엽서를 쓰고 편지함에 넣으면 배달된다.

다시 못 볼 아름다운 중덕 바닷가

소나무 숲을 빠져나오면 길은 강정교로 이어지고 비닐하우스가 보이는 밭길을 지나면 '평화의 바다'가 나온다. 이곳이 바로 한때 해군기지 건립 문제로 시끌시끌했던 강정의 '중덕' 바닷가다.

2009년 늦가을 중덕 바닷가는 해군기지 건립을 반대하는 사람들이 기거하는 천막이 하나 있을 뿐 매우 조용하고 평화로웠다. 폐품을 활용해 만들어 놓은 눈이 동그란 '평화우체부'가 반긴다. 카메라를 든 나를 보고 해안에서 만난 마을 주민은 얼마 없으면 못 볼 곳이니 오랫동안 머물며 사진이라도 많이 찍고 가라고 말한다. 그의

'평화의 바다' 중덕에 서 있는 평화 우체부

강정의 중덕 바닷가에 서면
섶섬, 문섬, 범섬이 한눈에 보인다.

말에 분노와 서글픔이 묻어져 있다. 중덕 바닷가를 걷는다. 투쟁을 하는 마을 사람들을 위로라도 하듯 편안하게 느껴지는 너럭바위들이 드넓게 펼쳐져 있다. 제주에서는 아주 드물게 암반 곳곳에 습지도 형성되어 있어서 세계적으로 학술적 가치가 높다. 특히 중덕 바다 속 바위 그늘에는 비싸기로 유명한 다금바리가 많이 서식하고 있다고 한다. '다시는 못 본다'는 마을 주민의 말이 귓가에 맴돈다.

섶섬, 문섬, 범섬이 한눈에 보이네

저 멀리 섶섬, 문섬, 범섬이 보인다. 사진을 따로 찍을 필요가 없다. 하나의 프레임에 세 개의 섬이 모두 담긴다. 여기까지 걸어오면서 그 어디에서도 세 개의 섬을 하나의 프레임에 담을 수 있는 곳을 만나지 못했다. 비로소 강정사람들이 왜 자신들의 마을 이름 앞에 숫자 일을 넣어 일강정이라 부르는지 이해할 만했다. 일은 '넘버 원'이라는 의미로 최고의 강정이라는 자부심이 배어져 있다. 하지만 너럭바위에 서서 아름다운 일강정의 풍광을 볼 날도 그리 많이 남지 않았다고 생각하니 나 역시 서글픈 마음을 지우기 어려웠다. 그런데도 등 돌리며 바라본 중덕 바다는 헤어지는 연인처럼 말이 없다.

이러저런 생각을 하며 해안도로를 따라 걷는다. 한참을 걷다가 코너를 돌면 눈앞에 기암괴석이 보이고 어느새 월평 포구에 다다른 느낌이 든다.

월평 포구는 움푹 들어간 지하방처럼 발아래에 터 잡고 있다. 서너 척의 고깃배가 닻을 내리면 딱 맞을 만큼 작고 아담한 포구다. 포구 위로 난 계단을 오르면 먼저 도착한 올레꾼들이 막걸리 한 사발을 들이켜고 있다.

범섬이 보이는 법환 포구

아담한 월평 포구

7-1 → Course 월드컵 경기장 ~ 외돌개 올레

총 16km · 4~5시간

서귀포 월드컵 경기장 --> 월산동 | 2.7km | --> 영또 물포 | 4.4km | --> 고근산 입구 | 7km | --> 고근산 헛면 | 8.5km | --> 서호마을 | 10.2km | --> 하논 분화구 | 2.1km | --> 삼매봉 입구 | 15.3km | --> 외돌개 | 16km |

마음이 가는 대로
걸어가라

월드컵 경기장 앞에서 고근산을 바라본다. 고근산에 가려 한라산은 보이지 않는다. 조금 비껴 걸어가다가 아스팔트 길을 건너면 가로수에 하귤들이 달려 있다. 한여름에는 녹색 빛을 띠다가 추석이 지날 즈음 점점 노란빛이 감돈다. 눈이 내릴 무렵 가로수에는 황금 열매가 열린다.

　아무도 모르게 슬쩍 하나 따서 배낭에 넣고 싶은 충동서서 인나. 하시만 그러하기에는 앞산이 두렵다. 고근산이 떡 버티고 아래를 내려다보고 있다. 한라산도 숨바꼭질하듯 고근산 등 뒤에 숨었다가 얼굴을 쑥 내민다. 여기에서만큼은 고근산이 높고 한라산이 낮다. 원근법상 높이 396미터에 불과한 고근

서귀포 거리에 심어진 하귤나무

사이 형처럼 크게 보이고 오히려 제주의 주산±山인 한라산은 높이가 1,950미터인데도 동생처럼 작게 보인다.

현대연립주택 옆으로 난 길로 걷다 보면 한라산은 정면에 있다. 뛰어가면 금방이라도 가 닿을 듯하다. 왼쪽 능선이 굴곡진 데 반해 오른쪽 능선은 대체로 반듯하게 흘러내려오고 있다. 보노라면 미끄럼을 타고 싶은 충동이 일어난다.

들길을 걷다 숙대낭삼나무 사이로 바라보면 월드컵 경기장 앞바다에 범섬이 떠 있다. 왼쪽 저만치에는 문섬이 보인다. 별다른 풍광이 없어도 바다에 섬 하나 떠 있는 것만으로 사방천지가 여유롭다.

엉또 폭포로 가는 길   여기서 엉또 폭포는 그리 멀지 않다.

도심지에 가까이 자리잡은 엉또 폭포의 거대한 물줄기가 땅으로 내리꽂히면 대장관을 연출한다. 그러나 이런 구경을 하기가 좀처럼 쉽지 않다. 엉또 폭포는 평소에는 메마른 바위 절벽만이 드러나 있어 눈을 감고 상상으로만 그려볼 수밖에 없다.

서귀포시 서호동 시오름에서 발원해 고근산의 서쪽을 감아돌다가 엉또 폭포에 이르러 50미터 수직 바위절벽 아래로 떨어지는 폭포수의 대장관을 보려면 한라산 중산간에 70밀리미터 이상 비가 온 뒤라야 한다.

어느 날 봄비가 내린다는 기상 예보를 듣고 나는 서둘러 배낭을 챙겨 비행기를 탔다. 머릿속으로 눈이 녹아내린 물과 봄비가 합쳐지면 폭포수를 이룰 수 있을 것이라는 계산이 어렵지 않게 나왔다.

이날 나는 엉또 폭포가 내려다보이는 과수원을 지나가다가 동력운반기를 밀고 있는 촌로를 우연히 만나 급한 마음에 지금 폭포가 터졌는지 물어보았다. 촌로는 가당치도 않다는 표정을 지었다.

"언제 오면 폭포를 볼 수 있나요?"

"장마철에 오면 볼 수 있을 거예요."

"그럼 폭포를 볼 수 있는 날이 1년 중에 며칠이나 되나요?"

"이레 정도나 될까."

촌로와 헤어지고 폭포로 걸어갔다. 아닌 게 아니라 막상 폭포에 도착하고 보니 나의 생각이 어림 반 푼 어치도 없었다는 것을 알 수 있었다.

그리도 보고 싶은 폭포는 여전히 메말라 있었고, 나는 혼자서 머리를 쥐어박다 터덜터덜 힘없이 걸어 나왔다. 돌아오는 목책길 바닥에는 동백꽃잎들이

엉또 폭포에서 고근산으로 가는 길에 핀 동백꽃

붉은 선혈을 흘리고 있었다. 동백꽃잎도 뜨거운 심장으로 살고 있는데 나는 머리로만 살아왔던 것이 아닌가 싶었다.

40년 동안 제주에 눌러 살고 있는 정굉대 씨

그런데 아까 만난 촌로는 마음으로 사는 것 같았다. 그는 내가 봄비에 폭포를 볼 수 있을까 해서 서울에서 내려왔다는 이야기를 듣고는 살며시 눈웃음을 지으며 말문을 열었다.

그는 제주태생이 아니다. 서울에서 오래 살던 그는 1970년대 무렵 제주에 놀러왔다가 풍광이 아름다워 눌러앉게 됐다고 한다. 그는 자신의 이름이 어렵다며 나의 수첩에 직접 이름 석 자를 또박또박 써 주었다.

정 굉 대.

20대 때 서울 평화당인쇄소 촬영부에서 일하던 정 씨는 하루 종일 암실에서 일하다 보면 마음이 갑갑하고 얼굴이 노래져 기운이 없을 때가 많았다고 한다.

"그때는 개똥밭이라도 좋으니 암실에서 벗어나 햇빛 나고 바람 부는 곳에서 지냈으면 하는 게 소원이었어요."

그러던 차에 제주에 내려왔는데 비행기에서 내려다본 유채꽃과 아름다운 주변 풍광에 반하고 말았다.

"유채꽃도 처음엔 후리지아인 줄 알았어요. 꼬닥꼬닥느린 걸음으로 뚜벅뚜벅 걷다가 마음에 드는 귤밭이 보여 이것저것 따질 것 없이 당장 하나 샀어요."

깨끗한 서울 말씨에 한두 단어씩 섞어 말하는 제주어들이 하얀 쌀밥의 강낭콩처럼 윤기 있게 반짝였다.

제주에 내려와 귤 농사하며 살고 있는 정평대 씨

　제주에 산 지 40년이 지난 오늘 그는 1만 1,000평의 귤과수원을 경영하는 농부가 되었다. 하나밖에 없는 아들도 제주에서 태어났다고 하여 할아버지가 제국이라고 이름을 지었다. 그에게 제주는 이제 제2의 고향이다. 서울에 사는 아들네 아파트에 갔다가도 며칠을 못 버티고 서둘러 내려오곤 한다. 동네 사람들이 "제국이 아빠 조금 있으면 서울 가서 살 거 아니에요?"라고 말하지만 자신은 "그럴 생각이 전혀 없다"고 말한다. 드넓은 과수원 안으로 동력운반기를 끌고 들어가는 그의 뒷모습이 행복해 보였다.

거대한 물줄기 쏟아내는 엉또 폭포의 대장관 그 이후에도 나는 몇

번 제주를 찾았다. 그러면서 마음 한구석으로 비가 억수로 내려 주기만을 손꼽아 빌었다. 택시를 타고 가다가도 운전기사에게 엉또 폭포에 물이 내릴 것 같으냐고 물으면 애기 오줌 싸듯 내리는 봄비로 어떻게 폭포를 보려 하느냐며 핀잔만 들을 뿐이었다.

그런데 서울로 올라오고 몇 주가 지난 뒤 제주지방에 비가 온다는 일기예보가 떴다. 이번에도 서둘러 배낭을 챙겼다. 그러고는 무작정 비행기를 탔다. 왠지 폭포수를 볼 수 있을 것만 같았다. 제주공항에 내리자마자 리무진버스를 타고 월드컵 경기장으로 향했다.

월드컵 경기장에서 엉또 폭포는 걸어서 1시간 정도 되는 거리다. 나는 비옷을 걸치며 만일 폭포를 보지 못한다고 해도 실망하지 않겠다고 다짐했다. 빗줄기는 굵었다 가늘었다를 반복하며 쉼 없이 내렸다. 하지만 이 정도의 비로는 폭포가 터지기 어려울 것 같았다. 나는 폭포를 볼 수 없더라도 폭포를 보러 가는 이 순간을 사랑할 것이라고 생각했다.

엉또 폭포가 저 멀리 보일 즈음 탱크가 지나가는 소리처럼 우르릉 우르릉 하는 소리가 들렸다. 무슨 소리인가 가만히 귀기울여 보니 바로 옆의 냇물이 터져 아래로 쏟아지는 소리였다. 바삐 앞으로 몇 걸음 더 걸어가자 저 멀리 우거진 숲속에서 하얗고 널따란 물줄기가 내리꽂히는 모습이 보이기 시작했다.

나는 비옷을 벗어젖히며 달려 나갔다. 엉또 폭포 앞에 도착하는 순간 나도 모르게 "와~" 하고 탄성을 질렀다. 하늘에서 거대한 물줄기가 마구 쏟아지고 있는 것이 아닌가. 봄날 내내 아무 말이 없던 폭포가 산짐승처럼 포효하고 있었다. 혼자 보기에는 너무나 아까운 대장관이었다. 숲은 폭포수가 뿜어내는 물안개로 자욱해 몽환적 분위기를 자아냈다.

엉또 폭포 앞에 도착하는 순간
나도 모르게 "와~" 하고 탄성을 질렀다.
봄날 내내 아무 말이 없던
폭포가 산짐승처럼 포효하고 있었다.

'그래, 가슴으로 생각하는 거야.' 나는 잔머리를 굴리지 않고 비행기를 탄 내 자신이 대견스러웠다. 나무 아래에서 비를 피했다가 다시 폭포를 구경하기를 여러 번 했다. 그래도 싫증이 나지 않는 대장관이었다.

엉또 폭포 위에는 인조 동굴이 하나 있다. 안이 너무나 껌껌해 몇 발 옮기다 뒤돌아 나오게 되는데 5미터는 더 될 것 같다. 1970년대 육지에서 온 과수원 주인이 도둑이 들 것을 염려해 높은 곳에다 감귤 저장 창고로 지은 것이다. 나는 이곳에 여러 번 다니면서 궁금한 마음에 굴 안으로 몇 발자국 떼어 보았지만 그때마다 너무 깜깜해 무섬증에 돌아나오곤 했다.

고근산과 설문대할망

엉또 폭포를 빠져나오면 동백나무 가로수가 나그네를 배웅한다. 초겨울 붉은 꽃을 만난다. 고근산에 오르니 나무 계단이 기다리고 있다. 한참 오르다 보니 허기도 느껴진다. 꼭대기에 다다르니 푸른빛이 완연한 서귀포 앞바다와 비닐하우스가 들어서 있는 밭들이 눈에 들어왔다.

날이 좋을 때는 저 멀리 지귀도에서부터 마라도까지의 풍광들이 손금처럼 선명하게 보이고 밤이 되면 보석처럼 빛나는 고깃배의 집어등과 서귀포 칠십리의 야경을 한꺼번에 조망할 수 있는 최적지로 손꼽힌다.

고근산에는 제주의 1만 8,000신들 중 대표적 여신인 설문대할망에 얽힌 이야기가 전해온다. 키가 매우 컸던 설문대할망은 한라산을 베개 삼고 고근산 분화구에 엉덩이를 얹고 범섬에 다리를 걸치고 누워서 물장구를 쳤다고 한다. 이 얼마나 무변광대한 상상력인가. 백록담과 고근산, 범섬이 거의 일직선상에 놓여 있으니 그럴 만도 하겠다. 비록 세상 어디에나 있는 거인 설화이긴 하지만 그리스 로마 신화에서도 좀처럼 볼 수 없는 거대한 여신이 이 작은 섬

한라산이 내려다 보이는 고근산

나라 제주의 사람들의 가슴 속에 살고 있는 것이다.

　고근산에는 주변 풍광을 바라볼 수 있는 전망대가 곳곳에 설치되어 있다. 전망대의 망원렌즈를 통해 들여다보면 풍광들이 큼직큼직하게 다가선다.

　야트막한 분화구를 에두른 소나무 오솔길을 따라 걷다 보면 바다 위로 띄엄띄엄 섶섬, 문섬, 범섬이 올려져 있다. 맑은 날에는 손에 닿을 듯 영롱하다. 오름 분화구를 반쯤 돌다 앞에 세워진 망원렌즈를 들여다보면 한라산이 눈에

가득 들어온다. 조금 전까지만 해도 동생 같았던 한라산이 이제는 안방 한가운데 앉아 있는 아버지와 같다.

한라산은 제주섬의 중앙에 솟아 있다. 제주시에서 볼 때 한라산은 아침녘 반듯반듯 이불을 개지 않으면 혼낼 것 같은 아버지와 같은 느낌이고 서귀포에서 볼 때는 오래간만에 집으로 돌아온 자식을 따뜻하게 안아 주는 품 넓은 어머니와 같은 느낌이다.

한라산은 지형적으로 볼 때 서울과 일직선에 놓여 있어 한반도로 치고 올라가는 태풍을 중국이나 일본 쪽으로 틀어 주는 역할을 한다. 덕분에 웬만한 태풍이 아니고서는 예로부터 한양을 바로 강타하지 못했다. 그래서 혹자는 한양에 도성이 오랫동안 자리 잡을 수 있었던 것도 알고 보면 명당이라서가 아니라 천리 떨어진 곳에 한라산이라는 대장군이 버티고 서서 온몸으로 바람을 막고 서 있었기 때문에 가능했다고 풀이한다. 그래서 어떤 이는 농반진반으로 서울시가 제주도에 세금을 내야 한다고 말하기도 한다.

밭담 위에 가지째 올려놓은 '공짜 귤' 하얀 구름으로 머릿수건을 하고 있던 한라산은 고근산을 내려와 서호마을로 들어설 즈음 제 모습을 다 드러낸다. 늦가을 서호마을에는 부드러운 햇빛이 가득하고 귤나무에는 노란 귤들

(위)하논 분화구를 걸어 마실가는 할망
(아래)올레꾼들이 가져갈 수 있게 돌담위에 올려진 귤

이 가지가 휘어지도록 자락자락 달려 있다.

밭담 위에 귤나무 가지들이 놓여 있다. 귤밭에서 일하던 아지망^{아주머니}이 손짓하며 먹으라고 한다. 마을을 지나가는 올레꾼들이 목도 축이고 허기라도 달래라고 밭담 위에 올려놓았다고 한다. 마침 목이 마르고 배가 고픈 터라 귤은 용천수처럼 시원했다. 허겁지겁 까먹은 귤이 대여섯 개는 넘었다. 그제서야 눈이 밝아지고 세상이 보였다.

어느새 동양 최대의 마르형 분화구인 하논 분화구에 다다랐다.

하논 분화구에는 꽤 넓은 농지가 조성되어 있다. 그도 그럴 것이 하논은 한 논에서 유래됐는데 한은 크다는 의미다. 따라서 하논은 즉 큰논_{大畓}이다.

하논은 밭농사가 대부분인 제주도에서 한경면 용수리와 함께 논농사가 가능한 2대 지역 중 하나다. 추수가 끝난 논밭은 고즈넉하기 이를 데 없다. 제주에서 좀처럼 보기 어려운 논두렁길을 걸어 본다. 동네 할망이 논두렁을 따라 종종걸음으로 마실을 가고 있다.

요리를 배우고 싶어요 해가 뉘엿뉘엿 거린다. 고근산 하산길에서 우연히 만나 동행하게 된 청년과 말벗을 하며 삼매봉과 외돌개를 향해 걷는다. 인천 출신의 그는 요리사가 되고 싶어 10년 전에 제주관광대에 다녔었다고 한다. 그런데 평소에 허리가 좋지 않았던 그는 군대에 들어가면서 요통이 더욱 심해졌다. 군대시절 취사병으로 일하며 무거운 짬통들을 들고 다닌 것이 화근이었다. 때문에 하루 종일 서 있어야 하는 요리사라는 직업을 포기해야 할 기로에 서 있게 되었다. 대신에 그는 간판제작 회사를 하는 아비지 일을 도울까도 생각하고 있었다.

그러나 아버지 일을 돕는 것도 마음처럼 쉽지 않았다. 간판을 달자면 건물 옥상에 올라가 줄을 내려 주어야 하는데 아래를 내려다보면 고소공포증 때문에 다리가 후들거려 제대로 일을 할 수 없었다. 그렇다고 방안에 처박혀 있자니 마음이 영 편치 않아 배낭을 메고 훌쩍 제주로 내려왔다. 그러나 길거리에 걸린 전광판이나 현수막을 보면 눈코 뜰 새 없이 바쁘게 일하고 있을 아버지 생각에 죄송스런 마음이 금할 길 없었다.

30대에 접어드는 그는 올레길을 걸으며 진로를 결정하겠다고 힘주어 말했다. 하루에 한 코스씩 올레길을 걷고 있는 그는 이미 요리사 쪽으로 마음이 기우는 눈치였다.

저녁이 다 되어 그와 뭘 먹을지 고민했다. 그런데 요리사가 꿈인 그는 향토음식을 잘 먹지 못한다고 말했다. 식당에 들어가 그는 설렁탕을 시키고 나는 내장탕을 먹었다. 그는 식당에 들어오면 손님에게 어떻게 인사하는지 서비스는 어떠한지를 챙겨 본다고 했다. 꿈을 묻자 프랜차이즈라고 말한다. 나는 그에게 "당신이 하고 싶은 것은 음식이 아니라 음식경영인 것 같다"고 말해 주었다. 그 역시 고개를 끄덕이며 "음식경영을 하려면 음식을 알아야 하기 때문에 요리를 배우려 한다"고 응수했다.

5·16도로가 위험하지 않나요? 어둠이 깔린 시간 우리들은 숙소로 돌아가기 위해 서귀포 시외버스 터미널에 섰다. 제주가 고향인 친구에게 5·16 도로가 구불구불하다는 말을 들은 그는 불 꺼진 버스 앞에서 5·16도로가 무섭지 않느냐고 나에게 여러 번 되물었다. 그런데 승객 몇 사람이 버스에 먼저 오르고 이어 불이 환하게 켜지자 장난스럽게 "이젠 괜찮다"고 말하며 웃음 띤

얼굴로 차에 올라탔다. 우리는 언젠가 한번 만나자며 서로 악수를 하고 헤어졌다.

　나는 버스를 타고 가다가 뒤늦게야 그가 한 말이 생각 나 무릎을 쳤다. 나는 그에게 고소공포증이 있다는 사실을 한동안 까맣게 잊고 있었던 것이다. 아마도 그는 S자 코스가 연이어지는 5·16도로가 고층건물만큼이나 두려웠던 것일지 모른다. 그래서 5·16도로가 위험하지 않느냐고 계속해서 되물은 것이었는데 나는 그것도 모르고 농담반 진담반으로 대했던 것이다. 그의 속사정을 조금 더 일찍 일았더라면 동행을 고려해 볼 수 있었을 텐데 하는 후회가 뒤늦게 들었다. 우리들이 탄 버스는 한참 서로 다른 방향으로 달리고 있었다.

8 Course 월평~대평 올레

총 16.3km : 4~5시간

월평마을·이왜냉목 **-->** 대포동 주상절리 **-->** 베릿내 오름 | 6.5km | **-->** 색달해녀의 집 **-->** 중문 해수욕장 **-->**

존모살 해변 **-->** 들렁괴 **-->** 해병대길 | 13.8km | **-->** 논짓물 | 14km | **-->** 대평 포구 | 16.3km |

범섬도
함께 걸었네!

고즈넉한 월평 포구를 올라와 숲길을 걷다 왼쪽을 쳐다보면 바다가 창창하다. 코끼리 다리같이 뭉툭한 기암들이 바닷가로 한발 내디딘 모습이 눈길을 잡아끈다. 시야를 오른쪽으로 돌리면 누가 심었는지 야자수가 군락을 이루고 있다.

　이중섭 미술관 앞에서 만난 25년 지기 고향 친구와 앞서거니 뒤서거니 실을 걷고 있다. 숲길을 빠져나오면 큰 길이 나오고 128전경대, 약천사를 지나치게 된다.

바닷가에서 길을 잃다 도로 옆에 선궷내라고 새긴 표지석이 보인다. 다소 가파르게 되어 있는 나무계단을 밟으며 내려가면 물줄기가 시원스럽게 흘러가고 너럭바위가 군데군데 놓여 징검다리 구실을 하고 있다. 바위 위로 게 한 마리가 올라왔다가 사람의 손보다 더 빠르게 옆 구멍으로 숨어 들어간다. 선궷내가 끝날 무렵 눈앞에는 드넓은 바다가 펼쳐져 있다. 한라산으로부터 발원되어 흘러내린 물이 비로소 태평양 한가운데로 흘러들어가는 대목이다.

  갯깍 깎아지른 절벽을 따라 울퉁불퉁한 바윗돌을 밟으며 어느 정도 갔을까. 올레 리본도 보이지 않고 파란 화살표도 보이지 않았다. 바닷가라 올레 방향 표시가 간간이 된 탓이려니 했다. 조금 더 가면 파란 화살표가 반갑게 맞이하고 있거나 리본이 한들한들 거릴 것만 같았다. 그런데 화살표나 리본은 보이지

월평 포구를 벗어나면 야자수와 소나무가 우거져 있다.

날이 저물어가는 선궷내 바닷가.
동행하던 친구가 걸음을 멈추었다. 가도가도 길이 보이지 않은 것이다.

않고 스멋 스멋 해가 저물어가고 사방이 어둑어둑해지기 시작했다. 바닷물마
저 찰랑찰랑 도적질하듯 큰 바윗돌 사이로 스며들었다.

　아니디 싶었다. 먼저 앞을 가던 고향 친구가 내게로 고개를 돌려 더 가야 하
는지를 소리쳐 물었다. 바닷가라 목소리가 또렷이 들리지는 않았지만 눈치로
보아 이 길이 맞느냐고 묻는 듯했다. 돌아봐도 벗어날 뾰족한 방법이 떠오르
지 않은 나는 앞으로 계속 가보자고 손짓했다.

　앞으로 튀어나와 시야를 가리고 있는 갯바위만 돌아서면 수목이 우거진 비

탈 위로 올라서는 길이 나올 것 같았다. 그러나 눈앞을 막고 있는 큼지막한 바위를 돌면 또 하나의 큼지막한 바위가 저기쯤에서 기다리고 있을 뿐이었다. 똑같은 상황은 여러 번 되풀이 되었고, 우리는 전진과 후퇴를 놓고 도박판에서 연거푸 패를 돌리는 느낌이었다. 고할까 스톱할까.

눈앞 가로막는 거미줄
물이 밀려오는 바닷가에서 우리는 순간 심각하게 고민했다. 친구의 얼굴이 어둡게 보였다. 해가 지고 있는 것이다. 우리는 도박을 멈추기로 했다. 그렇게 결정되는 순간 비탈 위로 올라설 수 있는 좁은 토끼길이라도 찾기 위해 내륙쪽을 샅샅이 눈으로 뒤져나갔다.

다행히 덤불 사이로 정말 토끼 한 마리 다닐 만한 좁다란 비탈길을 발견했다. 누군가 다녔던 길 같긴 한데 사람의 발자취가 끊긴 지 오래된 듯했다.

눈앞에 거미줄이 방패처럼 드리워져 있고 그 중심에 왕거미가 사냥감을 기다리는 듯 버티고 있었다. 기다란 풀잎을 뽑아 거미줄을 둘둘 말아 자연스럽게 떼어 내려고 하는데 쉽지 않았다. 겨우 하나 거미줄을 떼어 내고 한숨을 쉬며 한걸음 올라서려는데 또 다른 왕거미가 정면에 방패 모양으로 줄을 치고 먹잇감을 기다리고 있었다. 갑자기 당황한 나는 거미줄을 손으로 제쳤다. 그 순간 어깨로 거미줄이 더 감기는가 싶더니 또 하나의 거미줄이 눈앞을 가로막았다. 뒤에 따라오던 친구가 보다 못했는지 자신이 하겠노라며 나설 태세였다.

겨우 왕거미들이 포진해 있는 비탈을 벗어나 우리는 숲길로 나올 수 있었다. 인생에서도 이정표를 놓치면 많은 고통이 뒤따른다는 사실을 모의체험하는 듯했다.

(위)대포 포구의 아침
(아래)색달해녀의 집 옆 바닷가에 있는 일명 '다라횟집'

배도 떠나고 우리도 떠나네!

대포동 포구에 도착했다. 날이 저물어 하룻밤을 여기서 보냈다. 숙박시설과 식당들이 대부분 언덕 위에 자리 잡고 있어서 포구를 감상하기에는 그만이었다. 아침에 일어나 창을 열고 포구를 내려다보니 햇살을 등진 채 나이 든 어부 부부가 고깃배에 앉아 그물을 손보고 있다. 출어를 준비하는 것일까?

어부 부부만 항구를 떠나는 것이 아니다. 우리도 다음 목적지를 향해 떠나야 한다. 서울행 비행기를 타야 하는 친구와 삼거리에서 이별의 악수를 나눴다. 이틀 밤을 함께 보낸 친구는 잘가라는 인사를 하고 헤어진 뒤에도 몇 걸음 옮기지 않고 다시 뒤돌아보며 잘가라고 손을 흔들었다.

우리는 배낭을 메고 서로 반대 방향으로 난 길로 걸어갔다. 친구와도 점점 멀어질 즈음 저만치 떨어진 채 마주보며 오던 범섬도 어느새 뒤로 점점 멀어져 갔다.

그러고 보면 친구와 걸을 때 둘만 걸은 것이 아니었다. 범섬도 따라 걸었고 우리들 이야기 속에 범섬도 들어 있었다. 사람이 살지 않는 범섬은 큰섬과 새끼섬으로 이뤄져 있는데 멀리서 보면 큰 호랑이가 웅크려 앉은 형상 같아서 범섬이라는 이름이 붙었다. 뭍에서 정면으로 보면 호랑이 콧구멍처럼 생긴 바위도 보인다. 50~60년 전만 하더라도 사람이 거주하며 가축을 방목하고 고구마 농사를 지었다고 한다.

태고적 신비 간직한 지삿개바위

삼거리에서 헤어진 것은 친구와 나, 그리고 범섬이었다. 쓸쓸하게 발걸음을 옮기다 보니 어느새 고급 저택의 정원에 와 있는 듯 잘 단장된 산책길을 걷게 된다. 대포동 주상절리가 가까워진 것이다.

올레길은 주상절리를 지나치게 되어 있지만 살짝 바닷가로 들어가 본다. 높이가 25미터 정도인 사각형, 육각형의 돌기둥들이 서귀포시 중문동과 대포동 해안 2킬로미터에 걸쳐 조물주가 조각해 놓은 듯 겹겹이 박혀 있다.

중문 해수욕장을 맨발로 걷는다.

수상설리는 분회구에서 흘러내린 섭씨 1,100도의 용암이 바다에 이르러 급격히 냉각하는 과정에서 수축작용과 균열현상이 일어나면서 자연스럽게 만들어졌다고 한다.

서귀포시 중문동의 옛 지명인 지삿개를 따서 지삿개바위라고도 불린다.

태고적 신비를 간직한 주상절리 바위 기둥 앞에서 젊은 연인들이 사진 찍기에 바쁘다. 주상절리 앞에서 수평선을 바라보면 왼쪽에서부터 마라도와 가파도, 송악산, 모슬봉이 차례대로 보인다.

간혹 올레꾼들이 마라도와 가파도를 혼동할 때가 있는데 조금 도톰하게 올라와 있는 섬이 마라도이고 옆으로 기다랗게 늘어져 있는 섬이 가파도다.

마라도보다 가파도가 큰 섬이란 생각을 하면 어느 것이 마라도이고 어느 것이 가파도인지 금방 알 수 있다.

신발 벗고 싶은 중문 해수욕장 국제 컨벤션센터를 바라보며 걸어가다

중문 해수욕장

보면 제주 민속문화를 디자인으로 응용한 시에스호텔리조트를 거닐게 된다. 다시 큰길기로 나와 베릿내오름으로 향한다. 베릿내오름에 올라서면 한라산 아랫동네와 제주 컨벤션센터, 중문 포구가 시원스럽게 보인다. 베릿내오름의 허리를 휘어 감듯 나있는 산책로를 따라 내려오면 아까 올랐던 오름 출발점 부근이다.

　인근의 중문 해양리조트 퍼시픽랜드 경내로 들어가 색달해녀의 집 바로 옆 돌계단으로 내려온다. 남의 집 뒷담을 넘어 들어오는 느낌인데 바로 앞이 바다이고 해녀들이 갓 잡은 수산물을 붉은 고무대야에 놓고 파는 일명 '다라횟집'이 보인다. 자연산 전복이나 소라, 해삼, 낙지, 멍게, 대합, 성게, 잡어회를 저렴하게 맛볼 수 있다. 말 한마디에 천 냥 빚을 갚는다고 했던가. 해녀 기분에 따라 소라와 전복이 하나 더 얹혀질 수 있다.

　이곳을 벗어나면 중문 해수욕장이다. 신발을 벗고 싶은 충동이 일어난다. 배낭을 팔각정에 던져 놓고 맨발로 모래사장을 걷는다. 발가락 사이로 꼬물꼬물 모래가 들어와 간질거린다. 폭신폭신한 모래사장을 걷다 보면 발의 피로가 싹 가신다.

　발걸음이 가볍다. 하얏트호텔 산책로를 조금 걷다 다시 바닷가로 내려오면 존모살 해수욕장이다. 바로 옆 중문 해수욕장에 비하면 10분의 1도 채 안 되어 보이는 작은 해수욕장이다. 대신 아늑하고 포근한 느낌이 든다.

팔짱낀 애인 같은 '갯깍 주상절리' 수십 미터 높이의 갯깍 주상절리대가 병풍을 두르고 있다. 오묘하고 신비로운 모습에 '누가 조각해 놓았을까?'

갯깍 주상절리

아늑하고 포근한 느낌의 존모살 해수욕장을 걷다 보면
금방이라도 바위 부스러기가 머리 위로 떨어질 것 같은
갯깍 주상절리가 돌병풍을 두르고 있다.

들렁괴.
하늘로 들려진 바위란 뜻이다.

하는 생각을 하면서 그 아래를 걷는다. 바로 옆에는 바닷물이 돌돌 말려 들어와 갯바위에 부딪히며 하얀 거품을 낸다. 수만 년의 풍상을 견딘 바윗조각이 하필이면 지금 머리 위로 부서져 떨어질 것 같은 느낌이 든다. 그 아래로 울퉁불퉁한 바윗돌을 밟으며 엉그적 엉그적 걸어가는 사람들이 멀리서 보면 공룡 옆으로 지나가는 사람처럼 너무나 작게 보인다.

아까 본 대포동 주상절리와도 느낌이 확연히 다르다. 대포동 주상절리가 동경할 수밖에 없는 스크린 속 배우라면 갯깍 주상절리는 팔짱을 끼고 걸을 수 있는 바닷가 마을 애인 같은 느낌이다.

조금 더 가나 보면 앞뒤로 뚫린 바위동굴이 하나 보인다. 이 바닷가 마을에서는 들렁괴라 부른다. 하늘로 들려진 바위란 뜻이다. 안에서 밖으로 향해 바라보는 모습이 새삼 다른 느낌을 준다. 햇빛이 들지 않은 동굴 안에서 환한 바닷가 쪽을 향해 바라보고 있노라니 어느 중년 남녀가 다정히 이야기를 나누고 있는 모습이 검은 실루엣으로 망원렌즈에 잡힌다.

들렁괴를 지나 바닷가를 걷다 보면 해병대길이 나온다. 올레 8코스 출발지인 월평 포구로부터 13.8km 지점이다. 해병대 군인들이 둥글둥글한 바윗돌을 눕혀 길을 만들어 내어 해병대길이라 불린다.

'노천 수영장' 논짓물

소금을 뿌려 놓은 듯 흐드러지게 핀 억새와 푸른 바다가 펼쳐져 있는 풍경이 일품인 열리해안길을 걷다가 문득 고개를 들어 하늘을 바라보면 오름 하나가 보인다. 군산이다. 그 모습이 마치 양쪽에 뿔이 달린 투구와 같다. 군산은 제주 유일의 숫오름으로 알려져 있다. 이 오름에 있는 괸물이라는 이름의 약수는 자식, 특히 아들을 점지해 준다는 전설이 있어 아지망아주머니들이 찾아가 치성을 드리곤 하는 것으로 유명하다.

군산을 옆에 두고 걷다 보면 해수와 담수가 만나는 논짓물이 나온다. 논짓물은 여름철에는 노천 수영장이다. 햇볕이 뜨거우면 차양지붕 아래서 낮잠을 자거나 경기장 벤치처럼 생긴 시멘트 의자에 앉아 물장구를 칠 수 있다. 아이들은 튜브를 띄우며 놀고 연인들은 서로 물에 빠뜨리며 장난을 친다. 짠물에서 수영하다 바로 위에서 콸콸 쏟아지는 담수에 몸을 헹굴 수 있어 편하기 이를 데 없다. 호텔 풀장 부럽지 않는 바닷가 풀장이다.

'두루마리 산수화' 대평 포구

하례 포구를 향해 걷는다. 송악산과 형제섬이 겹쳐지고, 산방산과 박수기정이 오버랩된다. 대평리에 거의 당도한 것이다.

제주에서는 성산일출봉 못지않게 대평리를 좋아하는 사람들이 은근히 많다. 어느 택시기사는 제주에서 가장 아름다운 곳을 가리키는 영주1경을 대평 포구로 바꿔야 한다고 말하기도 한다. 그만큼 대평리는 아름다움을 간직한 곳이다. 저녁 무렵의 대평리 포구는 수묵화로 그려도 아름다울 것 같다. 깎아지른 돌병풍 박수기정이 고즈넉하게 자리 잡은 포구를 두 팔 벌려 안고 있다. 바닷가가 보이는 식당의 평상에 앉아 풍광을 즐기고 있노라면 막걸리 한잔이 생각난다. 저 멀리 대낚시를 하는 이들이 노을빛에 붉게 물들어간다.

바다가 잔잔한 날이면 오른쪽에 둘러쳐 있는 박수기정과 수평선에 떠 있는 마라도와 가파도, 형제섬, 그리고 바다를 향해 기다랗게 뻗어 나온 송악산과 모슬봉, 군산이 두루마리 산수화를 펼쳐 놓은 듯하다.

대평 포구. 제주에서는 성산일출봉 못지않게 대평리를 좋아하는 사람들이 은근히 많다.
어느 택시기사는 제주에서 가장 아름다운 곳을 가리키는 영주1경을
대평 포구로 바꿔야 한다고 말하기도 한다.

9 ⟨Course⟩ 대평~화순 올레

: 총 8.81km : 3~4시간

대평 포구 --▶ 몰질 |416m| --▶ 조순다리 위 |1.38km| --▶ 봉수대 --▶ 황개천 입구 |3km| --▶ 진모르 동산
|5.1km| --▶ 화순 굴농장길 |7.4km| --▶ 동하동마을 올레 --▶ 화순 어선주협회 |8.81km|

삶과 죽음의 경계선에서
웃는 꽃들

거대한 돌병풍이 대평리 마을의 한 귀퉁이를 둘러치고 있다. 박수기정이다. 기정은 제주어로 벼랑이다. 벼랑 틈에서 솟아나는 샘물을 바가지로 받아 마셨다는 데서 박수기정이란 이름이 붙었다.

박수기정으로 올라가는 길은 '조순다리' 와 '몰질' 두 종류가 있다. '조순다리' 는 벼랑으로 이어진 급경사 길이다. 옛날 기름장수 할머니가 이곳 대평리에서 옆마을 화순리로 빨리 넘어가기 위해 벼랑을 호미로 콕콕 쪼아가며 만들기 시작한 길이다. 그런데 혼자서 지름길을 만들던 할머니는 어느 날 돌을 쪼다 그만 절벽 아래로 떨어져 죽었다고 한다. 그 뒤 마을사람들이 할머니의

황개천

낭떠러지. 높이가 무려 120미터다.
아래를 내려다보면 시퍼런 물이 하얀 거품을 물며 바위를 때리고 있다.

뜻을 받들어 십시일반으로 돈을 모아 길을 완성했다고 전해진다.

말들이 걸어 다녔던 몰질

'조슨다리'는 사유지로 지금은 다닐 수가 없고 '몰질'로 올라갈 수밖에 없다. 몰질은 말길이라는 뜻으로 아래아 발음이 어려워 그냥 몰질이라 부르기도 한다. 몽골의 지배를 받았던 당시 박수기정 위의 너른 들판에서 기르던 말들을 원나라로 싣고 가기 위해 대평 포구로 끌고 내려오던 길이다. 이 길을 통해 마을주민들도 말에 등짐을 지우고 꿍덕꿍덕 다녔다. 오래된 소릿질좁은 길이라는 사실을 입증이라도 하듯 담쟁이덩굴들이 돌담과 고목을 얼키설키 휘감고 있다.

어느 정도 올라가다 아래를 내려다보면 나뭇잎 사이로 대평 포구가 훤히 보인다. 정상에 올라서면 평평한 들판에 오솔길이 나 있고 귤밭과 감자밭, 콩밭, 배추밭이 연이어 보인다. 훤하게 트인 들판은 다시 나무가 우거진 숲으로 바뀌는데 나뭇잎 사이로 언뜻언뜻 보이는 왼쪽 편은 허공이다. 살금살금 발을 옮겨 아래를 내려다보면 시퍼런 물이 하얀 거품을 물고 바위를 때리고 있다. 낭떠러지의 높이가 무려 120미터다. 삶과 죽음의 경계선이 바로 한 발자국 앞이다. 스르르 몸이 떨린다. 바로 그 아래 천진난만하게 들국화 서너 송이가 피어나 한들거리고 있다.

물때 맞추느라 목숨 건 해녀들

40여 년 전 조슨다리를 넘어 화순리로 물질잠수작업을 가던 대평리 해녀들은 바다에 당도하기 전부터 목숨을 걸어야 했다. 그녀들은 천길만길 낭떠러지를 선택했다. 평지로 돌아가지 않고 기정을 타고 내려가면 1시간을 절약했다.

이른 아침 황개천으로 걸어오는 할망.

조슨다리의 기정은 발을 서툴게 딛기라도 하는 날에 천길만길 낭떠러지가 기다리고 있어 보기만 해도 간이 콩알만해진다. 그러나 시리고 모진 운명을 살아간 인생에게는 삶이란 죽음보다 더 두려운 놈이라 그녀들에게 한낱 기정은 가파른 돌능선으로 치부되었다.

눈을 크게 뜨고 입술을 꽉 물고 태왁을 걸머지며 벼랑을 내려갔다. 그녀들은 물때를 맞추기 위해 오름을 빙 돌아갈 여유가 없었다.

남정네들도 마찬가지였다. 화순리에서 나무를 하러 이곳으로 올라오면 나무를 다 한 다음의 그 무거운 짐이 문제였는데 그들은 사람과 짐을 분리해 이동하는 법을 이미 터득하고 있었다. 먼저 짐을 칡나무 줄기로 묶어 절벽 아래로 떨어뜨린 다음 몸을 가볍게 하여 기정을 내려가 좀 전에 아래로 던진 짐을 찾아 챙기는 방식이었다.

마을로 내려오다 보면 산방산이 보인다. 남제주 화력발전소가 불쑥 솟아나 풍광을 해치지만 저녁 안개에 휩싸인 채 산방산이 더욱 신비스러운 모습을 연출한다. 아까부터 군산은 어디론가 숨은 듯하고 대신 월라봉이 오른쪽으로 보인다. 그즈음 황개천이 가로로 막아선다.

만물게 마실 나가는 A코스

여기에서 올레코스는 A코스와 B코스로 나뉜다. A코스는 황개천을 끼고 마을을 감아도는 코스이고 B코스는 동화동 마을로 바로 들어가는 코스다. 그러나 이왕 도보여행을 나섰다면 시원한 계곡 물이 흐르고 쑥부쟁이 군데군데 피어나는 A코스를 강력히 추천한다.

황개천은 바닷물과 민물이 만나 하나가 되는 곳으로 숭어, 잉어, 은어 등이 간혹 잡힌다. 안덕 계곡에서 내려오는 물은 황개천을 지나 태평양으로 흘러든다. 안으로 길게 이어진 황개천을 따라 걷다 보면 발을 내딛기도 전에 풀잎이 불쑥불쑥 움직여 깜짝깜짝 놀라곤 하는데 가만히 아래를 살펴보면 부지런히 옆걸음치며 마실 나가는 황개천의 게들이다. 황개천의 게들은 신기하게도 산 중턱까지도 올라온다. 사람도 숨이 턱턱 거리는데 앞으로도 아닌 옆으로 걸어 이렇게 높은 데까지 게들이 올라왔다고 생각하면 신기할 따름이다.

억척스런 제주여자, 게으른 제주남자?

11월 초 웃괸돌을 지나 절터라 불리는 빌레^{비탈} 옆을 지난다. 빌레는 마치 이발사라도 다녀간 것처럼 촐^꼴과 새^띠가 베여 있어 시원스러운 모습이다. 한가롭게 어르신이 뒷짐을 지고 촐밭을 거닐고 있다. 한나절 풀을 벤 모양이다.

주로 촐은 마소의 꼴로 이용되고 새는 초가지붕을 이을 때 쓰이는데 이들을 묶을 끈이 변변치 않을 때는 칡나무 줄기를 베어다 묶고 칡나무 줄기가 없을 때는 새를 꼬아 묶는다. 어릴 적 저녁 무렵 마을 어귀에 서 있으면 남정네들이 몸집의 서너 배가 넘는 등짐을 지고 내려왔는데 그 모습이 마치 꼬리를 활짝 편 공작새 같았다.

새밭일, 촐밭일은 고되다. 바닷일 만큼이나 힘들다. 상황이 이런데도 제주남자들은 게으르다는 누명을 뒤집어쓰고 있다. 육지사람들이 바다 건너 제주로 올 때 가장 먼저 보는 것이 힘들게 물질하고 있는 해녀다. 그런데 마을로 들어와 보면 제주 남정네들은 허구한 날 배꼽을 드러낸 채 마루에서 드러누워 자고 있는 것이 아닌가. 그래서 제주남자들은 게으르다고 생각하는 이들이 많았다.

하지만 사실은 다르다. 물론 여자들도 바다로 나가 힘든 물질을 했지만 남

황개천 마을의 민가

정네들도 한라산 중턱으로 올라가 고된 산일을 했다. 우마를 먹일 꼴을 베어야 했고 1년에 한 번 지붕을 교체할 띠를 베어야 했다. 이렇듯 중산간에서 일을 하다가 집으로 내려오면 피곤이 쏟아져 마루에 드러누워 잠을 잘 수밖에 없다. 제주남자들의 부지런함이 믿기지 않는다면 집과 마을에 놓인 볏가리처럼 쌓아놓은 눌을 한번 보라. 이것은 제주남자들의 일일 업무보고서다.

무소유 스승 위해 창고천 옮긴 용왕의 아들

촐밭에서 걸어 나와 숲 공기를 들여마시며 창고천을 지나다 보면 산에서 직접 물을 받았다는 데서 유래한 산받은 물과, 청둥오리·원앙새 서식지로 알려진 올랭이소를 만나게 된다. 고목들이 척척 휘어진 가운데 얼음장 같은 시원한 계곡물이 철철 흐르고 새소리, 풀벌레 소리가 원시림의 정취를 더한다.

옛날 안덕계곡 윗동네에 학문이 높은 강씨 선비가 살았다. 먼 동네에서도 글을 배우러 올 만큼 선비의 명성은 높았다.

하루는 한 제자에게 글을 읽어 보라고 시켰다. 그런데 방안에 있는 제자가 글을 읽으면 밖에서도 똑같이 글을 읽는 소리가 들리는 것이 아닌가. 이상히 여겨 문을 열고 밖에 나가 확인해 보면 아무도 없고 다시 글을 읽으면 여지없이 밖에서 글 읽는 소리가 나는 것이었다.

그러길 3년이 되는 어느 날이었다. 선비가 막 잠자리에 들려고 하는데 밖에서 "스승님" 하고 부르는 어린 아이의 목소리가 들렸다.

아이는 들어와 선비에게 무릎을 꿇고 말했다. "저는 용왕의 아들인데 지금껏 3년 동안 스승님에게 글을 배웠습니다. 이제 공부를 마치고 돌아가려 하는데 스승님의 은혜에 보답하고자 합니다. 소원이 있으면 말씀해 주십시오."

빌레를 걷고 있는 사람. 온종일 띠풀을 베었나 보다.

선비는 그제서야 공부방 밖에서 들리던 글 읽는 소리의 연유를 알게 되었다. 평소 검소하게 지내던 스승은 "나는 책을 읽는 데 있어 먹고살기로 말미암은 어려움이 없으니 그냥 돌아가거라"라고 말하며 혼잣말로 "요 앞 냇물 소리가 글 읽을 때 귀에 거슬리긴 하는데……" 하고 중얼거렸다.

그러자 아이는 "알겠습니다. 제가 해결해 드리겠습니다. 대신 며칠 동안 천지가 진동하는 소리가 들리더라도 문을 닫고 기다려 주십시오" 하고 하직인사를 드리고 떠났다.

아니라 다를까 7일 동안 뇌성벽력이 치고 폭우가 쏟아지고 운무가 휘감더니 마침내 산이 하나 생기고 냇물이 산 저쪽으로 옮겨진 것이었다.

이때 새로 생긴 산이 군산이고 옮겨진 내가 창고천이라 한다. 일설에는 중국에 있던 서산이 하루아침에 이리로 옮겨져 군산이 되었다고도 한다.

바다를 깔고 앉은 산방산

안덕 계곡을 벗어나와 농로로 걸어 들어가다 보면 포장도로가 나온다. 포장도로 아래로 내려가면 마을이다. 먹구슬나무 하나가 마을길 입구에 서 있다. 그 아래에 앉아 바람을 쐰다.

조금 더 걸어 들어가면 동하동이다. 조금 전 황개천으로 들어오지 않고 바로 마을로 갔더라면 이미 다다랐을 곳이다. 동하동에 듬직하게 생긴 폭낭_{팽나무}들이 몇 그루 서 있다. 폭낭을 끼고 들어가면 또 폭낭이 나온다.

마을길을 걷다 보면 어느새 화순항이다. 부두가 꽤 넓다. 한쪽에는 밧줄에

바다를 방석처럼 깔고 앉은 산방산

묶인 고깃배들이 고무봉대를 한 채 선창에 퉁퉁 부대끼고 있고 강태공들은 말없이 낚싯대를 던지고 있다.

눈앞에 커다란 산방산이 바다를 방석처럼 깔고 앉아 부둣가를 서성이는 나를 노려보고 있다.

10 → Course 화순~모슬포 올레

총 15km ┆ 4~5시간

화순 어선주협회 --> 화순 해수욕장 --> 용머리 해안 --> 하멜 상선전시관 | 2.8km | --> 사계 포구 | 4.64km |

--> 송악산 입구 | 8km | --> 알뜨르 비행장 해안도로 --> 모슬포항 --> 하모 체육공원 | 15km |

이방인이 머물다 떠나간 길

제주섬의 늦가을은 억새꽃 천지다.

온 섬에 소금을 뿌리듯 억새꽃이 마구 피어난다. 바람에 누웠다가 다시 일어나고 일어났는가 하면 다시 눕는다. 억새꽃이 여행객의 마음을 헤집어 놓는다. 늦가을 제주섬은 바다보다 내륙이 아름답다.

제주시 시외버스터미널에서 화순으로 가려면 바나나 우유라도 하나 마시면서 기다려야 한다. 제주와 모슬포를 잇는 평화로 시외버스가 화순·사계행과 신평·보성행으로 나뉘어 있는데 올레 10코스 출발지인 화순으로 가려면 화순·사계행 버스를 타야 한다. 화순·사계행 버스를 놓치면 약 40분을 기다려야 한다.

화순항 건너편에는 산방산이 볼록 솟아 있다. 그 곁에 화순 해수욕장의 모래사장이 드넓게 펼쳐져 있다. 두 명의 기수가 모래사장에서 흑모래를 날리며 말을 달리고 있다. 말은 천천히 뛰는 듯했지만 어느새 해변을 한 바퀴 돌아 코앞으로 다가왔다. 푸른 바다를 뒤로 하고 달려갈 때는 적갈색 말과 빨간 옷을 입은 기수가 아침 햇살을 맞아 은백색으로 빛났다. 바다와 말. 두 사물이 동떨어진 것처럼 보이지만 서로

한 가족이 피서를 오면 딱 좋을 호젓하고
아늑한 느낌의 초미니 해수욕장

잘 어울린다는 생각이 들어 한참이나 구경하다가 발길을 돌렸다.

화순은 남제주 화력발전소 3·4호기를 건설하는 과정에서 움집터와 옹관묘 등의 유적이 발견되면서 기원전 1세기에서 서기 2세기까지 탐라 형성기의 거점마을로 추정되고 있다. 해수욕장 한쪽에는 범상치 않은 퇴적암층이 바람막이처럼 둘러쳐 있고 끄트머리에는 너럭바위들이 널려 있다. 바위들 위를 뛰어다녀도 발바닥이 편안하다. 뒤돌아보면 박수기정과 남제주 화력발전소, 화순마을이 한눈에 보인다. 다시 고개를 돌려 앞으로 보면 형제섬이 서로 부둥켜안고 울고 있다.

어느 정도 가다 보면 바다 쪽으로 툭 튀어나온 바위 뒤쪽에 아주 작은 모래 사장이 숨어 있다. 바닷물이 안으로 밀려들어와 U자 형태의 모래사장을 만들 었는데 그 면적이 시골집 거실보다 클까 말까 하다. 한 가족이 피서를 오면 딱 좋을 호젓하고 아늑한 느낌의 초미니 해수욕장이라는 생각이 들었다.

용머리해안의 기기묘묘한 돌병풍

풀들이 푸릇푸릇 돋아난 모래등성이 를 오르면 산방연대에 다다른다. 바다 건너 보이던 산방산이 코앞으로 다가 와 마을의 수호신처럼 이방인을 내려다보고 있다.

용머리 해안에는 오랜 세월 동안 세찬 파도에 깎인 기기묘묘한 바위 병풍이 즐비하다. 높이 30~50미터의 돌병풍이 바다를 휘감듯 이어지고 그 아래로

모래 등성이를 올라오면 용머리 해안으로 이어진다.

용머리 해안가.
하늘에서 내려다보면 용이 승천하려고 머리를 쳐든 모습이다.

걸어 나가면 찰싹 찰싹 파도가 바윗돌을 때린다. 기암들이 앞으로 툭 튀어나와 앞이 막히는가 하면 트이고, 트이는가 하면 다시 막히는 단순 반복 구조가 계속되는데 잠자리 비행기라도 타고 하늘에서 내려다보면 용이 승천하려고 머리를 쳐든 모습을 볼 수 있다고 한다.

　이 곳에서도 해녀할망들이 붉은 고무대야를 앞에 놓고 소라와 멍게를 팔고 있다. 일명 '다라횟집'. 용머리 인근 마을의 해녀들이 조를 짜 순번대로 나와 해산물을 판다. 가격은 보통 한 접시에 1만 5,000원인데 혼자면 양을 줄여 1만 원에 먹을 수 있다.

'다라횟집'에서 한잔 캬~! 바닷가 모퉁이에 앉아 여러 번 관광객들을 향해 손짓해도 허탕만 치는 할망_{할머니}의 입술이 계속 타들어가는 것이 보였다. 할망 앞에 자리 잡고 앉아 소라 1인분을 시켰다. 소주도 하나 달라고 했다. 할망을 불러 한잔 권했다. 할망은 절레절레 고개를 흔들고 대신 장사를 같이 거들고 있던 아지망_{아주머니}이 나섰다. 술 한잔 오간 사이 아지망은 떡을 꺼낸다. 눈치로 보아 출출할 때 먹으려고 싸온 것인데 내가 허기진 것 같아 꺼내 놓는 듯했다.

그러는 사이 해녀할망이 슬그머니 옆에 와 앉는다. 해녀할망은 올해 일흔다섯 살인데 열여덟 살 때 물질을 시작했다고 한다. 해녀할망은 술 먹을 기운이 없다며 딱 반잔을 받았다. 나는 한잔을 마셨다. 캬~! 술기운이 핏줄을 타고

용머리 해안의 일명 '다라횟집'

돌병풍이 둘러쳐진 용머리 해안

온몸으로 전해지는 듯했다. 아무래도 손님들이 이 고무대야 횟집을 그냥 지나치는 것을 보다가 막장에 할망이 술 한잔 더 마실 것 같아 반병을 남겨두고 자리를 털고 일어섰다. 해녀할망에게 만 원짜리 한 장과 천 원짜리 석 장을 건네주고 길을 나선다. 돌아서는 나를 향해 웃는 할망과 아지망의 꺼멓게 그을린 얼굴이 오랫동안 눈에 밟혔다.

한국을 서방에 알린 하멜
용머리 해안은 하멜 표류지와 바로 연결된다. 네덜란드 상인 헨드릭 하멜은 1653년 8월 16일 청나라를 거쳐 일본 나가사키로 항해하던 중 그가 타고 있던 3층 갑판의 선박 스페르웨르sperwer 호가 풍랑을 맞으면서 제주에 표류하게 된다. 그러나 정확한 표착지에 대해서는 아직까지도 학설이 분분하다. 어쨌거나 하멜 일행은 구사일생으로 승선인원 64명 가운데 28명이 병으로 죽거나 실종되어 36명만이 제주섬에 발을 딛게 된다. 스페르웨르 호의 선장이던 에호버츠도 죽은 채로 발견되었다.

하멜 일행은 이로부터 꼬박 13년 21일 동안 조선에서 보내게 되는데 그중 8개월을 제주에서 보낸다. 고국으로 돌아간 뒤에는 책을 펴내 한국을 서방세계에 알리는 최초의 인물이 된다.

하멜 일행은 이들보다 무려 27년 전에 조선에 와 있던 네덜란드인 박연과 면담을 한 뒤인 1654년 6월 26일 한양에 도착해 조선의 국왕 효종을 알현하고 일본으로 보내 줄 것을 간청한다. 하지만 효종은 당시 추진 중이던 북벌계획에 대한 보안문제와 일본에서 불고 있는 기독교도 탄압 상황을 염려하며 "외국인을 국외로 보내는 것은 이 나라의 관습이 아니므로 죽을 때까지 여기서 살아야 하며 대신 너희들을 부양해 주겠다"라고 답한다.

화순 해수욕장에서 볼 때
부둥켜 우는 것처럼 보였던 형제섬은
사계항을 지나다가 바라다 보면
속에 담은 이야기를 다 꺼내 놓은 채
서로를 마주보며 웃는 모습이다.

2년 뒤 조정은 하멜이 청나라 사신에게 노출될까 염려해 하멜 일행을 전라도 병영 강진으로 이주시킨다. 하멜 일행은 이곳에서 관청의 잡풀을 제거하는 등 노역에 시달리지만 점차 조선의 생활에 적응해 나간다. 현재 강진의 돌담길도 하멜에 의해 고안되었다는 설이 있다. 1663년 하멜 일행은 다시 여수, 순천, 남원 등지로 분산 수용되어 새로운 환경에 적응하지만 그 와중에 기근이 되풀이 되어 하멜 일행은 구걸하다시피 생활한다. 그러는 사이에 동료 11명이 죽어갔다.

하멜표류기는 임금청구 서류?

그러다 전라병영에 분산 수용된 지 3년 뒤인 1666년 9월 3일 하멜 일행 8명은 배를 구해 조선을 탈출한다. 일본 연안의 한 섬에 도착한 하멜 일행은 나가사키로 갔다가 동인도회사 본부가 있던 인도네시아 바타비아, 지금의 자카르타에 도착한다.

1668년 본국으로 돌아간 하멜은 〈하멜표류기〉를 써 조선을 세계에 알리는 데 기여한다. 그러나 사실 이것은 여행견문록이라기보다는 조선에 억류되었던 15년 동안의 밀린 임금을 동인도회사에 청구하기 위해 조선 체류일지와 조선 왕국에 대한 정보를 정리한 일종의 업무보고서라 할 수 있다. 〈난선 제주도난파기Relation du Naufrage d'un Vaisseau Hollandois〉와 부록 〈조선국기 Description du Royaume de Corée〉 등 2권의 자료집이 그것이다.

한편 하멜 일행 중 전라병영을 탈출하지 못했던 나머지 7명은 일본과 조선 간의 협상을 통해 하멜 일행이 탈출한 지 두 해가 지난 후 나가사키를 거쳐 본국으로 돌아갔다.

드넓은 모래밭이 이어진다. 모래밭에 돋아난 풀잎 위로 푸른 바다가 보이고 손이 닿을 듯 형제섬이 보인다.

사계항을 지나면 형제섬이 더욱 가까이 다가선다. 일제 시대 때 건조하다 만 죽항에 올라 보면 형제섬 사이의 바윗돌마저 뚜렷하다. 해안선을 따라 조금 더 가다보면 화순 해수욕장에서 부둥켜 우는 것처럼 보였던 형제섬은 속에 담은 이야기를 다 꺼내 놓은 채 서로를 바라보며 웃는 모습이다.

바람이 불면 모래 파편들이 얼굴을 때린다. 한 무더기 억새꽃이 바람에 몸을 비비고 있고 형제섬은 대형 수석처럼 바다위에 떠 있다.

'대형산풍기' 송악산

사계 해안도로를 따라 주욱 가면 송악산이 보인다. 그러나 먼저 눈에 와 닿는 것은 송악산 아래에 뻥뻥 뚫린 구멍이다. 태평양전쟁 말기 제주도를 최후의 항전지로 삼은 일본이 특공부대를 배치해 바다로 들어오는 미군 함대를 자살 폭파 공격하기 위해 어뢰정을 숨겨 두었던 진지 동굴이다. 안에는 一자, H자 U자 모양으로 둥굴식 갱도를 뚫어 놓았다. 지금은 응회암층으로 돌조각이 부서져 떨어질 우려가 있어 일부 동굴에만 들어가 볼 수 있다.

돌아 나와 오름 능선을 오른다. 20여 분 오르면 송악산이다. 주봉의 높이가 104미터로 그리 높지 않지만 여러 개의 크고 작은 분화구들이 모여 오름을 형성하고 있다. 분화구 능선을 따라 오르락내리락 거리며 정상까지 오르다 보면 연인들이 서로 무언가 대화를 나누며 어깨를 맞대어 걷는 모습이 조그맣게 보인다.

연인들은 이윽고 어깨동무를 한다. 그럴 수밖에 없다. 바람이 세기 때문이다. 간혹 송악산은 대형선풍기를 틀어 놓은 듯하다. 분화구 저 너머의 가족

(위) 송악산 아래에 있는 일제 시대의 진지동굴
(아래) 송악산에 오른 연인들

동반객들은 강풍 때문에 몸을 가누지 못한 채 아예 웅크리고 앉았다.

오름에서 내려오는 올레길은 소낭숲 소나무숲이다. 알뜨르 비행장의 들판이 내려다보인다. 알뜨르 비행장은 군국주의 망령이 어린 곳이다. 1930년대 일본이 송악산 아래 들판에 건설한 군용 비행장이다. 2002년 근대문화유산 제39

호로 지정되었는데 제주도는 앞으로 평화의 대공원으로 조성할 계획이다.

어떻게 보면 나는 이곳을 그냥 중간 이정표로 지나가고 있지만 국제자유도시 제주도로서는 평화의 섬으로 나아가려고 하는 원대한 노선의 시작점이라는 생각이 든다.

나 혼자 길을 가고 있는 걸까 억새밭길로 나와서 무밭, 감자밭을 지난다. 여기서 마라도와 가파도는 멀지 않다. 마라도는 육지와 11킬로미터 떨어져 있고 가파도는 5.4킬로미터 떨어져 있는데 모슬포 항에서 도항선으로 마라도까지는 30분, 가파도까지는 15분 걸린다.

돈을 빌려간 사람에게 가파도 되고 마라도 된다고 해서 가파도 마라도라고 불렸다는 우스갯소리가 전해올 만큼 섬마을 인심이 후덕하다. 그런데 마라도는 국토 최남단 섬이라는 이유로 관광객이 밀려드는 데 반해 가파도는 마라도에 갈 때 손가락으로 가리키고 지나갈 뿐 방문자 수는 적다. 두 섬마을의 명암이 대조적이다.

국토 최남단 마라도에서 자장면을 시켜 먹는 것이 유행이라면 가파도加派島에서는 청보리밭의 푸른 물결이 일렁이는 것으로 유명하다.

해가 뉘엿뉘엿 거린다. 밭길은 해변으로 붙었다 떨어졌다를 반복하면서 종지부를 찍지 않는다. 가도 가도 끝이 없다. 어느새 땅거미가 지고 있다. 말동무가 그립다.

하모리 체육공원으로 가는 길.

나 혼자 걷고 있는 걸까, 생각하는 순간 저만치서 배낭을 멘 한 젊은 여성이 뒤돌아본다.

10-1 Course → 가파도 올레

: 총 5km : 1~2시간 :

상동 포구 --▶ 상동 본향당 | 0.2km | --▶ 장택코 정자 | 0.8km | --▶ 냇골챙이 | 1.7km | --▶ 가파 초등학교 |
2.1km | --▶ 개엄주리 코지 | 3.6km | --▶ 제단 | 4.4km | --▶ 부근덕 | 4.8km | --▶ 가파 포구(하동) | 5km |

나를 가파도로
유배 보내다오

"삼춘 어디 갈거광?" 어르신 어디 가실 거예요?

"가파도 표 하나 도라." 가파도 표 하나 달라.

"삼춘 왕복 구천 원이우다." 어르신 왕복 9,000원입니다.

봄 날씨가 완연한 4월.

모슬포항 대합실에 아침 일찍부터 가파도 청보리 축제를 보러 가는 사람들이 하나 둘 들어온다. 여성 매표원이 표를 끊기 위해 줄을 서 있는 나이 지긋한 어르신에게 '삼춘'이라고 부른다. 두 사람 사이에 오고 가는 대화가 삼촌 조카 사이처럼 친근하게 들린다.

'삼춘'과 '조캐' 하지만 두 사람은 실제로는 피 한 방울 섞이지 않은 관계다. 오늘 매표소 앞에서 금방 만난 사이일 뿐이다. 이처럼 제주에서는 어느 한 순간에 '숙질지간'이 되곤 한다. 제주어 삼춘은 삼촌의 사투리다. 그런데 삼춘이란 단어는 꼭 사전적 의미로서의 삼촌만을 뜻하지는 않는다. 자주 얼굴을 보고 친하게 지내는 동네 어르신을 부를 때도 사용된다. 처음 보는 웃어른들에게도 '삼춘!' 하면 매우 정감어린 말로 들린다. 나이든 여자에게도 삼춘이라고 부른다. 그리고 삼춘이 되는 사람은 상대방을 조캐조카라고 부른다. 이른바 삼촌과 조카 관계가 순식간에 성립되는 것이다.

오일장에라도 갔다가 노점할머니로부터 파 한 단이라도 살 때 "할머니 조금 깎아 주세요" 하는 것보다 "삼춘 조금만 깎아 주세요" 하는 것이 훨씬 다정다감하게 들린다. 또 가까운 친구의 어머니를 아주머니라고 부르자니 멀게 느껴지고 그렇다고 어머니라고 부르자니 쑥스러울 때 '삼춘!'이란 한 단어는 고민을 해결해 주기에 충분하다. 삼춘은 사람과 사람 사이의 관계를 반 빌자국 좁혀 주는 말이라 할 수 있다. 네디즌 시이에서 쓰이는 '일촌'이 도회지적 느낌이 든다면 '삼춘'은 시골 냄새가 폴폴 난다.

'섬마을 영어 선생님' 저스틴 가파도로 가는 작은 배에도 삼춘들이 많이 탔다. 보따리를 든 삼춘, 라면상자를 옮기는 삼춘, 담배를 뻐금뻐금 피는 삼춘. 그중에 벽안의 외국인 삼춘도 끼어 있었다.

출렁이는 파도에 떠밀려 갑판이 흔들렸다. 아까 본 외국인이 옆에 앉았다. 서로 눈인사를 나누다 내가 먼저 말을 건넸다.

"아 유 고잉 투 씨 어 페스티벌?"

"왓?"

"페스티벌, 청보리 페스티벌!"

나는 그에게 서투른 영어로 축제를 보러 가는 것이냐고 물었지만 그는 눈을 동그랗게 뜨며 "왓?"만 연발할 뿐 축제는 금시초문이라는 반응이었다.

알고 보니 그는 관광객이 아니었다. 가파 초등학교 영어 원어민 강사로 이름은 저스틴 크리스마스Justin Christmas였다.

나는 성씨가 하필이면 크리스마스냐며 웃었고 저스틴 역시 순진한 표정으로 따라 웃었다.

(위)가파도 영어 원어민 강사 저스틴 크리스마스
(아래)가파도로 가는 배

그의 웃음이 물보라 소리와 섞여 흩어졌다.

저스틴은 매주 금요일 영어 수업을 하러 가파도로 들어간다. 그는 2010년 4월 3일 오늘이 바로 금요일인데 네 번째가 되는 날이라고 말했다.

"영어 공부하는 학생은 몇 명이예요?"

"매우 적이요. 다 합쳐서 10명밖에 안 돼요."

저스틴은 자신도 이렇게 학생 수가 작은 학교는 세상 태어나서 처음이라는 표정으로 소년처럼 해맑게 웃었다. 실제로 가파 초등학교의 전체 재학생 수는 7명이다. 가파 초등학교에 전화를 걸어 영어 공부하는 학생 수와 재학생

수가 다른 이유를 물어 봤더니 유치원생 3명이 더 있단다.

캐나다가 고향인 저스틴은 고국에 있을 때 가까이 지내던 한국인이 해주는 음식을 먹으며 한국에 대해 조금씩 관심을 갖게 되었다고 한다. 지금도 멸치 볶음을 제일 좋아한다면서 엄지손가락을 추켜세운다.

"서울, 부산, 대전, 광주, 경기도, 충청도, 강원도, 경상도, 전라도 다 놔두고 왜 제주를 지망했어요?"

나의 긴 질문과 대조적으로 그의 대답은 간단했다.

"비유티풀!"

섬에 가까이 다가갈수록 파도는 더 세지고 배는 출렁거렸다. 모슬포항을 떠난 지 15분 만에 배는 이윽고 가파도 상동 포구에 닻을 내렸다.

우리는 배에서 내렸다. 섬마을 영어 선생님 저스틴은 아직 가파도 갯바람이 차게 느껴지는지 어깨를 산뜩 웅크렸다. 저스틴은 1년간의 원어민 강사 생활을 마치면 고국으로 돌아갈 예정이다. 그렇지만 언젠가 한번 또 만나자며 저스틴과 나는 헤어졌다.

마라도의 형 '가파도'

가파도에는 290여 명의 주민이 옹기종기 모여 산다.

상동 본향당. 고양이가 졸고 있다.

가파도는 마라도보다 2.5배나 큰 섬인데도 사람들은 가파도가 마라도보다 더 작은 섬인 줄 착각할 때가 많다.

'국토 최남단'이라는 마라도의 상징성에 가려 그동안 빛을 보지 못하다 보니 유명세를 타는 마라도는 큰 섬으로 여겨지게 되고 정작 더 큰 섬인 가파도는 작은 섬인 것처럼 생각되는 것이다. 본의 아니게 공부 잘하는 동생의 그늘에 가려 제 위상을 뚜렷이 나타내지 못하는 시골형과도 같다.

이제까지 가파도 주민들은 모슬포항에서 마라도로 가는 관광객들을 멍하니 바라볼 수밖에 없었다. 하지만 그 덕분에 관광객의 발길이 뜸하고 개발이 덜 이루어져 가파도는 제주도의 마지막 순수와 청정을 간직할 수 있었다.

상동 포구에서 시작되는 올레 코스는 섬을 N자 모양으로 도는데, 다 돌아도 2시간 정도면 넉넉하다. 포구를 벗어나 조금 걷다 보면 바닷가에 상동 본향당이 세워져 있다. 넘실거리는 바다를 배경으로 돌을 쌓고 시멘트를 덕지덕지 바른 조그만 당이다. 평평한 지붕 위에는 고양이가 웅크리고 앉아 있다. 섬사람들이 마을의 안녕과 평화를 빌었던 곳이다. 바닷가를 따라가다 코너를 크게 돌면 바다 저 너머에 섬이 보인다.

"아! 마라도."

가파도에서 소리쳐 부르면 마라도에서 손을 흔들 것 같다. 그러나 단지 느낌이 그럴 뿐 맑은 날이더라도 맨눈으로 사람들을 감지할 수 있는 거리는 아니다.

바람도 멈춰 서는 청보리밭
냇골챙이에서 꼭짓점을 찍고 다시 상동 포구 방향으로 길을 가다 보면 '아! 누가 청록색 양탄자를 깔아 놓았을까?' 하는 생각이 든다. 햇빛을 받아 더욱 푸르게 일렁이는 청보리밭이 섬을 다 덮을 듯 펼쳐져 있다. 가파도 면적의 60퍼센트가 청보리밭이다. 섬 밖은 푸른 바다가 넘실거리고 섬 안은 녹색 보리가 일렁인다.

육지에서 보는 여느 보리밭과는 다른 느낌의 청보리밭이 이국적인 풍경을 연출한다. 그 아름다움 때문에 정말 바람도 멈춰 설 것 같다. 청보리밭 사이로 손을 맞잡고 걷던 두 연인이 서로를 마주보며 웃다가 하나가 된다. 청보리밭에서는 두 연인이 뜨겁게 입맞춤을 해도 타박할 수 없다. 오히려 무덤덤하게 동떨어져 걷는 모양이 더 어색할 뿐이다.

그 옛날에는 청보리밭이 젊은 연인들의 밀애 장소로도 한몫했다. 아침에 청보리밭을 지나가다 밭 한가운데 사람이 누웠던 자리처럼 패여 있으면 어른들은 슬며시 웃고 지나간다. 그들도 처녀 총각 때는 그랬기 때문이다.

실제로 가파도에서 재배되는 청보리는 대부분 맥주보리로 '향맥'이라는 품종이다. 다른 품종에 비해 키가 두 배 이상으로 자라난다.

가파도 마을 안길

청보리 수확 끝나면 콩 농사

청보리는 가파도 사람들을 닮았다. 그네들이 찬 겨울바람과 부딪히며 봄을 낳듯 청보리 역시 11월에 씨가 뿌려진 뒤 한파를 맞고 지내다 언 땅을 송곳처럼 뚫고 푸릇푸릇한 싹을 피워 낸다. 5월 청보리 수확이 끝난 자리에는 콩 씨앗이 뿌려진다. 여름이 지나갈 무렵 섬은 누런 콩 잎사귀들로 옷을 갈아입는다.

청보리밭 사이로 왕돌이라 불리는 고인돌이 두런두런 보이고 뒤돌아보면 바다 건너 마라도가 떠 있다. 산이 없는 가파도는 허허롭기만 하다. 보리만 청청하다. 푸른 파도가 넘실거릴 때에는 백구만 훨훨 날아오른다.

아! 가파도. 나를 가파도로 유배 보내다오.

나도 모르게 청보리밭 샛길에서 걸음을 멈춘 채 섰다. 뒤돌아서서 마라도를 바라보노라면 가슴 밑바닥에서 뭉클뭉클 뜨거운 것이 올라온다. 휴대폰을 꺼내 청보리밭을 한 장 찍고 몇 글자 문자를 찍어 천리 밖의 그리운 사람에게 보낸다.

보리밭 너머 가파 초등학교에서는 코흘리개들이 글을 읽고 있다. 지금은 섬마을의 작은 초등학교이지만 한 세기 가까이 시간을 거슬러 올라가면 그 어느 곳 못지않게 일찍 배움의 열정이 싹텄던 곳이다.

김성숙과 신유의숙 그 전신이 1921년 해을海乙 김성숙金成淑 선생이 세운 6년제 초등교육기관 신유의숙辛酉義塾이다.

청보리밭. 저 멀리 마라도가 보인다.

청보리밭을 거닐고 있는 올레꾼들

바람도 멈춰 서는 청보리밭.
휴대폰을 꺼내 청보리밭을 한 장 찍고
몇 글자 문자를 찍어
천리 밖 그리운 사람에게 보낸다.

1919년 3·1 운동이 일어나자 가파리 출신으로 경성제일 고등보통학교 4학년에 다니던 김성숙은 학생들을 주도해 독립 만세 운동에 앞장선다. 그러다 김성숙은 일본 경찰에 체포되어 갖은 고초를 겪는다. 김성숙은 그 해 8월 풀려났지만 일본 경찰의 감시는 계속되고 다니던 학교에서는 퇴학 처분이 떨어진다.

암울한 일제 치하 고향 가파리로 돌아온 김성숙은 나라를 되찾으려면 무엇보다 문맹 퇴치 교육과 민족 의식 고취가 필요하다는 사실을 절감한다. 그런 생각에서 20여 명의 학생들을 불러 모아 대청마루에서 글을 가르치기 시작한다. 그 뒤 학생 수가 불어나자 김성숙은 신유의숙을 세운다. 신유의숙을 세운 1921년 바로 그때가 신유년이었다. 의숙은 서구적인 형태의 신교육 운동이 붐을 이룬 당시 매우 부족한 초등 교육기관을 대체하는 일종의 개량 서당이었다. 신유의숙은 점차 유명세를 타 나중에는 인근 모슬포나 서귀포에서 보통학교를 졸업한 사람들이 입학하기도 했다. 그들은 여기서 수학한 뒤 제주나 서울, 광주 등지의 상급학교로 진학했다. 특히나 이 작은 섬에서 신유의숙 학생들은 축구를 배워 한라산 남쪽 지역의 축구대회에서 우승을 차지하는 기염을 토하기도 했다. 당시 교사들과 주민들은 마을별로 십시일반 석유 값을 모아 토요야학을 열었는데 밤에 호롱불 불빛이 바다 건너의 모슬포 주재소 쪽으로 새어 나갈까 뵈 창문을 가리고 공부하곤 했다. 이같이 스승과 학생과 마을주민이 삼위일체가 된 뜨거운 향학열 덕분에 1944년 신유의숙이 폐교될 무렵 가파도의 문맹률은 '0'이 되었다.

낮잠 자고 싶은 섬 상동 포구로 다시 올라와 동쪽으로 방향을 틀어 가다 보면 개엄주리 코지가 나온다. 개엄주리 코지는 바다 쪽으로 좁고 길게 쭉 뻗어나간 곳인데다 암반의 모양이 개미를 닮았다고 하여 붙여진 지명이다.

가파도는 참 오지랖 넓은 섬이다. 여기서 바다 건너를 바라보면 한라산을 가운데 둔 가운데 서쪽의 봉곳 솟은 수월봉으로부터 동쪽의 희끄무레한 월드컵 경기장까지 제주 본섬이 가진 해변 풍광 3분의 1이 일직선으로 펼쳐진다. 고근산, 군산, 산방산, 송악산, 단산, 모슬봉 등이 경쟁하듯 솟아 있고 형제섬, 범섬이 바다 위에 동동 떠 있다. 대평 포구 박수기정의 돌병풍도 아득한 그리움이 되어 저 멀리 보인다.

햇볕을 쬐다 하동 포구 쪽으로 걷는다. 얼마 가지 않아 해안가에 춘포 제단이 보인다. 제단 입구 맞은편 바위 위에 작은 자연석 두 개가 받쳐져 있고 또 그 위에 크고 평평한 돌이 얹혀 있다. 평평한 돌 위에는 다시 작고 길쭉한 돌이 올려 있다. 지방을 써서 붙여 넣는 신주다. 이곳 춘포 제단에서 섬 주민들은 바다를 향해 해마다 음력 1월 보름 무렵 정해일丁亥日에 마을 제사를 모신다. 지금도 제관으로 뽑힌 마을 남사 9명은 3박 4일 동안 제단 건너편에 있는 제단집에 머물며 향물로 목욕을 깨끗이 하고 몸가짐을 단정히 하여 부정을 피한다.

까마귀돌에는 올라가지 마세요!

하동 포구에 당도해 바다 쪽을 보노라면 방파제 위로 불쑥 올라온 바위가 보인다. 바로 까마귀돌이다. 까마귀돌은 주민들이 신성하게 여기는 바위다. 여느 바위와 다르게 없는듯 싶은데 누군가가 이 바위에 올라가거나 걸터앉으면 태풍이 일고 비바람이 분다는 전설이 내려온다.

제주도 민속자연사 박물관의 조사에 따르면 1974년 8월 제주해운국 직원

가파도에서 바라본 제주섬. 제주섬 해변 풍광 3분의 1이 보인다.

까마귀돌. 이 바위에 걸터앉거나 올라가면 태풍이 불고 비바람이 몰아친다고 전해온다.

하동 포구에서 출어 준비를 하는 가파도 어부들

들이 가파도의 해안에 표시를 하기 위해 까마귀돌에 올랐는데 그로부터 3일
뒤 아닌 게 아니라 가파도에 큰 태풍이 불어 어선이 뒤집히고 농작물이 쓸려
가는 일이 발생해 섬주민들이 큰 피해를 입었다고 한다.

그런데 내가 가파도를 방문했을 때에는 아무도 까마귀돌에 올라가지 않았
는지 바다는 호수처럼 고요했다.

오후 3시 무렵 다시 선착장에는 청보리밭을 구경하고 다시 모슬포로 돌아

가기 위해 배를 기다리는 사람들로 북석였다. 배가 상동 포구를 떠나자 가파
도는 차츰차츰 파도에 닳아져 한 점이 되었다.

11 ➡ Course 모슬포 ~ 무릉 올레

총 21.5km **6~7시간**

하모 체육공원(모슬포항) --> 섯알오름 | 2.2km | --> 모슬봉 정상 | 11.7km | --> 정난주 마리아 묘지 | 13.7km |

--> 곶자왈 입구 | 16.5km | --> 인향동 마을 입구 | 20.7km | --> 무릉 제주 자연생태문화 체험골 | 21.5km |

통한의 길,
평화의 길

대정 하모 체육공원에서 알뜨르로 향한다. 알뜨르는 모슬봉을 기준으로 아래에 있는 들이란 뜻이다. 눈에 보이는 것은 감자밭, 고구마밭, 무밭이다.

아침녘 알뜨르는 평화롭다. 그러나 언제나 알뜨르가 평화로왔던 것은 아니다. 알뜨르를 감싸고 있는 대정은 시대마다 한바탕 역사의 회오리가 휘몰아쳤던 곳이다. 조선 시대에는 대표적인 절도絶島 원악지遠惡地인 유배의 땅이고, 일제 시대에는 군국주의가 할퀴고 간 아픔의 땅이었다. 광복 이후에는 수많은 민초들이 군경에 의해 무자비하게 학살당한 4·3의 상흔이 어린 곳이다.

추사 김정희와 김만덕

나는 대정하면 추사秋史가 생각나고 추사하면 〈세한도歲寒圖〉가 떠오른다. 세도가들의 권력 암투가 벌어지는 틈바구니에서 조선의 대학자 김정희는 대정으로 유배된다. 한겨울이면 살갗 에이는 바람이 불어대는 대정은 제주에 내려온 뒤 다시 서남 방향으로 80리를 더 가야 닿을 수 있는 원악지遠惡地이다.

김정희는 이곳 대정의 가시울타리 쳐진 집에서 9년 동안 지낸다. 50대 중반의 추사 김정희에게 이 기간은 음식과 질병 등 육체적인 고통을 가져온 시간이다. 하지만 그런 한편 '날씨가 차가워져 다른 나무가 시든 다음에야 소나무와 잣나무의 푸르름을 알 수 있다. 歲寒然後知松柏之後凋也'는 세한도의 글귀처럼 추사 김정희에게는 독자적인 학문세계를 완성하고 고매한 정신세계를 이루는 황금의 시기였다고도 볼 수 있다. 그의 말처럼 벼루 10개를 구멍 내고 붓 1,000자루를 몽당붓으로 만드는 '마천십연 독진천호磨穿十研 禿盡千毫'의 수련과 고통 끝에 추사는 형식이나 법도에 얽매이지 않으면서 형식이나 법도에 벗어나지도 않는, 자유분방함과 조화로움을 두루 갖춘 아름다운 서체인 추사체를 완성하고 불후의 명작 〈세한도〉를 남기게 된다. 또한 이즈음 추사 김정희는 제주의 여인 김만덕에 대해서도 자세히 듣게 된다. 김만덕은 추사가 귀양 오기 28여 년 전에 세상을 떠난 조선 최고의 여성 거상이다. 김만덕은 양민의 딸로 태어났으나 일찍 부모를 여의는 바람에 본인의 의지와는 관계없이 기적妓籍에 오르게 된다. 나중에 그녀의 노력으로 기적에서 이름이 지워지지만 김만덕에게는 기생이란 딱지가 늘 붙어 다니곤 한다.

그런데 1790년(정조 14년)부터 1794년(정조 18년)까지 제주 지방에는 5년에 걸쳐 대기근이 일어난다. 엎친 데 덮친 격으로 조정에서 보낸 구휼미를 실은 배 12척 가운데 5척마저도 풍랑에 뒤집혀 버린다. 그 바람에 고을 여기저기에는 굶어 죽는 사람들이 부지기수로 생겨나 제주 지역에는 어두운 그림자가 짙게 드리운다. 이때 김만덕은 전 재산을 털어 육지로부터 쌀을 사들여 백성들을 살린다. 요즘말로 한다면 노블레스 오블리주다. 뒤늦게야 만덕의 선행을 보고 받은 정조는 "너는 한낱 여자의 몸으로 의기義氣를 내어 기아자 천백여 명을 구했으니 기특하다"며 제주목사를 통해 그녀에게 소원을 묻는다. 그녀는 한양에 가서 임금님을 뵙고 금강산 일만이천봉을 보는 깃이라 말한다. 당시 제주에서는 여성들이 죽을 때까지 관의 허락 없이는 섬을 벗어날 수 없도록 한 일명 '출륙금지령'이 엄격했던데다 평민의 신분으로는 임금을 배알할 수 없어 정조 역시 고민하다 내의원 의녀반수라는 벼슬을 내어 예궐하는 형식을 취하게 한다. 당시 한양으로 올라온 김만덕에 대해 영의정 채제공은 '만덕전'을 지어 주었는가 하면 당대 최고의 문장가인 이가환은 송시頌詩를 통해 '육십의 얼굴이지만 사십쯤으로 보인다'고도 말하기도 했다. 그러고 보면 김만덕은 외모로 보나 선행으로 보아 한양 땅 고관대작들 사이에서 빅뉴스가 되었던 것임에 틀림 없다.

김만덕이 세상을 떠나고 난 후 제주로 유배온 추사 김정희는 이같이 나라도 못하는 일을 연약한 여성의 몸으로 해낸 김만덕의 공적에 감동하여 손수 은광연세恩光衍世라는 편액을 써서 김만덕 가문의 번창을 기리며 김종주에게 전해 준다. 김종주는 김만덕 오빠의 3세손으로 김만덕의 양아들이 된 인물이다.

유배 생활을 하던 추사가 김만덕을 알게 된 것은 언제부터 일까? 그것에 대해서는 분명한 사료가 없다. 다만 제주에서 유배 생활을 하며 학자로서 그녀의 행적에 대해 듣고 감동을 받아 높이 기린 것은 사실이다.

또 어쩌면 이전부터 추사는 김만덕에 대해 들었던 것은 아닐까? 김만덕이 한양 땅을 밟았을 때 그녀는 장안의 화제가 되었을 것으로 짐작된다. 이때 김만덕의 나이는 만 쉰일곱 살이고 추사의 나이는 열 살이었다. 이러저러한 정황으로 보아 김만덕에 대한 이야기가 호기심 많고 영특했던 나이 열 살의 어린 추사의 귀에도 들어갔을 가능성이 없지 않다. 김만덕이 누구일까 궁금해하던 어린 추사가 쉰을 훌쩍 넘기고 제주에 유배되었을 당시 문득 어린 시절 공부방에서 들었던 그녀의 이야기가 생각나 자세히 알아보았는지도 모를 일이다.

아카돈보 숨겼던 격납고
이런 저런 생각을 하며 밭길을 걷는다. 아까부터 밭 한가운데에 거대한 기왓장처럼 둥그스름하게 놓인 물체가 자꾸 눈에 거슬린다. 일본이 아카돈보라 불리던 훈련기를 숨기기 위해 만들어 놓은 격납고다. 아카돈보는 일본어로 빨간 잠자리라는 뜻이다.

언젠가 문화재청으로부터 근대문화유산 홍보대행을 수주 받아 일하면서 일제의 잔재인 격납고의 문화재 등록에 대해 보도자료를 작성해 언론사에 보내곤 했다. 그러나 고향집에서 그리 멀지 않은 곳에 있음에도 막상 알뜨르 비행장의 격납고는 실제로 와 보지 못했다. 단지 대학 때에 고향에 내려가 아르바이트로 고구마를 담은 망사들을 트럭에 싣는 밭일을 한 적이 있는데 그때 언뜻언뜻 보았던 아련한 기억에 의지하곤 했다.

격납고는 현재 1기가 해체되고 19기만이 형태를 유지한 채 남아 있다.

일제가 알뜨르에 항공기지를 설치할 계획을 세운 것은 1926년 무렵이다. 중

일제 시대 아카돈보를 숨겨 놓았던 격납고가 알뜨르에 그대로 남아 있다.

국을 손아귀에 넣으려는 야심에 불타 있던 일본은 무엇보다 군사적 교두보가 필요했다. 당시 비행기는 일본에서 중국으로 한 번에 날아갈 수 없었기 때문에 일본과 중국의 중간에서 연료를 보충할 비행장이 필요했던 것이다.

군국주의 망령이 잠든 알뜨르 비행장   그러나 제2차 세계대전이 태병양과 동남아시아로 옮겨지면서 알뜨르 비행장의 중요성은 상대적으로 약화된다.

산방산이 보이는 알뜨르 밭길

알뜨르 비행장이 다시 부각된 것은 일본군이 태평양전쟁에서 미국에 패퇴하면서부터다.

미국은 1944년 11월부터 일본 공습에 대대적으로 나선 데 이어 이듬해 오키나와를 점령하고 이어 규슈 상륙을 노린다. 패색이 짙어진 일본군은 극기야 본토 사수를 위해 '결호작전'이란 암호가 붙은 7개의 작전을 제주섬을 비롯한 각 군사기지에 내려 보낸다.

이는 일본 열도 남쪽 지역인 규슈에 대한 미군의 공격을 예상해 대비 작전을 세우도록 한 것이다. 일본은 제58군 사령부를 신규 편성해 제주지역을 3개 권역으로 나누고 무려 7만 5,000명에 가까운 병사들을 주둔토록 한다.

이는 한국 주둔 일본군의 숫자보다 많은 규모로 오키나와 주둔군 10만 명에 버금가는 수준이었다. 제주 전체가 일본군 천지가 된 것이다.

제주판 킬링필드 '섯알오름'
굽이굽이 아픔을 간직하고 있는 밭길을 걷다 보면 또 하나의 아픔과 마주친다. 섯알오름 학살터.

1950년대 아무것도 모르는 민간인이 군경에 의해 집단학살 당한 역사의 현장이다. 이른바 '4·3'의 상흔이 남아 있는 제주판 '킬링필드'이다. 돌아서서 오다 보면 백조일손 묘역을 가리키는 표지판도 보인다. 훗날 유족들이 어렵사리 백서른두 명의 시신을 찾았으나 누가 누구의 유골인지 분간이 가지 않아서 칠성판 위에 머리뼈, 팔뼈, 다리뼈를 적당히 맞춰 안장하고 이 묘역을 백조일손지지百祖一孫之地라 불렀다. 백조일손은 조상이 다른 백서른두 명의 할아버지 자식들이 한날 한시에 죽어 뼈가 엉키어 하나가 되었으니 한 자손이라는 뜻이다.

모슬봉 초입의 산딸기 군락지.
산딸기가 빨갛게 익어 나뭇잎 사이로 얼굴을 내밀고 있다.

한라산보다 풍광 좋은 오름 어느 정도 걷다가 교회 앞에서 꺾어져 들어

간다. 큰길을 건너면 모슬봉으로 오르는 길이 보인다. 제주섬에는 368개의 오

름이 있다. 오름이란 어원에 대해서도 의견이 분분하다. 우리말에서 어원을 찾

는 학자들은 산을 '오르다' 라고 할 때의 '오르다' 의 명사형인 '오름' 에서 유래

한다고 말하기도 한다.

　그런데 또 어떤 이들은 만주어에서 유래되었다고 주장하기도 한다. 그렇다면

최남단 제주섬이 어떻게 대륙어에 뿌리를 두고 있는 것일까? 그에 대한 답을

구하려면 제주가 몽골의 지배를 받을 당시로 거슬러 올라가야 한다. 몽골 병사

들이 말을 기를 곳을 찾다가 오름을 가리키며 저 높은 곳이 좋겠다고 싶어 제주인들에게 "오론에는 뭐가 있느냐"며 "오론, 오론"한 게 오름이 되었다는 이야기다. 북방퉁구스 계열의 만주어나 몽골어로 '오론'은 산꼭대기를 의미한다.

 오름은 높이가 낮고 덩치 또한 작아 제주섬의 중앙에 버티고 앉아 있는 한라산의 웅장함과 견주는 자체가 우습다. 그러나 오름은 한라산에서 느낄 수 없는 색다른 맛을 낸다. 멀리서 보면 크고 작은 오름들이 옹성옹성 몰려드는 듯 하다. 또 모양도 다양해 가까이서 보면 처녀 가슴처럼 봉곳 솟아 있고 어머니 배꼽처럼 오목 들어가 있다. 더벅머리 시골 총각 같기도 하고 말쑥한 도회지 신사 같기도 하다. 들판에 서서 오름을 보고 있노라면 저마다 하나의 음정을 내며 하모니를 이루는 듯하다.

 또 하나 오름이 한라산보다 나을 수 있는 것은 조망권이다. 오름에 서면 사방을 한눈에 볼 수 있다. 그런데 정작 한라산에 오르면 사위가 탁 트여 제주도를 내려다볼 수 있을 것 같지만 도리어 앞의 봉우리나 빽빽한 삼림에 가려 아무것도 볼 수 없을 때가 허다하다. 더욱이 높이 올라가면 발아래의 풍광이 너무 작게 보여 느낌이 크게 오지 않는다. 이에 반해 오름은 그리 높지도 그리 낮지도 않은 높이에서 주변 풍광을 즐길 수 있다.

 군사기지가 들어서 있는 모슬봉 꼭대기는 민간인 통제지역이기에 올레길은 꼭대기 바로 앞에서 오른쪽으로 돌아간다. 모슬봉은 조선 시대 때 연대, 러일전쟁 때 망루, 태평양전쟁 때 무선소, 한국전쟁 때 레이더 기지 등 각 시대마다 중요한 방어시설지로 쓰였다. 태평양전쟁 때는 일본을 공격하는 폭격기를 포착하는 데 성공해 '국제봉'이라고 불리기도 했다.

살암시민 살아진다

모슬봉은 오르고 내리는 데 1시간 정도 잡아 두면 충분하다. 내려오는 길에도 봉분들이 가득하다. 이들도 생전에는 고○○, 김○○, 박○○으로 불렸을 것이다. 지금은 차가운 땅속에 고이 누워 있지만 그들도 수십 년 전에는 웃고 울고 포옹하고 싸우며 뜨거운 삶을 살았을 것이다.

제주섬은 아픔의 땅이다. 유배를 가다 파도에 휩쓸려 죽어도 좋다고 보내지는 사지의 땅이고 몽골의 말발굽에 밟혔던 치욕의 땅이고 4·3으로 형제 부모를 잃은 통한의 땅이다. 그 속에서 바닷바람과 맞서며 살아야 했던 필부필부匹夫匹婦들. 늙은 애미가 딸에게 딸이 또 그 딸에게 말한다.

"살암시민 살아진다." 살다 보면 살게 된다.

갈옷을 입고 말꼴을 베던 남정네와 깊은 바당에서 곤두박질치며 구젱기소라, 뭉게문어를 잡았던 비바리들. 오래비가 죽창에 찔려 죽고 남편이 산사람으로 오인 받아 총탄에 맞아 죽어도 살아야 했다.

그것이 삶이었다. 어쩌면 그들에게는 살아 있으면서 밟았던 땅보다 죽어서 누워 있는 지금의 땅이 더 편할지도 모른다.

서울 할머니 '정난주 마리아'

모슬봉을 다 내려오면 포장도로가 나온다. 여기서 1킬로미터 정도 걸어가면 대정 성지인 고 정난주 마리아 묘지다.

신앙인 정난주는 다산 정약용의 조카로 세상 사람들의 눈으로 보면 비운의 여인이다. 국사교과서에 나오는 황사영 백서사건의 황사영이 그의 남편이다. 황사영은 16세에 초시와 복시에 장원급제할 만큼 장래가 촉망되던 인물이었다. 그러나 천주교에 입교한 뒤인 1801년 신유박해의 실상을 적은 백서를 북경 구베아 주교에게 전달하려다 발각돼 그해 음력 11월 5일 서소문 밖에서 능지처참을 당하고 만다.

이로 인해 가족들은 뿔뿔이 흩어진 채 귀양을 가게 된다. 정 마리아는 아들 경헌을 품에 안고 900리 바닷길을 건너 이곳 대정현으로 유배 오던 중 추자도 바닷가에 이르렀을 때 남몰래 아들 경한을 저고리에 싼 뒤 그 안에다 이름과 생년월일을 적어 '물새울 황새바위'에 놓고 온다. 지아비를 참혹하게 잃은 데다 젖먹이 아들과도 생이별하는 아픔을 안고 제주목 관노로 유배온 정 마리아는 풍부한 교양과 학식으로 주민들을

'서울할머니' 정난주 마리아가 묻힌 대정성지

교화시켜 관노의 신분에도 불구하고 '서울 할머니'라 불릴 만큼 이웃의 사랑을 받았다.

정 마리아는 37년 동안 제주섬에서 살다 병을 얻어 66세의 나이로 하늘나라로 떠났다. 그리고 어미와 헤어진 아들 경헌은 어부 오상선 씨에 의해 하추자 예초리에서 자랐으며 현재 그 후손들이 추자도에서 살고 있는 것으로 전해지고 있다. 그래서 한동안 추자도에서는 오씨와 황씨가 형제의 연을 맺은 것으로 간주해 결혼을 하지 않는 풍습이 남아 있었다고 한다.

제주의 허파 '무릉 곶자왈'

여기서 신평리 귤밭들을 지나 1시간 30여

(위)신평마을 들길
(아래)무릉 곶자왈로 가는 길

분 더 가면 무릉 곶자왈 입구다. 무성한 나무들이 원시림을 이루는 무릉 곶자왈은 우리나라에서 가장 아름다운 숲으로 손꼽힌다. 제주의 허파라고 할 만하다.

곶자왈이란 말은 원래 제주도 방언이다. 나무, 덩굴, 암석 등이 서로 뒤섞여 덤불처럼 무성히 자라난 숲이란 의미인데 여기 무릉 곶자왈은 종가시나무, 후박나무, 구실잣밤나무 등이 대규모의 군락을 이루고 있다.

햇빛이 나뭇잎들에 가려 혼자 걷다 보면 으슥한 기분마저 든다. 이럴 즈음 시야가 확 트이는데 곶자왈 잔디밭이다. 발아래에서 폭신폭신한 잔디 느낌이 전해 온다.

산새들이 나뭇가지를 튕기며 다른 나뭇가지로 날아가고 이름 모를 풀벌레

들은 어디선가 몸을 비비며 소리를 내고 있다. 20여 분 동안 어둑하고 적막한 숲속을 걷는다. 나도 모르게 소름이 돋는 듯한 기분이 들어 걸음이 빨라진다. 그즈음 또다시 파란 하늘이 얼굴을 내민다. 그것도 잠깐 다시 숲 터널이 이어진다. 숲 터널을 빠져나와도 여전히 무성한 나뭇가지들이 군데군데 하늘을 가리고 있다.

무릉 곶자왈을 1시간여 걸은 듯하다. 숲을 빠져나오면 귤밭이 보이고 올레

무릉 제주 자연생태문화 체험골

길은 인향동으로 이어진다. 인향동으로 들어서다 보면 오른쪽으로 '구낭물'이라는 못이 하나 보이고 8미터 높이의 팽나무가 서 있는데 나이가 자그마치 300년이다. 인향동 설촌의 역사를 대변해 주는 나무다.

마을을 후비듯 지나 아스팔트를 따라 걸어가면 11코스 종착지인 무릉 제주 자연생태문화 체험골이 나온다. 폐교된 무릉 동초등학교를 리모델링한 게스트하우스로도 유명하다. 이곳에서는 종종 생태마을 체험행사도 열린다. 운동장 한쪽에 세워져 있는 움막들이 눈에 띈다.

12 Course 무릉~용수 올레

총 17.6km ┊ 5~6시간

무릉 제주 자연생태문화 체험골 --> 녹남봉 --> 신도 포구 | 9.2km | --> 수월봉 정상 | 12.6km | --> 엉알
길 --> 자구내 포구 | 14km | --> 당산봉 입구 | 15km | --> 생이기정 | 16.1km | --> 절부암(용수 포구) | 17.6km |

우리 아이 젖 먹여 키워 주면
우리집 암소를 주마

아침 일찍 무릉2리 밭길을 걷는다.

왼쪽으로 가면 영락리이고 오른쪽으로 가면 산양리다. 앞으로 주욱 내려가면 신도리다. 앞으로 걸어간다. 비가 올 듯 머리 위에 먹장구름 두어 개 떠다닌다.

하늘만이 그런 것은 아니다. 올레길을 걷다 보면 슬픔과 그리움을 하나씩 하나씩 내려놓으며 걷는 이들이 많다. 이럴 때 만나는 녹남봉은 오르고 내리는 데 20여 분밖에 걸리지 않는 야트막한 오름으로 올레꾼에게 기분 선환용으로 제격이다.

무들이 허연 몸통을 드러내고 있다.

신도리 바닷가를 걷는 올레꾼들

오름을 내려오면 바로 민가 골목으로 이어지고 눈앞에는 파랑색 지붕 주황색 지붕들이 생생하다. 골목을 따라 걷다 보면 어느새 옛 신도 초등학교를 도자기 작업장으로 리모델링한 산경 도예다. 안을 기웃거려 보면 도자기들이 진열되어 있다.

바닷가 도원 횟집에서 올레길은 잠시 쉼표를 찍었다가 아스팔트 길 건너편 바닷가로 이어진다. 날씨가 찌푸릴 때는 바다마저 온순하지 않다. 제주 바다는 변덕스럽다. 따뜻한 봄날 제주 바다는 순정남처럼 갯바위를 어루만지며 콧노래를 하다가도 태풍이라도 불라치면 노름에 돈을 잃은 난봉꾼처럼 갯바위를 찰싹찰싹 때린다.

바다를 벗어나와 신도리 들판을 걷는다. 겨울비가 툭툭 어깨를 친다. 마늘밭에는 더욱 녹색 빛깔이 짙어진다. 마늘밭을 하나 지나면 감자밭이고 감자밭을 하나 지나면 마늘밭이다. 월동무들도 허연 몸통을 드러낸다 쑥 뺀 뒤 돌담에다 툭 쳐 앞니로 돌돌 껍질을 벗겨 내고 우적 우적 씹어 먹던 옛 생각이 난다.

수월봉과 녹고의 눈물

수월봉에 오른다. 수월봉은 해발 78미터의 봉우리로 높은 편은 아니지만 그 아래가 바로 낭떠러지여서 바다를 바라보면 높게 느껴진다. 국내에서 몇 안 되는 해넘이 명소로 유명한데 날씨가 맑으면 바다를 붉게 물드는 낙조를 감상할 수 있다.

서울과 470킬로미터 떨어져 있는 수월봉 정상에는 제주 서부지역을 관측하는 종합기상대가 들어서 있다. 건물 안으로 들어가 엘리베이터를 타고 5층으로 올라가면 주변 풍광을 구경할 수 있는 전망대가 나온다. 아무 생각 없이 전망대 문을 열고 들어갔다가 나도 모르게 "와!" 하는 탄성이 터져 나왔다. 한쪽 벽면 전체를 통유리로 만들어 놓아 바다가 코 앞이다. 드넓은 바다가 넘실거리고 그 위로 차귀섬과 누운섬이 그림처럼 떠 있다. 나도 모르게 눈이 동그래진다.

수월봉 아래는 시퍼런 바다가 아가리를 벌리고 있다. 그냥 내려다보기만 해도 몸이 부르르 떨리는 낭떠러지다. 그 옆으로 난 내리막길은 평지에 이르러 마을 방향과 바다 방향 두 갈래로 찢어진다. 바다 쪽으로 돌아선다. 파도에 깎여 굵직굵직한 주름이 잔뜩 잡힌 지층이 오른쪽으로 둘러쳐 있다. 마을 사람들은 엉알이라고 한다. 과거와 현대가 공존하는 느낌이다.

엉알에는 샘물이 솟아나는 바위틈이 많다.

먼 옛날 수월이와 녹고라는 남매가 병든 홀어머니를 위해 오갈피라는 약초를 구하러 수월봉에 올랐다가 여동생 수월이가 발을 헛디뎌 그만 절벽 아래로 떨어져 죽고 만다. 이 일이 있은 뒤 오빠 녹고는 동생을 잃은 슬픔에 17일 동안 눈물을 흘렸는데 이때 녹고가 흘린 눈물이 샘물이 되어 아직까지도 엉알 바위틈에서 흘러내린다는 이야기다. 이 샘물을 녹고물이라 부른다.

바닷가를 따라 길게 이어진 엉알 산책로는 자구내 포구까지 뻗어 있다. 포구를 향해 걸어가는데 수산물 창고처럼 생긴 건물 안에서 떠들썩한 소리가 들린다. 호기심이 들어 안을 들여다보니 수십 명의 해녀들이 기러기처럼 벽에 기댄 채 앉아 있다. 젊은 남자 검침원들이 할망해녀들이 내놓는 망사리에서 소라를 쏟아내어 저울위로 올리고 있다. 나이 든 해녀가 주름진 얼굴로 조금이라도 무게가 더 나아가길 바라며 눈금을 뚫어지게 바라보고 있다.

자구내 포구에서 바라다 보이는 차귀도는 손에 잡힐 듯하다. 포구와 섬과

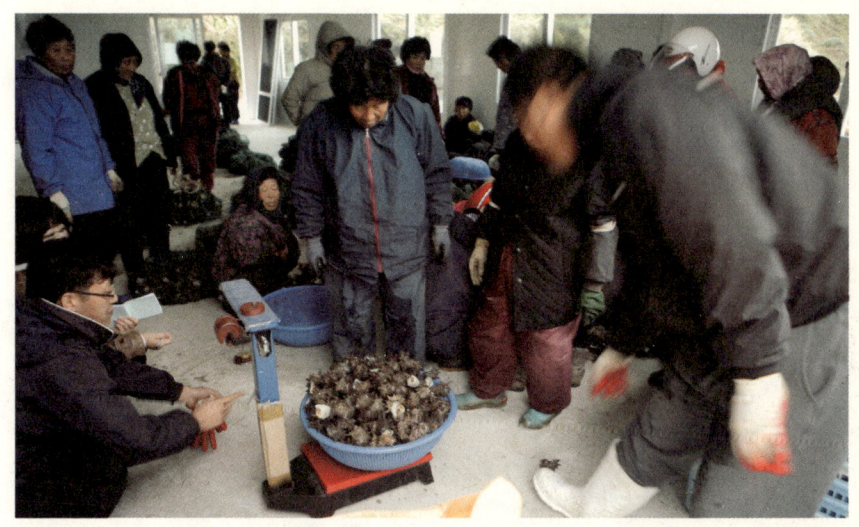

소라 무게가 얼마나 나가는지 알기 위해 저울을 뚫어지게 바라보고 있는 나이 든 해녀

의 거리가 불과 400미터 밖에 안 된다. 망원렌즈로 끌어당긴 듯한 느낌이다. 어른 키 두 배 될까 말까 한 도대불이 포구의 운치를 더해 준다.

포구를 따라 도열한 포장마차들이 앞바다에서 잡은 한치오징어를 꼬들꼬들하게 말려 팔고 있다. 한치오징어는 이 동네의 알아주는 특산물이다. 일반 오징어에 비해 값은 조금 비싸지만 한 축 사뒀다가 생각날 때마다 구워 먹으면 그 맛이 일품이다.

발 아래로 새가 나는 생이기정길
바로 앞에는 수월봉보다 두 배 정도 덩치 큰 당산봉이 밭들과 이웃해 앉아 있다. 이미 수월봉의 풍광에 눈을 빼앗

비 오는 날 마늘밭을 지나고 있는 올레꾼들

긴 터라 당산봉은 마음에 차지 않는다. 터덜터덜 오름을 오른다. 그런데 어느 정도 오르다 보면 당산봉은 다른 얼굴을 하고 나타난다. 오르기 전과 오르고 난 뒤의 풍광이 딴 판이다. 아래에서 보는 당산봉은 밭고랑과 붙어 있으면서 잡새들이나 산열매를 쪼아 먹으려 들락날락하는 별 매력 없는 오름이지만 정상에서 바라보는 당산봉은 창창한 파도와 부딪치며 갈매기떼에게 둥지가 되어 주는 절해고도와 같은 감흥을 선사한다.

당산봉 능선을 따라 생이기정길이 구불구불 이어진다. 생이기정길은 생이새 들이 날아드는 기정절벽에 나 있는 길이란 뜻으로 제주올레가 붙인 이름이다. 올레 코스로 개발되기 전까지만 해도 인근 마을 주민들조차 잘 모르는 길이 었다. 그저 알음알음 귀동냥으로 강태공 몇몇만이 낚싯대를 메고 다니던 길이었다. 생이기정길은 올레12코스의 백미다.

꼭대기에 올라 능선을 따라 가다 보면 수십 미터 깎아지른 절벽이 눈 아래로 내려다보이고 눈이 시리도록 푸른 바닷물이 넘실거린다. 한 줄로 서서 내려가야 한다. 바다 쪽으로 대여섯 발자국 나아가면 수직 절벽이다. 생이기정에는 유독 띠풀이 많이 자라고 있다. 바람이 불면 띠풀이 눕고 바다가 뒤척인다. 간혹 새들이 날아가고, 섬은 말이 없다. 혼자 보기에는 아까울 만큼 그 모습이 너무나 아름답다.

분홍치마 입은 여인처럼 해국도 절벽 가까이에 피어나 미소 짓는다. 아무리 꽃이 어여뻐도 목숨을 내놓을 것이 아니라면 꺾을 생각은 말아야 한다. 바다를 집 삼아 날아다니는 갈매기들이 절벽 높이만큼만 날아오르는 탓에 발 아래로 갈매기들이 보인다. 특별한 이름이 없는 절벽에 생이기정이란 말을 붙인 이유를 알겠다.

생이기정길에 바람이 불면 띠풀이 눕고 바다가 뒤척인다.
간혹 새들이 날아가고, 섬은 말이 없다.

호종단을 응징한 지실이섬

생이기정길을 따라 가다 보면 차귀도가 모양을 달리한다. 차귀도는 제주섬에 딸린 무인도 가운데 가장 큰 섬이다. 자구내 마을에서 배로 10여 분 걸린다. 차귀도는 넓은 의미로 말할 때 지실이섬, 상여섬, 생이섬, 형제섬, 차귀섬 등 5개의 섬과, 그 옆으로 떠 있는 누운섬까지를 모두 포함한다.

차귀도에는 전해 오는 이야기가 셋 있다.

이야기 하나. 12세기 초 송나라의 밀사 호종단이 제주의 수맥을 끊으려 내려왔다가 고국으로 돌아가는 길이었다. 갑자기 하늘에서 큰 매가 나타나 호종단이 탄 배에 일격을 가해 침몰시킨다. 알고 보니 그 큰 매는 제주의 수호신의 변신체變身體로 섬에 들어와 나쁜 짓을 하고 돌아가는 호종단을 응징한 것이다.

그래서 이 섬은 막을 차遮, 돌아갈 귀歸라는 한자를 써서 차귀도라 한다.

차귀도의 맨 왼쪽에 도끼날처럼 매섭게 끝을 치켜세워 놓고 있는 섬을 바라보노라면 그때의 모습이 연상된다. 이 섬이 바로 매바위, 즉 지실이섬이다. 지금도 그런 무리가 또 나타날까 봐 주변을 응시하는 형국이다. 그러나 지실이섬은 용수리 포구에 이르면 여자가 너울을 쓰고 있는 모습으로 바뀐다.

그리고 지실이섬과 연결된 아주 작고 네모난 암벽으로 된 섬이 있는데 상여섬이다. 상여섬과 연이어 있는 생이섬 역시 암벽으로 이뤄진 생이새의 섬이다. 늦가을이 되면 철새들이 몰려드는 새들의 안식처다. 형제섬은 생이섬과 차귀섬 사이에 볼록하게 솟아 있는 두 봉우리의 섬이다. 비슷한 형상으로 나란히 서 있는 모습이 형제와 같다고 해서 형제섬이라고 불린다. 풍화작용이 일어나는 모습을 보고 썩은 섬이라고도 부르기도 한다. 그리고 형제섬 앞에는 한라산 영실의 오백 장군의 막내가 장군석이 되어 우뚝 서 있다.

차귀섬 바로 옆에는 누운섬이 떠 있다. 누운섬은 마치 여자가 드러누워 하늘을 보고 있는 모양이라 하여 한자어로 바꿔 와도臥島라고 불리기도 한다.

오백 장군의 막내가 울며 달려온 곳

이야기 둘. 옛날에 홀어머니와 500명의 아들이 살고 있었다. 어머니는 큰 가마솥에 죽을 끓여 아들들을 먹이곤 했다. 하루는 저녁때가 가까워 오자 어머니는 늘 그랬듯이 아들들을 위하여 죽을 끓이고 있었다. 그러다 아차 하는 사이에 어머니는 그만 몸의 중심을 잃어 펄펄 끓는 가마솥에 빠져 죽고 만다. 날이 어두워지자 집으로 돌아온 아들들은 어머니가 보이지 않자 어머니를 부르며 집안 여기저기를 찾아 다닌다. 그런데 가마솥에서 연기가 나는 게 궁금한 아들들은 뚜껑을 열어본다. 솥 안에는 죽이 펄펄 끓고 있었다. 아들들은 배고픔에 어머니를 찾던 것도 잊어버린 채 정신없이 죽을 퍼먹었다. 그런데 500명의 형제 중 가장 나이가 어린 막내가 마지막으로 죽을 뜨려는 순간 국자에 무언가 걸려 나왔는데 바로 어머니의 뼈였다.

막내아들은 너무나 슬프고 기가 막힌 나머지 소리를 지르며 밖으로 내달렸다. 막내아들이 마구 뛰어가다 멈춘 곳이 바로 여기 차귀도다. 슬픔과 통한에 몸을 떨던 막내아들은 말똥 같은 눈물을 닥닥 흘리다가 그대로 바위가 되었다. 그 바위가 차귀도 형제섬 앞에 불쑥 서 있는 장군석이다.

슬픈 연극 무대 '차귀도'

이야기 셋. 이들 섬을 사람으로 의인화한 이야기도 전해온다. 차귀도 앞까지 달려와서 돌이 되어 버린 막내는 상제(장군석)

가 되어 비통한 마음으로 돌아가신 어머니 시신을 눕혀 놓은 채 (누운섬) 바라보고 있다. 또 저 건너편에는 얼마 없으면 먼 곳으로 떠날 돌상여(상여섬)가 놓여 있다. 그런가 하면 바로 옆에는 너울을 쓴 여자(지실이섬)가 눈물을 훔치고 있는 가운데 문상객들(차귀섬과 형제섬)이 슬퍼하고 있다.

언제 들어도 그럴 듯하다. 이 이야기를 들으면 차귀도가 하나의 연극무대처럼 보인다.

차귀도는 빼어난 풍광을 자랑하는 제주의 섬 중 하나로 아열대의 동식물이 매우 풍부해 천연기념물 제422호로 지정됐다. 차귀도의 본섬 역할을 하는 차귀섬은 대나무가 많아서 죽도라는 이름으로도 불리는데 실제로도 대나무가 많은지는 모르겠다. 지금은 소나무가 군락을 형성하고 있다고 한다. 1911년 무인도인 차귀섬에 처음으로 사람이 들어가 살았는데 1978년 8월 간첩들의 접선지로 이용될 수 있다고 하여 모두 철거됨으로써 다시 무인도가 되었다. 하지만 차귀도는 참돔, 돌돔, 벤자리 등이 잘 잡히기로 유명해 강태공들이 낚싯배를 타고 건너가곤 한다.

제주 비바리 닮은 누운섬

사람만 움직이는 것이 아니다. 섬도 움직인다. 엉알 산책로를 지나 자구내, 용수리로 걸어오다 보면 차귀도도 소리 없이 조금씩 움직여 다른 모습이 된다. 지실이섬과 차귀섬은 엉알 산책로에서 볼 때 각각의 모습이 더욱 뚜렷하지만 용수 포구에 이르면 한 마리의 고래로 변해 있다. 그 옆에 있는 누운섬도 얼굴, 가슴, 다리 등 여체의 곡선이 분명해 제주 비바리들의 모습을 닮은 듯하다. 또한 물질잠수작업로 살아가던 제주 여성의 슬픈 생활고가 어려 있기도 하다.

김대건 신부 표착기념관 옥상에서 바라본 누운섬(왼쪽)과 차귀섬(오른쪽)

"우리 집 아기 젖을 먹여 키워 주면 우리 집 암소를 주마."

차귀도로 수산물을 채집하기 위해 헤엄쳐 가던 해녀가 급물살에 휩싸여 죽음의 문턱에 이르렀을 때 집에 두고 온 아들을 생각하며 비명처럼 외친 한마디다. 거친 파도와 싸우며 모진 가난을 이겨야 했던 한 여인에게 자식은 자신의 존재 이유 그것이었다. 자신은 죽을지라도 자식만큼은 살리고자 했던 그 애절한 모성애에 감동한 하늘이 바다 위에서 표류하는 여인을 누운섬으로 환생시켰다는 말이 전해온다. 비오는 날 바다를 바라보면 누운섬이 우수에 젖은 듯 더욱 검게 보인다.

고씨 부인과 판관 신재우

해안도로를 따라가다 보면 둥근 돌탑이 보인다. 마을사람들은 이 돌탑을 '매조재기'라 부르는데 바다 쪽이 허하다고 생각해 남과 북에 각각 1기씩 세웠다. 남쪽의 것은 화성물탑, 북쪽의 것은 새원탑이라 불린다. 매조재기 꼭대기에는 매의 부리처럼 보이는 기름하면서도 구부러진 돌이 얹혀져 있다. 마을 어른들은 매조재기 덕분에 큰 재앙을 피할 수 있다고 믿고 있다.

절부암節婦岩은 열아홉 살의 나이에 남편을 따라 죽은 고씨 부인의 절개가 어린 곳이다. 고씨 남편은 차귀도에 대나무를 하러 갔다가 돌아오는 길에 풍랑을 맞아 죽는다. 이 소식을 듣고 남편을 잃은 슬픔에 젖어 있던 고씨 부인은 남편의 시신마저 끝내 찾지 못하자 바닷가 절벽의 커다란 팽나무에 목을 매고 만다.

그런데 한양에 과거 보러 갔다가 낙방해 제주도로 돌아오던 인근 마을 선비 신재우의 꿈에 소복차림의 여인이 나타나 무슨 말을 할듯 말듯 하다가 사라진다. 이를 이상하게 여긴 신재우는 점쟁이를 찾아가 꿈 얘기를 한다. 점쟁이는 "한 여인이 이승과 저승에서 헤매고 있으니 잘 모시면 좋은 일이 있겠다"고 꿈풀이를 해준다. 이 말을 듣고 신재우는 고씨 무덤을 찾아가 정성스레 제사를 지내 준 뒤 과거길에 올랐는데 아니나 다를까 신재우는 점쟁이의 말처럼 급제를 한다.

그 뒤 제주판관으로 영전해 내려오던 신재우는 잠시 전남 진도에 들러 출항을 앞두고 하룻밤을 묵게 된다. 그런데 예전에 꿈속에서 보았던 그 여인이 또다시 꿈속에 나타나 "첫 닭이 울거든 곧 떠나라"고 하는 것이 아닌가. 눈을 뜬 신재우는 이를 수상히 여겨 첫 닭이 울자 뱃사공을 깨워 급히 배를 띄우게 한다. 신재우가 긴 항해를 마치고 막 제주에 다다랐을 때였다. 뒤를 돌아보자 바다에서 갑자기 성난 파도가 일면서 폭풍이 불어 닥치는 것이 아닌가. 한발만 늦어도 무사하지 못할 뻔 했던 것이다. 아닌 게 아니라 물때를 맞추느라 뒤늦게 출발한 다른 배들은 모두 파도에 휩쓸려 침몰되고 말았다. 대정 현감이 된 신재우는 부임 즉시 열녀비를 세우고 두 부부의 시신을 당산봉 서쪽 양지바른 곳에 합장해 큰 제를 올렸다.

매년 음력 3월 15일에는 용수리 어촌계에서 제사를 지낸다. 바위가 있을 것이란 기대와 달리 절부암에는 현재 고목 서너 그루만이 왕성하게 가지를 뻗고 있고 앞에 있던 바다도 오래전에 해안도로가 생기면서 매립되었다.

국내 최초로 미사 올린 김대건 신부 표착기념관
용수 포구는 샤머니즘과 가톨릭이 공존한다. 전설의 고향 이야기와 같은 절부암 바로 뒤에는 한국인 최초의 신부인 김대건(1822~1846) 신부 표착기념관이 들어서 있다. 이곳은 김대건 신부가 우리나라에서 최초로 미사를 올린 곳으로 유명하다. 김대건 신부는 1845년 상해 금가항 성당에서 페레올 주교로부터 사제 서품을 받아 귀국하다가 풍랑이 일어 배가 난파되면서 용수리에 표착한다. 김대건 신부는 제주 섬을 떠나 충남 강경 땅 황산 포구에 안착하지만 이듬해인 9월 16일 국금國禁을 어긴 죄로 교수형에 처해진다. 그의 나이 25세였다.

김대건 신부 표착기념관 1층에는 종교의 자유가 허락되지 않았던 당시 신앙인들이 겪어야 했던 참혹함을 대변해 주는 고문기구들이 전시되어 있다. 그리고 앞마당에는 그가 타고 온 범선 라파엘로 호를 고증해 놓았는데 배의 길이가 13.5미터이고 너비가 4.8미터에 불과하다. 오로지 믿음의 씨앗 하나를 지키기 위해 조그만 목선으로 망망대해를 넘었다고 생각하면 마음이 숙연해진다.

옥상으로 올라가 앞바다를 바라다 보면 차귀도가 수심이 많은 듯 몸을 비틀고 돌아누워 있다.

13 Course 용수~저지 올레

총 15.3km │ 4~5시간

절부암(용수 포구) --▶ 복원된 밭길 │ 2.1km │ --▶ 용수 저수지 입구 │ 3km │ --▶ 특전사 숲길 입구 │ 4.7km │ --▶
낙천리 아홉굿 마을 │ 8.5km │ --▶ 용선달리 │ 11.1km │ --▶ 저지 오름 입구 │ 12.5km │ --▶ 저지 마을회관 │ 15.3km │

다리가 아프면
쉬어 가세요!

실컷 바다를 보라.

용수 포구를 돌아서면 올레길은 다시 중산간으로 이어진다.

바닷가 수퍼마켓에 앉아 막걸리 한잔을 기울인다. 반어반상半漁半商을 하는 젊은 주인이 말 상대를 해준다.

물결이 일 때마다 고깃배에 매달린 둥근 집어등들이 댕글댕글 거린다. 고깃배에 따라 집어등 개수도 각기 다르단다. 한치배는 2개 등을 1조로 해서 4조나 6조를 쓰고 갈치배는 이보다 두세 배 많은 15조를 쓴다. 한밤중 30개 등에 일제히 불이 켜지면 바다는 대낮과 같이 밝아진다.

가까운 바다에는 한치배, 먼 바다에는 갈치배
제주를 여행하다가 밤 바다에 불을 환히 밝힌 고깃배가 가까운 바다에 떠 있으면 한치배라 여기고 먼바다에 떠 있으면 갈치배라 생각해도 틀리지 않다.

아이러니컬하게도 어부들은 태풍을 가장 두려워하면서 태풍을 기다리기도 한다. 태풍이 불고 난 뒤에 유난히 갈치가 많이 잡히기 때문이다. 갈치 미끼로 봄에는 꽁치를 쓴다. 하지만 갈치들의 이빨이 굵어지는 가을이 되면 꽁치 대신에 가시가 더 센 갈치를 미끼로 쓴다. 갈치로 갈치를 잡는 것이다.

바닷가 마을을 벗어나와 걷다 보면 노랗게 익어가는 호박이 밭담에 올라타 앉아 있다. 오몽_{움직임}을 할 수 있을 때까지는 아들 딸에게 손 안 벌리고 밭일을 하는 제주 할망을 닮았다. 일주도로를 가로지르면 물이 흥건한 나록밭_{논벼밭}도 지나게 된다. 물이 고이지 않은 화산토로 된 제주에서는 논농사가 발달되지 않았다. 다만 제주에서는 올레 7-1코스에 있는 하논과 함께 이곳 한경면 용수리에서 벼가 자란다. 제주에서는 벼를 산디_{밭벼}와 나록_{논벼}으로 구분하는데 그나마 얼마 있던 나록밭들도 농지가 소규모라서 경쟁력이 없어 대부분 산디밭으로 전환한 상태다. 물이 차 있는 나록밭은 두어 개 눈에 띌 뿐이다.

용수 저수지 앞 나운영 돌집
나즈막하게 쌓아 놓은 밭담을 따라 가다 보면 어른 키를 넘는 둑방이 가로로 막아선다. 올라서 보면 하늘색을 닮은 드넓은 저수지가 펼쳐져 있고 순간 막혔던 시야가 확 트이면서 바람 한줄기가 가슴속을 파고든다. 군데군데 수초가 자라고 있고 간혹 팔뚝만한 붕어와 잉어가 퍼덕거리며 고요를 깬다.

몇 해 전의 생태환경 조사에 따르면 용수 저수지에는 저어새, 노랑부리백

(위) 밭담에 올라타 앉아 있는 호박. 제주 할망을 닮았다.
(아래) 〈접동새〉의 작곡가 나운영이 살았던 돌집

특전사 숲길   고목나무 숲길

로, 매, 수달, 감돌고기, 퉁사리, 순채, 제주고사리삼, 개가시나무, 비바리뱀, 맹꽁이, 벌매, 팔색조, 물수리, 조롱이 등 21종의 멸종위기 어류와 동식물이 서식하고 있다.

마을과 동떨어진 용수 저수지 입구에는 능수버드나무 줄기가 드리워진 돌집 하나가 있다. 기와지붕을 얹은 이 돌집에 들어가 보면 태극마크가 빛바랜 채 서까래에 그려져 있어 호기심을 불러일으킨다.

이 돌집은 〈접동새〉의 작곡가 나운영 선생이 제주에 내려와 살았던 집이다. 나운영 선생은 일본에서 공부를 같이 했던 제주 친구를 연고로 이곳에 내려와 살았다고 한다. 당시 유명 작곡가가 기거하고 있다는 소문이 퍼지자 제주 시내 곳곳에서 음악을 공부하려는 학생들이 찾아왔고 집안에는 피아노와 악기 등이 있어서 마을사람들은 이곳을 음악당이라 부르기도 했다고 한다.

제주지역의 언론인 송상일 씨에 따르면 나운영은 이곳에 머물며 교가 없는 학교에 교가를 지어 주었을 뿐만 아니라 제주민요 300수를 채집해 〈제주도 민요의 작곡학적 고찰〉이라는 논문도 발표했다고 한다.

현재 이 돌집에는 효소연구가 오윤하 씨가 살고 있다. 오 씨는 한일월드컵이 열리기 바로 전인 2001년 '평화의 섬' 제주를 홍보하기 위해 다른 두 사람과 함께 31일 동안 배를 타고 노를 저어 한강까지 갔던 화제의 인물이다.

오 씨는 이곳 용수 저수지 앞에 '효원'을 만들 생각이다. 산야초를 심어 길을 가는 나그네들에게 차 한잔을 대접하며 효도하는 마음을 심어 주고 싶다는 것이 그의 꿈이다.

용수 저수지 둑방길을 따라 걸어가면 본격적으로 중산간으로 이어지는데 어느 정도 가다 보면 또 하나의 특전사 숲길을 만난다. 숲길은 그리 길지 않다. 솔잎들이 잔뜩 땅바닥에 떨어져 있다. 숲에서 나오면 포장도로이고 포장도로를 따라 걷다 보면 고목숲길이 나온다. 이름 모를 들꽃들이 피고 진다. 고사리가 양옆으로 자라고 있는 고사리 숲길도 지나게 된다. 어른 걸음으로 대략 5분 정도 걸리는 숲길이다. 오솔길 느낌의 고사리 숲길은 끊어졌다가 다시 하동숲길, 터널숲길, 과수원 잣길로 이어진다.

3층 높이 의자에는 누가 앉을까 어느새 낙천리 아홉굿 마을에 이른다. 제주시 한경면 낙천리. 낙천리는 제주 토박이들조차 잘 알지 못하는 중산간

낙천리 의자마을에 있는 3층 높이의 의자

마을이다. 350여 년 전 제주도에서 처음으로 대장간이 시작된 곳이기도 하다. 대장간의 주재료인 점토를 파내는 바람에 아홉 개의 구멍이 생겨났고 그 구멍에 점차 물이 고여 굿샘이 되었다고 한다. 굿이 아홉 개라 해서 아홉 굿이다. 이 동네는 의자마을이라고도 불린다. 숲길을 빠져나와 마을로 접어드는데 골목 어귀에 밑도 끝도 없이 나무의자가 놓여 있고 '의자마을'이라 쓰인 작은 팻말이 박혀져 있다.

귤밭에서 일하는 어르신에게 왜 이 마을이 의자마을이냐고 물었다. 여행 전에 팸플릿이나 홍보 책자를 건성으로 읽는 나로서는 이 마을이 왜 의자마을인지 알지 못했다.

"저기…… 의자…… ."

어르신이 손가락으로 가리키는 방향을 눈으로 따라가다 깜짝 놀랐다. '뭐 이리 큰 의자가 다 있나' 마을 한가운데에 3층 높이의 대형의자가 놓여 있다. 저 의자에는 누가 앉을 수 있을까? 아마도 새들만이 앉을 수 있는 의자인 것 같다. 멀리서도 눈길을 확 잡아당긴다. 산골미술관이라고나 할까. 한라산 아래 중산간 마을이 아니라 서울 도심지 미술관의 야외전시장을 걷는 느낌이다. 투박하고 정겨운 시골의 풍취에만 취해 있다가 맞닥뜨리는 도회적 이미지와 모더니티는 묘한 느낌을 안겨 주었다.

앉으面 편하里 나는 이 마을 사람들이 어떤 사람들일까 꽤 궁금해졌다. 지난 2003년 낙천리가 농촌진흥청이 지정하는 농촌테마마을로 선정되면서 마을사람들은 마을에 활력을 불어넣는 차별화된 프로그램들이 없을까 고민해 왔다고 한다. 그러다 2007년 공공미술가 양기훈 씨가 '휴양'이란 테마로

고사리 숲길

히등숲으로 가는 길

'1,000개 의자 마을'을 제안하자 마을주민들은 너나 할 것 없이 합심해 나무를 자르고 못을 박아 1,000개의 의자를 완성했다는 것이다. 대장간 마을의 후손이라 손재주들이 있는 것일까? 자세히 들여다보면 낙천리의 랜드마크 역할을 하는 13미터 정도의 대형의자와 그 안의 수많은 소형의자들을 비롯해 네잎클로버 모양을 한 의자들, 키다리 의자들, 그네 의자들, 초등학교 의자들 등 종류도 다양하다.

각각의 의자에는 전국의 네티즌들이 공모한 독특한 1,000개의 별명이 새겨져 있다. 그중의 하나를 들면 '앉으면(面) 편하리(里)'다. 그 별명처럼 낙천리는 신발을 벗어 놓고 잠시 앉아 흘러가는 구름을 보고 있노라면 세상 시름 다 사라지고 마음이 편해지는 곳이다.

낙천잣길을 지나면 용선달리가 나온다. 1600년대 무렵 전주 이씨에 의해 마을이 형성됐던 용선달리는 다른 성씨 사람들이 몰려들면서 물 부족 현상이 일어나 6개의 물통을 파게 된다. 이 중 2개의 물통은 가축물과 목욕물로 사용하고 4개의 물통은 식수로 이용했다. 상수도가 공급되면서 무용지물이 된 물통들에는 초록 연잎들이 가득 덮여 있다.

두 바퀴 도는 저지 오름 산책길

안이 움푹 들어간 깔대기 모양의 저지 오름은 둘레길의 정취를 두 번 느낄 수 있다. 먼저 분화구를 따라 한 바퀴 빙 돌다 보면 정상에 다다르고 그런 뒤 나무 계단을 따라 다시 내려와 오름의 허리 부분에서 한 바퀴 더 돌 수 있다. 오름 산책으로는 최고라는 생각이다.

제주섬에서 둘째가라면 서러울 만큼 아름다운 숲이다. 본래 닥나무가 많다고 해서 닥나무 저(楮)를 써 저지 오름이라 불렸다. 현재 오름에는 닥나무 말고

가을날.
용선달리의 밭담 따라
줄기를 뻗은
담쟁이 덩굴이
얼굴을 붉히고 있다.

저지오름에서 바라본 하늘

도 삼나무, 팽나무, 후박나무, 꾸지나무, 먹구슬나무, 참식나무, 청미래덩굴, 자금우, 말오줌때 등 220여 종 2만여 그루의 나무들이 자생하고 있다.

산소통과도 같은 오름을 부려 놓고 마을로 내려오면 일찍 어둠이 깔린다. 수많은 중산간 마을과 달리 저지 마을은 서울사람들의 발길이 잦은 곳이다.

이름만 대면 알만한 예술인들이 '문화예술인촌'을 설립해 둥지를 틀고 있다. 서예가 조수호, 명창 안숙선, 화가 김흥수, 조각가 박석원, 시사만화가 김경수, 인간문화재 한상수가 그들이다. 뿐만 아니라 중산간의 자연 속에서 현대의 미술을 감상할 수 있는 제주 현대미술관, 3,000여 종의 양치류와 수생식물·일반야생화를 전시하고 있는 '방림원', 웅장한 규모와 아름다운 디자인을 자랑하는 국내 최대 유리조형 테마파크인 '유리의 성' 등 다양한 관광명소가 들어서 있어 일반 관광객들의 발걸음도 잦다.

특히 한 농부의 집념과 정성으로 만들어진 저지 분재 예술원 '생가하는 정원'은 중국의 장쩌민 국가주석, 북한의 김용순 노동당비서, 일본의 나카소네 수상 등 유명한 정계 인사들의 발길이 닿았던 곳이다.

제주의 마을이 아니라 세계의 마을이다.

14 Course 저지 ~ 한림 올레

총 19.3km : 6~7시간

저지 마을회관 --▶ 오시록헌 농로 | 4.2km | --▶ 선인장밭 숲길 | 6.1km | --▶ 월령 포구 | 10.2km | --▶ 해녀콩 자생지 |
11.3km | --▶ 금능 해수욕장 | 13.2km | --▶ 협재 해수욕장 | 14.1km | --▶ 한림항 비양도 도항선 선착장 | 19.3km |

손바닥 선인장 너머로
바다가 보이네

저지 마을회관에서 한림항 방향으로 내려가다 보면 왼쪽으로 둥그스름한 오름이 보이는데 바로 저지 오름이다.

노루가 좋아한다는 송악풀이 많이 붙어 있는 돌담길을 지나면 온 사방에 밭들이 널려져 있고 포장도로로 나와 걸어가다 보면 나눔허브제약으로 이어진다. 이윽고 저지 잣길과 큰 소낭길이 나온다. 말이 저지 잣길이고 큰 소낭길이지 잣나무가 유독 많은 것도 아니고 큰 소낭 큰 소나무들이 즐비한 것도 아니다. 숲길 조입에 큰 소낭이 문지기처럼 버티고 있고 허물어진 옛 돌담 넘어 농부나 사냥꾼이 다녔을 법한 덤불길이 우불구불 나 있다.

오시록헌 한적하고 아늑한 농로는 그야말로 '오시록헌' 느낌이다. 밭과 밭 사이에 우마차 한 대 지나갈 만큼 폭이 넓은 농로인데 눈앞에 있는 과수원밭의 모퉁이를 따라 돌다 보면 넓었던 농로가 한 사람 지나갈 만큼 점점 좁아지고 이내 다시 포장도로로 이어진다.

밭에서 일하고 밭에 묻히고

밭 한가운데에 둥근 무덤이 자리잡고 있다. 무심코 지나가다가 돌아보게 된다. 무덤이 눈에 도드라진다. 누군가 자식새끼 먹이고 입히고 시집장가 보내기 위하여 밭에서 일을 하다 밭에 묻혔다. 무덤 주위로 네귀 반듯하게 돌담이 둘러쳐 있다. 밭과 무덤을 구분하기 위해서다. 이 돌담을 제주에서는 산담이라 일컫는다. 두 줄로 쌓은 산담은 겹담, 한 줄로 쌓은 산담은 외담이다. 외담은 보통 봉분을 따라 둥그렇게 쌓는데 손이 귀하거나 장례 비용이 여유롭지 않을 때 간소하게 묘를 쓰는 방식이다. 외담은 사람이 죽으면 흙으로 돌아간다는 사실을 오히려 더 잘 보여 주는 것 같다. 쓸쓸한 외담에게서 인간적인 냄새가 폴폴 난다.

산담을 쌓은 이유는 오래 전부터 제주에서는 목축업이 성행했던 관계로 들에 말과 소 등이 많았었는데 이들 가축이 무덤을 훼손하지 못하도록 하기 위해서였다. 또 수확이 끝나고 들판에 불을 놓아 병충해를 없애기도 하는데 이때 불이 봉분에까지 번지는 것을 방지하기 위한 목적도 있었다.

산담이 들어서 있는 밭은 이미 추수가 끝나 횅하지만 그 너머 밭은 양배추들이 이파리가 겹겹이 포개진 채 결구結球되어 금방이라도 둥근 속이 툭 튀어나올 것만 같다.

밭 한가운데 덩그렇게 자리 잡은 무덤

숲속의 노란 단풍 월림 잣길을 지나가다 보면 선인장 밭이 나온다. 둥글
둥글 생긴 선인장 이파리는 저마다 옆구리에 붉은 열매를 달고 있어 멀리서
보면 녹색으로 보이기도 하고 붉게 보이기도 한다. 선인장 밭 옆으로 난 길을
걷는다. 길은 이내 숲길로 이어지는데 5~10분 정도 낙엽과 솔잎들을 밟으며
걷다가 다시 포장도로로 살짝 나왔다가 월령 숲길로 들어선다.

　오래된 나무의 등줄기를 타고 오르는 콩란이 여럿 눈에 들어온다. 월령 숲길
역시 폭신폭신한 솔잎과 마른 잎사귀들을 밟으며 10여 분 동안 비밀의 숲을 거
니는 느낌이다. 그러저러한 나무들만 가득한 숲속에 키 작은 노란 단풍나무 하
나가 홍일점처럼 눈길을 확 당긴다. 아래서 바라보면 갓 태어난 아이의 손바닥

월령 숲길의 노란 단풍나무

월령 숲길

처럼 앙증맞고 샛노란 빛깔의 단풍잎이 셀 수 없이 많이 돋아나 들바람에 춤을
추며 하늘을 가리고 있다. 들바람이라도 불면 샛노란 단풍비가 내릴 것 같다.

돌 틈에 피어난 손바닥 선인장

월령 바당올레로 이어지는 무명천 산책길
을 1시간 가까이 걸어오다 보면 손바닥 선인장들이 밭담 모퉁이나 바닷가 돌틈
사이에 두런두런 피어 있다. 월령리는 손바닥 선인장으로 유명하다. 손바닥 선
인장은 백년초라 부른다. 백년초는 지구상에 400여 종 있는데 열매가 달린 선인
장은 식용이나 약용으로 이용되어 왔다. 매년 4~5월경에 작고 파란 열매가 열
리고 5~6월경에 꽃이 핀다. 꽃이 떨어지면 열매는 통통해지고 색깔은 보라색
으로 변한다. 열매를 깨물어 맛을 보려해도 작은 가시가 많아 돌에 잘 문질러야
한다. 속은 겉보다 더 짙은 보랏빛을 띠는데 씨가 천지다.

　이곳에서 경작되는 손바닥 선인장은 생명력이 강해 재배가 어렵지 않은 데
다 고소득 작물로 농가 소득에 큰 보탬이 되고 있다. 선인장에는 100가지 병
을 고친다는 설과 이것을 먹으면 100년 동안 산다는 설이 있다. 실제로도 선
인장은 위염, 당뇨, 변비 등에 좋을 뿐만 아니라 다이어트 식품으로도 유명하
다. 민간에서는 선인장을 잘게 썰어 사이다에 타 먹기도 하고 손바닥처럼 생
긴 잎은 빻아 상처 부은 데 붙이기도 한다.

푸른 바다를 뒤로 하고 손바닥 선인장들이 갯바위
에 무더기로 뿌리를 내리고 있다. 이대로가 문
화재 상태다. 월령리 선인장 군락지는 천연기념
물 제429호로 지정되어 채취가 금지되어 있다.
　작은 돌멩이들로 길을 만든 월령 바당올레를

해녀콩

따라 30여 분 쿨렁쿨렁 걷다 보면 해녀콩 자생지를 목격하게 된다. 해풍을 맞으며 바닷가를 밭 삼아 넝쿨을 길게 뻗고 있는데 그 길이가 무려 3미터 이상은 됨직하다. 동남아시아, 아프리카, 중남미 등지에서 서식하고 있는 해녀콩이 여기에서도 자생하고 있다는 사실은 올레 탐사팀에 의해 처음으로 발견됐다. 콩깍지를 까보면 강낭콩보다 큰 둥글둥글한 콩들이 들어 있다.

저 너머 바닷가에는 무릎까지 바지를 걷어 올리고 물속으로 들어가 바위에 다닥다닥 붙은 보말고동을 잡는 이들이 보인다.

어느새 금릉 등대까지 다다른다. 해안 초소가 있어 앞으로 더 이상 나아갈 수 없다. 바다를 등지고 마을 쪽으로 꺾어 올라간다. 그래도 바다다. 바다가

월령리 바닷가의 손바닥 선인장 군락지

협재 해수욕장으로 이어지는 모래 둔덕.
갯바람이 성깔을 부리는 날에는 몸이 날아갈 듯하다.

오목하게 들어가 있는 해안 안쪽으로 밀려오고 있다.

찰랑찰랑거리는 파도 소리를 들으며 금릉리 마을로 들어간다. 바다를 바라보면 흐린 날씨에도 불구하고 저 멀리 비양도의 등대와 가옥들이 보인다. 금릉리 해수욕장이 이어지고 야자수 나무를 지나면 협재 해수욕장이다. 피서철이 아닌데도 금릉 해수욕장에는 겨울바다를 보러 찾아온 젊은 연인들의 발자국이 총총하다.

협재 해수욕장 가는 길 야트막한 모래 둔덕을 걷는다. 누렇게 물이 빠진 마른 풀잎들이 밋밋한 모래언덕의 심심함을 달래 준다. 갯바람이 성깔을 부리는 날에는 마치 사막 위를 걷는 느낌인데 몸이 날아갈 듯하다. 여기를 벗어나면 눈앞으로 드넓은 협재 해수욕장이 펼쳐진다. 그러고 보면 금릉 해수욕장과 협재 해수욕장은 이웃사촌이다. 덩치로 보면 협재 해수욕장이 형뻘이다.

협재 해수욕장에서 도로를 건너넌 협재굴과 쌍용굴로 이름난 한림공원이 나온다. 올레 코스는 아니지만 올레 속에 숨은 제주의 문화를 알고 싶으면 한 번쯤 둘러 볼 일이다. 지금은 제주를 찾는 관광객 5명 중 1명이 찾는 관광 명소이지만 1970년대 초만 해도 풀 한 포기 날 것 같지 않은 황무지였다. 이런 땅이 제주를 대표하는 관광지로 바뀐 것은 오로지 한림 출신 재암 송봉규 옹의 땀방울 때문이다. 송 옹은 맨손으로 흙을 날라다 모래 바람만이 날리는 황무지를 일궜다. 그 결과 황무지에는 워싱턴야자수들이 하늘을 찌를 듯 자라났고 날아가던 새들도 잠시 날갯죽지를 쉬어갈 수 있을 만큼 푸른 숲이 형성되었다. 한여름 야자수들이 우거진 공원을 둘러보다 협재굴과 쌍용굴에 들어오면 서늘하다. 공원 한쪽에는 재암 민속마을이 자리잡고 있다.

따뜻함과 시원함이 입안에서 충돌하는 빙떡
만일 이곳을 방문하게 되면 민속식당에 들어가 빙떡을 먹어 보자. 빙떡은 무를 채 썰어 살짝살짝 깨와 소금으로 간한 뒤 얇은 메밀전 위에 올려놓고 빙빙 감아 만든 제주의 향토 음식이다.

슬로푸드의 원조로 여름도 여름이지만 겨울에 먹으면 메밀전의 따뜻함과 무채의 시원함이 충돌하면서 더욱 새로운 맛을 낸다. 먹는 방식도 중요하다. 김밥처럼 잘라선 맛이 나지 않는다. 그냥 손으로 들고 먹어야 제맛이다. 원래 빙떡은 담백한 맛이나 이곳 민속식당에서는 꿩고기를 실낱처럼 찢어 넣어 입맛을 더해 준다.

협재 해수욕장에서 조금 더 걸으며 협재 포구와 옹포 포구가 나온다. 명월 포격전지라고 쓰인 표지석도 눈에 띈다. 육지로부터 멀리 떨어진 제주섬에 있는 수많은 포구 중 하나이지만 고려 시대 때는 정세 변화에 따라 갯바람이 아닌 칼바람이 불었던 곳이다.

한 세기를 간격으로 삼별초와 여몽연합군, 몽골의 잔당인 목호와 고려군이 대격전을 벌였다. 1270년 고려 원종 11년 삼별초는 고려와 몽골군이 합세한 여몽연합군을 맞아 싸운다. 또 100여 년 뒤에는 고려의 최영 장군이 몽골의 잔당인 목호세력을 제압하기 위해 무려 전함 314척에 군사 2만 5,605명을 싣고 상륙한다.

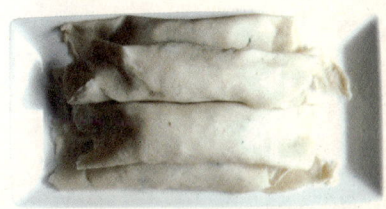

빙떡

한림항에서 고기 그물을 터는 아지망들

찔레꽃 붉게 피는 남쪽나라의 백난아

그런가 하면 일제 시대 때 향수 어린 노래를 부른 국민가수 백난아가 태어난 곳이기도 하다. 1927년 한림읍 명월리에서 태어난 백난아는 본명이 오금숙으로 세 살 때 만주로 이주한 뒤 함경북도 청진에 정착했으며 열다섯 살의 어린 나이로 태평양레코드사의 전속가수가 되어 〈낭랑18세〉 〈아리랑 낭랑〉 〈찔레꽃〉 등을 불렀다.

찔레꽃 붉게 피는 남쪽나라 내고향
언덕 위에 초가삼간 그립습니다.
자주 고름 입에 물고 눈물 젖어
이별가를 불러 주던 못 잊을 동무야!

노래를 흥얼거리며 한림항으로 걸어간다. 서 밀리 컨테이너가 켜켜이 쌓여 있는 모습이 눈에 들어오고 기름 냄새가 섞인 갯내음이 혹하고 코를 찌른다. 한림항이다. 제주항에서 서쪽으로 29.9킬로미터 떨어진 지점에 있는 한림항은 어류를 비롯 시멘트, 감귤, 채소, 잡화 등 제주 서부지역 연안화물의 수송을 담당한다.

늦은 저녁 시간 한림항에는 파시가 열린다. 선박의 등불을 환하게 밝혀 놓고 수건으로 얼굴을 감싼 아줌마들이 10여 명씩 둥그렇게 서서 그물에 걸린 바닷고기들을 털어 바구니에 담고 있다. 밤이 깊어 갈수록 한림항이 부산해진다.

14-1 Course 저지~무릉 올레

총 17.5km : 5~6시간

저지 마을회관 --▶ 문도지오름 정상 | 5km | --▶ 저지곶자왈 입구 | 6.5km | --▶ 동물농장 숲길 | 7.9km | --▶ 오설록 | 10km | --▶ 무릉 곶자왈 | 13.5km | --▶ 인향마을 | 16.2km | --▶ 무릉 제주 자연생태문화 체험골 | 17.5km |

마을이 아득한 곳자왈에
제피향만 가득하고

저지 마을회관을 벗어나면 밭길이다. 조금 걸었다 싶을 즈음 나뭇가지를 부
채살처럼 뻗은 폭낭팽나무이 보인다. 폭낭 아래는 평평한 쉼터다. 길을 가는 사
람이 한숨 돌리고 운동화 끈을 다시 질끈 동여맬 때다. 앞에는 오르막길이 길
게 뻗어 있다. 비로 옆 목장에는 말들이 노닐고 있다. 망아지가 어미를 졸졸
따라다니며 젖을 빨고 있다.

데굴데굴 구르며 놀고 싶은 문도지 오름 지그재그로 길이 나 있는 문
도지 오름을 오르다 보면 유연하게 이어진 능선의 줄기가 여인네의 허리선

폭낭 아래에서 잠시 쉬고 있는 올레꾼들

문도지 오름을 오르는 소년

배가 볼록 나온 말들

처럼 아름답다. 오름 정상 가까이에서 말들이 풀을 뜯고 있다. 사람과 눈을 마주치는 법이 없다. 하염없이 풀만 뜯는다. 한 멋 하는 말들을 가까이 다가가 보면 배가 불룩 나와 있다. 웃음이 절로 나온다. '얼마나 포식했길래……' 무리 가운데 섞여 있는 백마가 푸른 신록과 대비되어 은화지처럼 반짝인다. 바람이 불 때마다 신비스러울 만큼 하얗게 말갈기를 날린다.

오름 정상에 널브러지게 앉아 천하를 내려다본다. 발아래 실낱같이 이어진 목동길을 따라 걸어오는 사람들이 일개미처럼 조그맣게 보인다. 오름을 밟고 서면 사람도 미움도 남의 이야기 같다. 어디선가 불어오는 실바람이 팔을 잡아당긴다. 문도지 오름은 도시락을 싸고 가서 하루 종일 데굴데굴 구르며 놀고 싶은 오름이다. 오름을 내려오면 저지 곶자왈이 멀지 않다.

"뱀이 살쪘네" 길옆에서 낙엽이 와싹기리는 소리가 들려 자세히 들여다보니 아주 작은 들쥐새끼 하나가 인기척에 놀라 몸을 숨기고 있다. 이리 저리 움직이다 마른 갈색 이파리 아래로 머리를 박는다. 들쥐는 동작을 멈춘다. 아마도 꼭꼭 몸을 숨겼다고 안심하는 눈치다.

머리를 마른 잎 아래 숨긴 들쥐새끼

저지 곶자왈을 걷다 보면 하얀 드레스를 입은 신부처럼 탱자나무가 순백색의 꽃망울을 터뜨리고 있다. 가시 돋힌 탱자나무의 꽃이 이렇게 화사한 줄 처음으로 알았다. 그 아름다움에 반해 잠시 길을

오름을 밟고 서면
사랑도 미움도 남의 이야기 같다.
문도지 오름은 도시락을 싸고 가서
하루 종일 데굴데굴 구르며
놀고 싶은 오름이다.

숲에 향을 내뿜는 제피나무   멧돼지들이 주둥이로 땅을 긁어 놓은 자국

멈춰 선 사이 앞서 가던 사람들이 소란스럽게 떠들어 대는 소리가 들린다. 숲 안으로 뱀이 기어가는 것을 목격한 것이다. 몰려든 사람들이 한마디씩 거든다.

"뱀이다."

"살이 쪘네!"

"어~유, 무서워라."

아닌 게 아니라 숲속으로 들어가는 뱀의 꼬리를 언뜻 보았는데 고도비만 증세가 심해 보였다.

"아유 이쁜 것들!"

그런 와중에 한 중년 여성은 뱀을 발견하고 아주 반가워한다. 뱀하고 악수라도 할 태세다.

"쟤네들은 나쁜 애들이 아냐! 우리를 해치지 않는다고!"

그녀는 뱀을 두둔하고 나섰다. 그녀의 목소리는 마치 숲속에서 우연히 만원짜리 지폐라도 주운 것처럼 즐거움에 차 있었다.

곶자왈은 활엽수들로 울창한 숲을 이루고 있었다. 나무들 사이로 난 좁은 길을 걷다 보니 어디선가 아주 익숙하면서도 매우 강한 향이 풍겨왔다. 향이 나는 쪽으로 다가가 보니 아담한 키의 제피나무다. 먼저 발견한 어르신들은 "자리회에 넣어 먹으면 좋겠네"라고 수군거린다.

겁 많은 곶자왈 멧돼지들

숲을 빠져나오면 너른 잔디밭이다. 어디로 가야 할지는 돌화살표가 안내해 준다. 누군가 여러 개의 돌멩이를 모아 화살표를 그려 놓은 것이다.

동물농장 숲길을 지나가다 보면 난데없이 주변 땅들이 타이어 자국처럼 마구 파헤쳐져 있는 것을 볼 수 있다. 곶자왈에 풀어 기르는 수십 마리의 돼지들이 이리저리 빈둥거리다 길가로 나와 주둥이로 파댄 것이다. 하지만 곶자왈에서 자라는 멧돼지들은 순둥이들이다. 육지의 야생 멧돼지들과는 다르다. 길을 가는 사람들을 위협하지 않는다. 오히려 사람들을 보면 먼저 겁이 나 달아나는 겁쟁이들이다. 돼지들은 사람의 발이 닿지 않는 이 곶자왈에 살며 새끼를 낳는다. 길을 가는 동네 할망한테 물어 보니 주인이 호각을 불면 아빠멧돼지, 엄마멧돼지, 삼촌멧돼지, 애기멧돼지 다 모여든다고 한다.

졸음이 오는 '무덤 고사리'

4월 하순 무렵이면 제주의 중산간은 생기가 돈다. 생기가 도는 것은 봄 햇살을 맞아 더욱 푸른빛을 내는 초목들 때문만이 아니다. 겨우내 인적이 끊겼던 오름의 푸른 초목 사이로 땅을 뚫고 불끈 불끈 솟아나는 고사리를 꺾기 위해 몰려든 사람들이 허리를 구부리고 펼 때마다 울긋불긋 수가 놓아지기 때문이다.

올레꾼에게 길을 가리켜 주는 돌화살표

허리가 꼬부라진 고사리는 오히려 제주 사람들의 허리를 펴게 한다. 봄 햇살을 맞으며 놀멍 쉬멍 고사리를 꺾은 뒤 아침저녁으로 정성스레 말려 장에 내다 팔면 주머니가 두둑해진다. 굳이 바깥에 내다 팔지 않더라도 가을바람이 불면 한가위 제수용으로도 요긴하다.

제주섬 들판과 오름 어디를 가나 고사리는 지천으로 자라난다. 민들레 옆에 노래하듯 자라나고 가시덤불 사이에 오솔하게 자라나고 말똥 위에 천진난만하게 자라나고 무덤가에 쓸쓸하게 자라난다.

하지만 무덤가에 난 고사리는 먹지를 않는다. 어릴 적 누나 동생들과 함께 들에 나가 고사리를 꺾다 보면 자연스레 누가 많이 꺾나 시합이 되곤 했다. 그런데 유독 무덤가의 고사리들이 눈에 많이 들어온다. 어린 마음에도 무덤 위에 올라가 고사리를 꺾으려면 왠지 모르게 기분이 꺼림칙했지만 시합에 이겨야 한다는 생각으로 눈을 감고 고사리를 꺾곤 했다. 그러고는 무덤가의 고사리를 다른 고사리들 아래로 깊이 감춰 놓아 완전 범죄를 꾸민다. 그런데 신기하게도 어른들에게 금방 들통이 나고 만다. 어른들은 내 바구니에서 무덤가 고사리를 단박에 찾아낸다. 눈앞에서 무덤가의 고사리를 흔들어 대면 나는 할 말을 잃는다. 나는 오랫동안 어른들이 어떻게 무덤가 고사리를 가려낼 수 있는지 궁금해 하곤 했다. 나이가 들고 보니 알 만했다. 무덤가 고사리들은 아무도 꺾지 않고 내버려두기 때문에 여느 고사리들보다 웃자란 데다 살은 통통하고 조금은 억세게 보여 식별이 가능했던 것이다.

왜 무덤가의 고사리를 꺾으면 안 되는지 어른들에게 물으면 돌아오는 대답이 희한했다.

"무덤가 고사리 먹으면 졸음이 온단다."

오설록의 녹차밭. 매일 아침 솜씨 좋은 정원사가 가위질을 한 것처럼
녹차나무들은 머리가 단정히 깎여져 있다.

아마도 누군가 조상의 묘를 함부로 밟고 다니거나 훼손하는 무례함을 경계하기 위해 거짓으로 지어낸 금기의 말이 아니었나 싶다.

그러나 이 같은 금기의 효력도 세월이 흐르면서 시들시들 하고 있다. 고사리를 꺾으러 길을 가던 할망은 나에게 푸념하듯 말한다.

"지금은 폴 사람_{팔 사람} 먹을 사람에 따라 꺾는 고사리도 다릅니다. 놈이 한티 폴_{남 한테 팔} 사람들은 무덤이고 밭이고 돋아난 것만 이스민_{있으면} 몽땅 꺾어당 폴고_{꺾어다가 팔고} 인역집_{자기네집} 맹질 호젠_{명절 준비하려} 하는 사람은 무덤 고사리는 안 꺾주 마씀_{안 꺾는답니다}. 경허난_{그러니까} 마트에 나온 고사리는 믿지 못허구_{못하고} 아맹해도 인역이 강_{아무래도 자기가 가서} 꺾어당 먹어야 맛좋주 마씀_{꺾어다가 먹어야 맛좋습니다}."

시골아이 같은 무릉 곶자왈

동물농장 숲길을 벗어나오면 오설록이다. 드넓게 녹차밭이 펼쳐져 있다. 매일 아침 솜씨 좋은 정원사가 가위질을 한 것처럼 녹차나무들은 머리가 단정히 깎여져 있다. 오설록에 들어가면 온갖 녹차 음료와 녹차 화장품이 진열되어 있다. 여기서 아이스크림 하나 사서 먹으면 즐거움이 두 배다.

녹차밭에서 포장도로로 걸어 나와 조금 더 가면 무릉 곶자왈로 통하는 아스팔트 길이 나온다. 아스팔트 길을 벗어나면 트럭과 경운기가 지나다니면서 생겨난 농로가 길게 이어진다. 바닥이 울퉁불퉁한 데다 만만치 않은 거리라서 마치 행군하는 느낌이다. 개나리옷을 입은 아이들이 어른들보다 더 씩씩하게 걷는다. 여기를 통과하면 본격적으로 무릉 곶자왈로 들어서게 된다.

제멋대로 나무들이 자라나 있다. 오설록이 서울아이처럼 말쑥하다면 무릉 곶자왈은 명절 때 빼고는 생전 이발 한 번 하지 않은 시골 아이 같다. 첫 느낌은 폭신폭신하다. 발아래에 잔디가 깔려져 있어 오래간만에 발이 편안하다. 무릉 곶자왈 안으로 한 사람이 다닐 만큼 폭이 좁은 길이 구불구불 이어져 있다. 양옆으로 돌들을 나지막이 쌓아 놓아 길을 잃지 않도록 해 놓았다. 아닌 게 아니라 숲이 우거져 조금만 길을 벗어나면 제자리로 돌아오지 못할 것 같다.

옹달샘 누가 와서 먹나요
곶자왈을 지나다 보면 세 개의 옹달샘을 지나치게 된다. 숲속에서 보는 옹달샘은 오아시스처럼 느껴진다. 예전에 들로 일을 나가다가 마소에게 물을 먹이던 곳이다. 항아리처럼 생겼다고 해서 항물이라 불리는 옹달샘은 비록 폭은 좁지만 깊이가 만만치 않아 소가 물을 먹다

올레길을 걷고 있는 아이들

무릉 곶자왈! 아름드리 나무에 콩란이 다닥다닥 붙어 있다.

앞발을 헛디디면 빠져 나오지 못했다고 한다. 나머지 두 개의 옹달샘은 봉근물이라 불리는데 앞에 하나의 물웅덩이를 보고 돌아서다가 바로 옆에서 물웅덩이 하나를 더 발견해 마치 하나를 우연히 더 주운 것 같다 하여 봉근물이라 한다. 봉그다는 말은 줍다라는 뜻의 제주어다.

아름드리 나무에 콩란들이 다닥다닥 붙어 있다. 돌과 잡목과 덤불들이 엉켜져 있는 곶자왈은 웬만해서는 위치를 가늠하기 어려울 만큼 숲이 깊다. 앞길이 막막하고 배는 고파온다. 나도 모르게 배낭을 뒤적거려 요깃거리를 찾는다.

한 시간여를 걸어 무릉 곶자왈을 빠져나오면 인향동 마을이다. 그늘진 숲을 막 통과한 뒤라 눈앞이 환하다. 돌아서면 무릉 곶자왈이 눈썹처럼 둥그렇게 미소를 띠고 있다. 밭에는 양파 추수가 한창이다. 아낙들이 쪼그려 앉아 빨간 망사에 양파를 담고 있다. 폭낭 아래에 잠시 쉬며 한 모금 물을 마신다. 언젠가 왔던 곳이다. 11코스 마지막 때 살갗이 소슬거림을 느끼며 무릉 곶자왈을 빠져나왔던 기억이 새록새록하다. 각기 무릉 곶자왈을 끼고 있는 올레 14-1코스와 11코스는 여기 인향동에서 만난다. 여기서 무릉 제주 자연생태 문화 체험골은 멀지 않다.

양파를 수확하는 사람들

15 Course 한림~고내 올레

총 19km 6~7시간

한림항 비양도 도항선 선착장 ‐‐▶ 귀덕농로 | 5.5km | ‐‐▶ 납읍 초등학교 금산공원 입구 | 10.5km | ‐‐▶ 과오름 입구 | 12.5km | ‐‐▶ 고내봉 입구 | 14.9km | ‐‐▶ 배염골 올레 |18.6km | ‐‐▶ 고내 포구 | 19km |

오늘 하루만큼은
간세다리가 되어라

한림항에서 바라보는 비양도는 외롭다.

도항선 타고 15분이면 비양도에 가 닿지만 한림항에서 바라다보는 비양도는 그리움이다. 고등어 등보다 더 시퍼런 바다 위에 오롯이 떠 있는 비양도는 안개라도 끼는 날에는 상상력이 발작을 일으킨다. 누군가 비양도에서 소리쳐 부르는데 우리만 그 소리를 못 듣는 것 같다.

성수기가 아니면 비양도행 배표를 끊어 주는 도선 대합실 문도 잠겨 있을 때가 더 많다. 하루에 두 번 배가 뜨기 때문에 하루 종일 문을 열어 둘 필요를 느끼지 못한다. 비양도로 가려면 오전 9시, 오후 3시 뱃시간에 맞춰 한림항

바다에 서 있는 솟대

에 당도해야 한다. 다만 손님이 많이 몰리는 피서철에는 낮 12시에 배 하나
가 더 뜬다.

'초미니 학교' 비양분교

비양도의 나이는 1,000년이 넘었다. 고려 목종 5
년인 1002년 바다에서 솟아났다고 전해 온다. 인구수는 주민등록상 150여 명
으로 파악되지만 대부분 제주 본섬으로 와서 살기 때문에 실거주자는 50~60
명에 불과하다. 어린이는 말할 것도 없다. 비양분교는 전 세계에서 아마도 학생
수가 가장 적은 학교 축에 속할 것이다. 비양분교 학생 수가 몇 명인지 궁금해
2010년 봄 비양분교에 전화를 걸어 알아봤다. 전교생을 다 합쳐도 3명밖에 안
된다. 잘하면 1등이고 못해도 3등이다. 학생 수가 1명일 때도 있었지만 최근 다
른 지역에서 전학 와 3명으로 불어났다고 한다.

　한림항은 아침부터 조업을 마치고 돌아온 어선들로 부산하다. 뱃사람들이
그물망을 잡아당기며 다음 출항 채비를 하고 있다. 한림항을 두 팔 벌려 품넓
게 껴안고 있는 방파제를 따라 걷다 보면 바다 한가운데 세워진 솟대들이 눈

파도 너머로 보이는 비양도

길을 끈다. 솟대 위에는 나무로 만든 새가 앉아 있다. 솟대가 땅에 박혀 있는 것이 아니라 바다에 세워져 있어 대형 조각품을 보는 느낌이다.

밭길…… 밭길…… 비양도를 등지고 나선 발걸음은 평수 포구를 지나 중산간으로 향한다. 가장 먼저 만나는 마을은 한수리다. 한수리는 양배추밭 하나 건너 브로콜리밭이다. 밭길을 걷다 보면 농업용수를 공급하는 저수조가 보이는데 그 외벽에 그려진 초가지붕을 배경으로 누렁소가 풀을 뜯는 농촌풍경이 정겹다.

밭에 세워진 저수조의 벽화

저수조를 끼고 좌회전하면 대림리 방향이다. 오른쪽으로 영새성물이 나오고 여기저기 먹구슬나무들이 서 있다. 어릴 적 먹구

버들못 농로를 걷고 있는 올레꾼

슬 열매가 노랗게 익으면 앞니로 과육을 긁어 먹곤 했다. 먹구슬나무의 마른 가지들이 아침 햇빛을 받아 검은 실루엣으로 보인다. 길은 귀덕리로 향한다. 처음에는 여기가 정확히 대림리인지 귀덕리인지 잘 몰랐으나 농산물 매집을 위해 박아 둔 표지판을 밭 언저리에서 발견하고 나서야 여기가 귀덕리라는 사실을 알게 되었다. 왼쪽으로 보이는 성로동 농산물 집하장을 지나면 포장도로가 나오고 포장도로를 건너면 여지없이 다시 밭길이다. 이름하여 귀덕 농로다.

납읍 숲길

어디선가 목탁 소리가 들린다. 바로 옆 지장자비도장 선운정사에서 나는 소리다. 사찰마저 등지고 밭사잇길로 걸어간다. 조금 더 가다 보면 곽지리다. 오르막길 양쪽으로 노랗게 도색된 시멘트 방지턱들이 시선을 머물게 한다. 밭길을 걷다가 오래간만에 보는 인공 구조물이다. 시멘트 바닥에 앉아 아침에 모텔 아줌마가 싸준 군고구마를 꺼낸다. 누어 시간 걸어오는 동안 주변에는 가게 하나 보이지 않아 보통 때보다 허기가 더 느껴졌다.

비단처럼 아름다운 금산

조금 더 가면 버들못 농로가 나온다. 야트막한 등성이에 서서 눈 아래로 내려다보면 널따란 브로콜리밭과 비뚤비뚤한 돌담들이 농촌의 정취를 한껏 더한다.

여기를 지나면 잘 뻗은 포장도로가 나오고 그 앞에 제주혜린교회가 나타난다. 도로를 따라 내려간다. 첫 번째 골목에서 우회전을 했다가 한참 만에 다시 걸어 나왔다. 화살표도 리본도 보이지 않았기 때문이다. 도로를 조금 더 따라가자 그제야 납읍 숲길이란 팻말이 보였다. 납읍 숲길은 100여 미터 가량 구불구불 이어진다. 밖으로 나와 다시 길을 걷다 보면 납읍 마을로 이어진다. 젊은 연인이 백년가약을 맺었는지 마을 식당에는 '우리 결혼했어요'라고 적힌 플래카드가 걸려 있고 조용했던 시골 마을 도로에는 하객들이 타고 온 것으로 보이는 승용차가 꼬리를 물고 서 있다.

납읍 초등학교 앞에는 난대림숲이 우거져 있다. 여기에는 후박나무, 생달나무, 종가시나무, 자금우, 마삭줄 등이 자생하고 있다. 한 처녀가 도토리를 숩다 나를 보고 해거리 현상 때문인지 올해는 노토리 씨알이 크다고 밀한다.

난대림숲의 원래 이름은 금산禁山이다. 풍수지리상 나무를 베면 남쪽에 있는 금악봉이 화체火體로 보여 불이 많이 난다는 이야기가 전해져 왔다. 그래서 한동안 사람들의 출입이 금지되었다. 덕분에 금산은 더 아름답고 울창한 숲이 되었다. 마을사람들은 1950년대부터 비단처럼 아름다운 산이란 뜻에서 금산錦山으로 한자 표기를 바꿨다.

주름살 펴지는 몸국

복지회관을 지나 얼마쯤 가다 보면 왼쪽으로 식당이 보인다. 유리창에 써 붙인 '몸국'이란 메뉴가 눈에 들어왔다. 한 그릇을 시켰다. '몸국'은 보통 몸국으로 불린다. 몸국은 바다에 나는 모자반이란 해조류를 돼지뼈 국물과 함께 끓여 낸 대표적인 제주향토음식으로 잔칫집이나 상갓집에 가면 많이 나온다. 술 마신 뒷날 속 푸는 데도 그만이다.

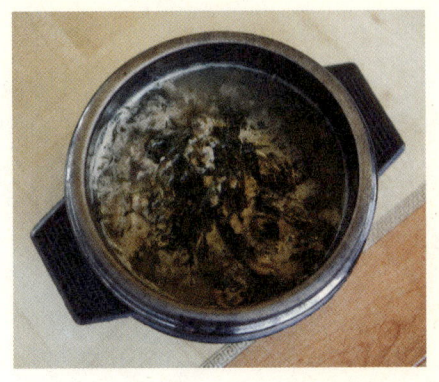

금산식당의 몸국.
한 그릇 먹으면 주름도 살짝 퍼지고 힘이 솟는다.

최근에는 주름진 피부를 탱탱하게 펴주는 콜라겐 성분이 들어 있다는 연구 결과도 나와 인기가 높다. 여기 금산식당 주인 아지망 아주머니이 만든 몸국은 그중에서도 별미다. 돼지 다리뼈를 고아 육수를 만든 덕에 기름기 없이 담백한 맛을 즐길 수 있다. 그런가 하면 모자반도 그때그때 끓여 내어 녹색 그대로다. 모자반은 1시간만 지나도 갈색으로 변한다. 그렇다고 갈색으로 변한 몸국이 나쁘다는 것은 아니다. 대부분의 몸국은 갈색을 띤다.

일일 부식 보급처 '우영팥'

몸국을 먹고 배낭을 멘다. 힘이 솟는다. 한적한 마을길을 꼬닥꼬닥 느린걸음으로 뚜벅뚜벅 걷는다. 구멍 숭숭한 시골집 담장 너머 우영팥이 보인다. 붉은 상추와 파가 울긋불긋 돋아나 있고 어린아이 머리통만한 하귤이 노랗게 익어가고 있다. 우영팥은 특정한 수확기를 기다리지 않고 수시로 부식을 채취해 먹을 수 있도록 집 한쪽 편에 조그맣게 만든 텃밭이다. 저녁이면 우영팥에서 상추를 따 쌈을 해먹고 된장찌개에 들어가는 고추도 여기서 충당한다. 비록 자기 밭이 바로 옆으로 이어지더라도 돌담을 쌓아

제주의 텃밭 '우영팟'

도새기 숲길을 걷는 올레꾼

밭과 우영팥을 구분한다.

눌

눈앞으로 둥그스런 오름이 보인다. 과오름이다. 과오름 입구 둘레길은 걸을 만하다. 솔잎들이 떨어진 흙길은 마치 담요 위를 걷는 느낌이다. 과오름을 벗어나면 숲길이 나온다. 5분여 동안 숲길을 걷는다. 숲길에서 나오면 밭길이고 밭길에서 벗어나면 숲길이다. 이름하여 도새기 숲길인데, 도새기는 제주어로 돼지를 뜻한다. 돼지가 나타나도 물지 않으니 놀라지 말라는 안내문이 표지판에 쓰여 있다. 이 숲길은 조금 길어서 10여 분 걸어야 한다. 참새무리들이 인기척에 놀라 푸드덕 거린다. 나도 덩달아 깜짝 놀라 몸이 움찔거린다.

포장도로로 나오면 왼쪽으로 바다가 아련하다. 바로 앞에는 게으른 사람처럼 길게 드러누운 오름이 보인다. 마을사람들이 '고니오름', '고노오름'이라 부르는 고내봉이다. 크고 작은 5개의 봉우리가 고내리를 비롯해 상가리, 하가리까지 늘어져 있다. 고내봉을 오르다 보면 나뭇가지 사이로 보광사 대웅전이 눈에 들어온다. 경내에는 아무도 보이지 않는다. 꺽다리 소나무들이 시원시원하게 하늘 높이 뻗어 있다.

올레코스는 고내봉 정상 바로 아래서 내려오도록 되어 있다. 오름을 오르고 내리는데 왕복 40분이면 족하다. 고내봉을 내려오면 하가리다. 그런데 마을로 접어들 줄 알았던 올레길은 다시 고내봉의 허리를 휘어 감는 둘레길로 이어진다. 양옆으로 빼곡히 선 대나무들이 바람소리를 내며 반긴다. 마소의

고대 포구를 두드리는 파도

배염길

꼴을 이글루처럼 쌓아 놓은 눌도 중산간 마을의 정취를 더한다. 고내봉 둘레
길은 산책로로 그만이다.

담배 사러 6킬로미터 걸어 다니는 김 씨 둘레길에서 빠져나오자 다
시 먹구슬나무들이 보이기 시작한다. 고내봉을 빙 둘러가며 먹구슬나무들이
군락을 이루고 있다. 해가 기울 무렵 고내 포구로 향하는 아스팔트 길위에서
김모 씨를 만났다. 그는 웃마을 상가리에 산다고 자신을 소개했다.

목축업을 하는 김 씨는 올해 예순이다. 자신이 좋아하는 담배를 사기 위해
아랫마을 고내리까지 왕복 6킬로미터를 걸어다닌다고 한다. 그러면서 "이만

한 운동이 없지 않냐"고 반문한다.

마을에 이르러서도 그냥 헤어지기가 섭섭해 조금 더 말을 주고받으며 걷던 우리는 배염길 앞에서 제각기 갈 길을 갔다. 언제가 다시 이 길을 걷다 담배 사러 가는 그를 우연히 또 만나고 싶다.

배염길은 언뜻 보기에도 뱀이 지나간 것처럼 구부러진 좁은 밭길인데 지는 해를 등에 지고 밭길을 따라 걷다 보면 갯내음이 들리는 듯하다.

고내 포구다. 둥그런 원담이 바닷물을 가둬 놓고 있다. 원담은 바닷가로 들어온 고기들이 썰물 때 빠져나가지 못하도록 둥그렇게 돌담을 쌓아 놓은 원시 어로 시설이다.

바닷물이 호수처럼 잔잔한 원담이 대형 청동 거울처럼 빛난다. 여러 번 목격한 일이지만 이상하게도 해가 지기 바로 전 바다는 푸른 빛보다 더 환상적인 빛깔을 낸다. 대낮에 푸른색을 띠던 바다는 비장할 만큼 물빛이 짙어지다 만물이 눈을 감을 무렵 일각의 시간 동안 고백성사를 하듯 흑진주와 같은 환상적인 빛깔로 변한다.

그 위로 한 마리 바닷새가 포물선을 그리며 날아간다. 둥지로 날아간 걸까. 나도 배낭을 챙긴다.

둥그렇게 돌담을 쌓아 썰물 때 빠져 나가지 못한 고기를 잡던 원담

16 Course 고내~광령 올레

총 17.8km **5~6시간**

고내 포구 ⟶ 신엄 포구 |1.5km| ⟶ 수산봉 둘레길 |6.4km| ⟶ 수산저수지 둑방길 |7.2km| ⟶ 항파두리

항몽 유적지 |12.6km| ⟶ 고성 숲길 |13km| ⟶ 광령 초등학교 |17.5km| ⟶ 광령1리사무소 |17.8km|

바다가 노래하고
꽃들이 춤을 추네

고내 포구에서 바다를 왼쪽에 두고 걷다 보면 가늘게 이어진 해안도로가 아스라한 느낌을 전해 준다.

저 멀리 수평선 위로 사다리꼴 모양으로 오똑 나온 관탈섬이 희미하게 보인다. 관탈섬은 추자도와 제주 본섬 사이에 있는 섬이다. 제주로 들어가는 관문 역할을 하는 섬이라 할 수 있다.

제주는 한양에서 가장 먼 유배지다. 광해군, 김정희, 송시열 등을 비롯 이름만 대면 알만한 명사들이 제주에 머물렀다. 정치유배인 수만도 200여 명에 이른다. 일찍이 제주를 100년 동안 지배했던 몽골의 왕실마저도 눈 밖에 난

신엄 도대불에서 내려다본 해안도로.
하늘과 땅 사이에 사람이 있고 바다와 땅 사이에 길이 있다.

왕족이나 왕권을 위협하는 인물들을 이곳 제주로 유배 보냈다고 한다.

유배자의 이정표 '관탈섬'

그 옛날 제주로 유배 가던 선비들은 완도에서 배를 타고 추자를 거쳐 제주로 향하다가 문득, 시퍼런 물 위에 외롭게 떠 있는 섬을 보게 된다. 섬에 가까이 갈수록 파도는 세지고 나룻배는 일엽편주 一葉片舟처럼 좌우로 출렁인다. '이게 마지막일지 모른다'는 생각이 선비의 머릿속을 스치는 순간 선비는 머리에 썼던 관을 벗고 무릎을 꿇어 북쪽을 향해 절을 한다.

아무리 충절이라 하더라도 그 역시 한 인간일진대 어찌 임금을 향한 단심丹心으로만 똘똘 뭉칠 수 있으랴. 텅 빈 가슴속으로 파도쳐 오는 분노와 원망과 한탄을 억누르기 위해 무릎을 꿇고 바닥에 엎드렸는지 모른다.

태산처럼 파도가 몰아치는 관탈섬을 지날 때 유배인은 세상에 대한 자그마한 욕심이라도 모두 내려놓아야 한다. 바닷물이 들어와 배가 가라앉을라치면 가장 먼저 내던져야 할 것은 쓸모 없는 짐짝이 아니라 오랫동안 가슴속에 품어 왔던 꿈과 희망일 것이다. 망망대해처럼 언제 다시 돌아갈지 모를 유배 길에 오른 선비에게 가장 무거운 건 꿈과 희망이지 않는가.

관탈섬을 바라보며 시인 채바다의 싯귀를 되뇌어 본다.

이곳에 올 때는
옷을 벗어 던져라
권좌에서 입었던 옷을 벗어라
지위도 버리고 계급도 버려라

중엄리로 이어지는 바다. 바다에도 봄이 왔다.

갯바위 낚시를 즐기는 강태공

이런저런 생각을 하며 길을 가다 동네 어르신을 만나 관탈섬에 대해 물었다. 그 옛날 제주까지 오려면 많은 시간이 걸렸던 관탈섬은 이제 동력선으로 1시간여 가면 닿는다. 참돔, 돌돔, 벵에돔, 방어 등이 많이 잡혀 날이 좋으면 강태공들이 탄 배가 물살을 가른다.

바다와 팔짱 끼고 걷는다 아스팔트 길을 따라 나 있던 올레길은 어느새 바다와 바짝 붙어 있다. 간간이 갯바람이 옷깃 사이로 불어 온다. 신엄 포구에는 보재기들이 조업을 마치고 집으로 무사히 돌아올 수 있도록 밤바다를 밝혔던 도대불이 서 있다. 그토록 자그마한 몸집으로 수십 리 떨어진 망망대해의 어부들에게 등대 역할을 해주었다고 상상하니 머리를 쓰다듬어 주고 싶을 만큼 도대불이 기특하다는 생각이 든다.

구엄리 바닷가의 소금 빌레

1930년대 중엄리 사람들의 식수원으로 이용했던 '새물'을 지나면 동글동글한 바윗돌들이 바닷가에 널려 있다. 한쪽에선 어떻게 건너갔는지 강태공들이 바다 한가운데 있는 조그만 갯바위에 올라서서 고기를 낚고 있다.

길은 넓고 평평한 암반이 깔려져 있는 구엄리 바닷가로 이어진다. 이 동네 사람들은 소금 빌레라 부른다. 소금 빌레의 길이는 해안가를 따라 300미터에 이르고 그 폭이 50미터나 된다. 면적이 4,845제곱미터에 이른다. 이곳에서 생산된 돌소금은 모양이 굵고 넓적한 데다 맛과 색깔이 뛰어나 1950년대 들어 생업수단이 변하기 전까지만 해도 중산간 마을의 농작물과 물물교환이 이루어질 만큼 인기가 많았다고 한다.

애교부리는 유채꽃, 뚱한 수산봉

올레길은 다시 바다를 등지고 내륙을 향한다. 대문 너머 마을길로 마실 나와 있던 닭 한 마리가 인기척에 놀라 꽁지를 추켜올리며 부리나케 달아난다. 봄 햇살이 가득 내려앉은 밭에서는 아지망(아주머니)들이 이야기꽃을 피우며 마늘을 캐고 있다. 마을을 벗어나면 수산봉이 보인다. 산정상에 물이 고인다 하여 물메 오름이라 불렸다. 샛노란 유채꽃이 애교를 부리듯 무덤덤한 수산봉의 허리를 감싸 안으며 가득 피어나 있다. 수산봉은 뚱한 표정이다.

수산봉을 빙 돌아 걸어가면 저 너머에 바다처럼 드넓은 수산 저수지가 보인다. 일수도로 가까이에 있으면서도 둑방에 가려 제주에 사는 사람들도 잘 모르는 곳이다. 허리둘레가 5.8미터이고 키가 12.5미터에 달하는 400년된 곰솔이 물속으로 가지가 척척 휘어진 채 저수지를 지키고 서 있다. 한겨울에 눈이 내리면 마치 백곰이 저수지 물을 마시는 형상처럼 보인다고 해서 곰솔이

마늘을 캐는 마을주민들

큰 길에 나와 있던 닭 한마리가 인기척이 나자 부리나케 도망가고 있다.

라 부른다. 저 멀리 둑방 위로 아이들이 부모 뒤를 따르며 발장난을 치는 모습이 아스라이 보인다. 나도 둑방길을 따라 걷는다. 띄엄띄엄 놓여 있는 시멘트 의자에 잠시 앉아 물빛을 바라보노라면 눈이 시리다.

삼별초와 항파두리 구불구불 이어진 밭길을 지나 늘씬늘씬한 소나무들이 들어서 있는 오솔길을 걷다 보면 토성의 흔적이 보인다. 삼별초의 마지막 보루이었던 항파두리다. 고려 조정이 몽골의 침입을 받고 굴욕적인 강화를 맺는 것에 반대해 끝까지 몽골에 대항해 싸울 것을 주장한 삼별초가 강화도와 진도를 거쳐 제주도로 내려와 2년 6개월 동안 여·몽 연합군에 맞서 싸우던 곳이다.

1271년 진도에서 남은 병사를 이끌고 제주로 내려온 삼별초의 김통정 장군은 불굴의 항전 정신을 불사르며 항파두리성을 쌓는다. 바깥쪽은 토성土城으로 되어 있고 안쪽으로는 석성石城으로 되어 있다. 토성의 길이는 장장 6킬로미터에 달했다. 김통정 장군은 보통 때 나무를 태운 재를 토성 위에 깔아 두었다가 적이 침입하면 말꼬리에 대나무 빗자루를 매달아 달림으로써 성 안이 보이지 않도록 했다. 일종의 연막술을 펼친 것이다.

그러나 1273년 고려의 김방경 장군과 몽골의 혼도가 이끄는 1만 2,000명의 여·몽 연합군에 의해 항파두리성은 함락되고 만다. 김통정 장군은 부하 70여 명을 데리고 오름으로 피신해 마지막 일전을 벌이지만 싸움에 패배하고 만다. 이때 오름이 피로 붉게 물들었다 하여 붉은 오름이라 불린다. 삼별초를 이끌었던 김통정 장군 역시 끝내 한라산 기슭에서 자결한 채 발견된다.

이로써 장장 40년에 걸친 삼별초의 대몽 항전은 막을 내리게 된다. 그리고 이것은 100년 동안에 걸친 몽골의 제주 지배를 알리는 또 하나의 신호탄이기도 했다.

"이 몽고놈의 자식……" 그 후 무능한 나라의 백성으로 태어난 죄밖에 없는 제주인들은 몽골족의 군마에 짓밟히며 갖은 수모와 고통을 겪어야 했다. 나는 가끔 몽골의 제주 지배를 얘기할 때 버릇처럼 "제주에서 가장 심한 욕이 무엇인지 아느냐?"고 묻곤 한다. 제주에서 가장 심한 욕은 개새끼, 소새끼도 아니다. '몽고놈의 자식'이다. 조금 더 성적인 표현을 가미해 욕할 때는 '몽고놈의 X으로 맹그라분 놈'이다. 제주에선 도둑놈, 살인자보다 더 나쁜 놈이 '몽고놈'이다. 지금도 할머니 할아버지들 사이에서 '몽고놈의 자식'

벚꽃이 핀 수산 저수지

이란 욕은 현재형이다. 말싸움이 막장으로 치달았을 때 한방 날리는 메가톤급 욕이다. 몽골의 말발굽 아래 얼마나 피멍이 들었으면 800년이 지났어도 '몽고놈의 자식' 하며 치를 떨까. 몽고놈도 몽고놈이지만 나라가 못나도 너무 못났다.

　말끔이 단장된 항파두리를 걸어 나오다 보면 밭길 옆으로 두런두런 피어 있는 들꽃들이 허허로움을 달래 주는 듯하다. 고성 숲길을 지나면 올레길은 우불구불 광령리로 이어진다.

"내 가슴 만져 봐" 광령리는 큰 누나와 한 살 터울 누나가 시집간 곳이다.

노랗게 피어난 유채꽃. 제주섬에도 항몽유적지에도 기다리던 봄이 왔다.
이제 곧 당신에게도 봄이 올 것이다.

큰 누나는 만날 수 있지만 연년생 누나는 만날 수 없다.

어느날 연년생 누나가 말했다.

"내 가슴 만져 봐."

나는 머뭇거려졌다. 어릴 적 한 이불에서 자라던 누나 동생 사이이긴 하지만 성년이 된 지금 시집간 누나의 젖가슴을 만진다는 것이 멈칫 멈칫거려졌다. 누나는 살그머니 나의 오른손을 가져다 자신의 젖가슴에 갖다 댔다. 나는 겁이 덜컥 났다. 누나의 가슴속에 골프공만한 도둑이 수건을 칭칭 감고 숨어 있는 듯했다. 그 놈이 무서웠다. 유방암 말기.

어느 날 새벽녘 찬바람이 불었다. 풀잎에 맺힌 이슬이 도르르 땅으로 떨어 졌다. 다섯 살배기 아들놈, 세 살배기 딸년을 눈에 담고 누나가 혼자 먼 길을 떠났다. 그날 나는 처음으로 어릴 때부터 티격태격하며 청소를 서로 미루던 연년생 누나의 빈 방을 닦았다.

10여 년이 훌쩍 지났다. 봄날. 나 혼자서 광령리를 향해 걷는다. 날이 화사 하다. 덥지도 춥지도 않다. 간혹 바람마저 소슬거려 밭길을 걷노라면 콧노래 가 절로 나온다. 소풍가기 딱인 날씨다. 어차피 어느 시인이 이야기했듯 인생 은 소풍이다. 억만 광년 동안 우주를 여행하다 한 눈금만큼 잠깐 여기에 들러 웃고 떠들고 울고불고하는 것이다. 그것이 오늘이다.

나 홀로 걷는 길
광령으로 가는 길. 샛노란 유채꽃이 온천지를 환하게 밝힌 다. 마음이 달뜬다. 나의 입가에도 웃음이 번진다. 샛노란 유채밭을 지나면 가 슴마저 노랗게 물드는 듯하고 무릎까지 자라난 보리밭을 지나면 가슴속이 녹색 물결로 출렁인다. 포물선을 그으며 이어진 길가에는 연분홍 벚꽃들이 꽃망울을 틔우고 손이 닿지 않은 가시덤불에는 민들레가 수줍게 고개를 내민다. 새들이 나뭇가지를 튕기며 날아오른 하늘은 눈이 시리도록 옥색 빛깔이다. 통통배처럼 뭉게구름 두어 점 느릿느릿 흘러간다. 아무도 없는 길. 나 홀로 걸어간다.

그 순간 휴대폰이 우웅 거린다.

아내의 이름이 떴다.

"어디야?"

길에서
생각나는 사람

올레길 종착지에 도착한 어느 초겨울 날 스멀스멀 사위가 어두워지더니 이
내 암흑이 되었습니다. 정류장에서 버스를 기다렸습니다. 잠시 망설였습니
다. 한림에 있는 게스트하우스에서 잘까, 근처에 있는 시골 어머니집에서
잘까.

　아버지의 구박과 폭력에 시달렸던 어머니는 아랫눈썹에 나 있는 눈물점을
지워도 행복한 삶은 오지 않았습니다. 이른 새벽 자식들이 토끼눈을 뜨고 바
라보는 가운데 아버지와 어머니는 하얀 종이를 꺼내 놓고 도장을 눌렀습니
다. 하루도 눈물이 마를 날이 없던 어머니는 지금 따뜻한 분을 만나 여생을 보
내고 계십니다. 어릴 적 올레로 나와 손짓하던 어머니가 보고 싶어졌습니다.

　동네 점빵에서 우유, 맥주, 소주, 오란씨, 쌀음료, 손에 집히는 대로 사고
중산간 순환버스를 탔습니다. 30년 만에 처음으로 어머니와 잠을 잤습니다.
나는 드라마를 보다 잤고 어머니는 나에게 말을 걸다 발아래서 잤습니다.

새벽녘 팔이 아파 잠을 못 이루는 어머니에게 파스를 붙여드리고 애인처럼 어머니를 안아드렸습니다. 우리는 뜨끈뜨끈하게 각재기국 전갱이국을 끓여 머었습니다. 동 트기 전 어머니는 귤을 따러 집밖으로 나가며 나를 눈에 가득 담는 듯했습니다. 아침부터 조그마해진 어머니의 두 눈이 붉어지는 것 같아 문을 닫았습니다.

오늘은 하늘이 잿빛입니다. 부디 비가 오지 않았으면 좋겠습니다.

올레감수광

ⓒ 강민철 2010

1판1쇄 | 2010년 7월 7일
지은이 | 강민철
펴낸이 | 강민철
펴낸곳 | (주)컬처플러스
편집 | 배규호 염아영
디자인 | 엔드디자인
마케팅 | 한기홍
자료조사 | 염아영 김명희
출판등록 | 2003년 7월 12일 제2-3811호
ISBN | 978-89-9551-306-4 03810

주소 | 100-272 서울시 중구 필동 2가 13-7 윤미빌딩 5층
전화번호 | 02-2264-9028
팩스 | 02-2264-9021
전자메일 | cultureplus@naver.com
홈페이지 | http://blog.naver.com/cultureplus

값 15,000원

별책부록
제주올레
총정보

글 · 사진 강민철
자료조사 염아영 · 김명희
(1판 1쇄 2010년 7월 7일)

차 례

※이 자료는 2010년 1월부터 6월까지 조사한 것입니다. 해당 기관이나 업체의 사정에 따라 달라질 수 있으므로
양해 바랍니다. 변동사항은 (주)컬처플러스 출판부(02-2272-5835)로 연락주시거나 출판블로그(blog.naver.com/
cultureplus)에 올려주시면 개정판 출간시 반영하겠습니다. 고맙습니다.

올레길, 어떻게 갈까요?

◉ 비행기로 갈 경우

대한항공, 아시아나항공과 같은 대형항공사나 이스타항공, 제주항공, 진에어 등의 저비용항공사를 이용할 수 있다. 요금은 항공사와 시간대에 따라 1만 9,900원까지 가능하다. 여기에다 공항세와 유류할증료가 추가로 붙는다.

대한항공   kr.koreanair.com | 1588-2001
아시아나   www.flyasiana.com | 1588-8000
진에어   www.jinair.com | 1600-6200
이스타항공 www.eastarjet.co.kr | 1544-0080
제주항공   www.jejuair.net | 1599-1500

◉ 배로 갈 경우

인천 ↔ 제주 (약 13시간 소요) **인천항** 032)885-0180
● 청해진해운 032)889-7800 | www.cmcline.co.kr
오하마나호 인천→제주 월, 수, 금 19:00 | 제주→인천 화, 목, 토 19:00
배삯은 6만 원대(3등석)부터 20만 원대(로열석)까지

부산 ↔ 제주 (약 11시간 소요) **부산항** 051)400-3399
● 동양고속훼리(주) 1688-7577 | www.dyferry.com
설봉호 부산→제주 월, 수, 금 19:00 | 제주→부산 화, 목, 토 19:00
배삯은 4만 원대(3등석)부터 17만 원(특등실)까지
코지아일랜드호 부산→제주 화, 목, 토 19:00 | 제주→부산 월, 수, 금 19:00
배삯은 3만 원대(3등석)부터 17만 원(특등실)까지

목포 ↔ 제주 (약 5시간 소요) **목포항** 061)240-6060
● 카훼리레인보우(주) 1577-3567 | www.seaferry.co.kr
퀸메리호 목포→제주 매일 9:00 (2, 4, 5째주 월요일 휴항) | 제주→목포 월~토요일 16:50(동절기 17:30), (2, 4, 5째주 월요일 휴항), 일요일 16:30
배삯은 2만 원대(3등석)부터 26만 원(VIP석)까지
카훼리레인보우호 목포→제주 2, 4, 5째주 월요일 9:00, 매일 14:30, (일요일 휴항) | 제주→목포

매일 8:00(1, 3째주 일요일, 2, 4, 5째주 화요일 휴항, 2, 4, 5째주 월요일 17:50 출항), 2, 4, 5째주 월요일
16:50(동절기 17:30) | 배삯은 2만 원대(3등석)부터 5만 원대(1등석)까지

핑크돌핀호 목포→제주 매일 14:00 | 제주→목포 매일 9:30
배삯은 전석 4만 원대

여수 (녹동) ↔ 제주 (약 3시간 50분) 여수 녹동항 061) 663-0116

● 남해고속(주) 061)842-6111 | www.namhaegosok.co.kr
남해고속카훼리7호 매일 9:10 (일요일 휴항)
배삯은 2만 원대(3등석)부터 10만 원대(1등 침대석)까지

완도 ↔ 제주 (약 3시간 소유) 완도항 061)552-0116

● 한일고속(주) 061)554-8000 | www.hanilexpress.co.kr
한일카훼리1호 완도→제주 매일 15:30(토요일 휴항) | 제주→완도 매일 8:20(일요일 휴항)
배삯은 2만 원대(2등석)부터 4만 원대(특등실)까지
한일카훼리2호 완도→제주 매일 10:40(일요일 휴항) | 제주→완도 매일 17:00(토요일 휴항)
배삯은 전석 2만 원대
한일카훼리3호 완도→추자→제주 매일 7:30(월 3째주 수요일 휴항) | 제주→추자→완도 매일
13:40(월 3째주 수요일 휴항)
배삯은 2등석 3등석 모두 2만 원대(출발지와 목적지에 따라 가격 다름)

장흥 ↔ 제주 (약 2시간 소요) 장흥 노력항 061)864-0220

● 장흥해운 1577-5820 | www.jhferry.com
오렌지호 장흥→제주 매일 8:40, 15:10 | 제주→장흥 매일 12:00, 18:30
배삯은 성인 일반 3만 원대

◎ **올레 전체코스**

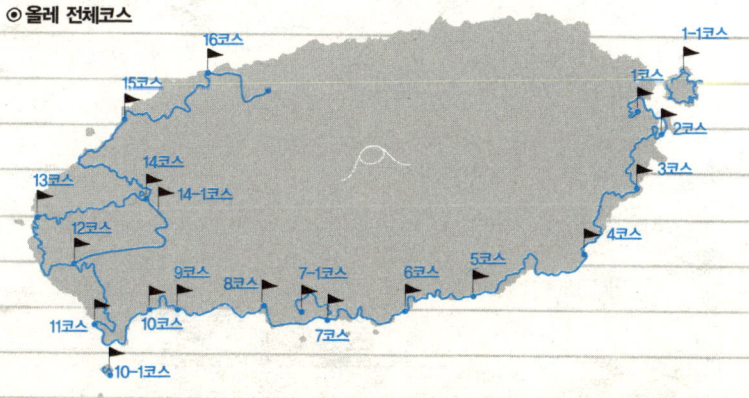

올레길, 준비할까요?

올레길 체크리스트!

오름이 많은 코스를 준비한다면 운동화보다는 등산화가 좋다. 해변의 코스에는 샌들도 괜찮은데 바윗돌을 걸을 땐 미끄러지기 쉬우니 벗어야 한다. 제주의 날씨는 바람이 많은 데다 워낙 변덕도 심하기 때문에 우비와 바람막이 점퍼는 필수다. 햇빛을 막으려면 모자를 준비하는 것도 좋겠다.

코스 중간에 음식점이나 슈퍼마켓을 못 만날 수도 있기 때문에 마실 물과 약간의 간식을 챙겨가는 것이 좋다. 하지만 전체적으로 준비물은 적을수록 좋고 트렁크나 멜 수 없는 가방은 짐이 될 수 있다. 하지만 카메라, 휴대폰, 보조 배터리는 필수. 티슈, 밴드 등을 챙기는 건 센스. 〈올레 감수광〉도 가방 속에 쏘옥 넣고 가자.

올레 패스포트

사단법인 제주올레(064-762-2190)에서 만든 패스포트는 올레 코스에서 완보 스탬프를 찍을 수 있는 여권 모양의 수첩이다. 코스를 완보한 기념이 될 수 있어 올레꾼들 사이에 인기다. 특히 패스포트를 제시하면 지정된 항공사, 숙소, 관광지 등이 할인된다. 코스마다 스탬프를 찍는 재미도 쏠쏠하다. 2010년 6월 20일 현재 1~12코스(10-1코스 제외)에서 스탬프를 찍을 수 있다.

스탬프는 각 코스의 시작, 중간, 종점에서 각각 다른 모양과 색깔로 받을 수 있다. 특히 종점 스탬프는 각 코스를 상징하는 그림으로 되어 있어 의미가 있다. 전 코스를 완보했을 때는 이알종 화백의 완보 스티커가 주어진다.

올레 패스포트의 가격은 올레 가이드북을 포함해 1만 5,000원이고 제주올레 사무국, 각 코스의 시작점과 종점, 제주올레 안내소, 이스타항공 데스크에서 구입할 수 있다. 제주올레 사무국 및 안내소는 오전 9시~오후 6시까지 운영한다.

◉ 패스포트 할인 혜택

이스타항공 할인

항공료는 정상요금의 경우 편도 당 주중에는 1만 4,000원, 주말엔 7,000원 정도 할인된다. 다만 일반적으로 성수기(신정, 설, 추석, 여름휴가기간 7월 16일~8월 21일경) 기간에는 할인이 적용되지 않으므로 확인해야 한다. 또한 초특가요금이라 불리는 할인요금과 최저가요금에는 추가 할인이 적용되지 않는다. 다만 여정변경 수수료는 면제된다. 이스타항공 홈페이지(www.eastarjet.com)에서 회원가입 후 예약센터(1544-0080)를 통해 예매하면 된다.

숙박 할인

코스별 정보의 숙박 부문에 패스포트 할인 숙소는 ★표로 표시되어 있다.

입장료 할인

제주 민속촌 박물관 입장료 20% 할인(성인 7,000원 → 5,600원)

제주 조각공원 입장료 할인(성인 4,500원 → 2,500원, 청소년 2,500원 → 1,500원, 어린이 1,500원 → 1,000원)

세주의 대중교통

공항이나 부두에 내린 후 올레길 시점으로 이동할 때는 대중교통을 이용하는 것이 가장 편하다. 올레의 시점과 종점은 모두 대중교통과 약간의 도보만으로 갈 수 있다. 다만 버스 배차 간격이 다를 수 있기 때문에 시간표를 숙지해두면 편리하다.

버스를 이용하면 하루에 2,000~6,000원 정도 든다. 다만 콜택시는 거리에 따라 1만 원 이상 나올 수 있으므로 예상 요금을 먼저 물어보고 타는 게 좋다. 제주에서만 이용 가능한 티머니 카드가 있는데 환승할 일이 별로 없기 때문에 현금을 써도 크게 불편함이 없다. 버스요금도 1,000원 단위로 떨어지기 때문에 1만 원짜리를 내도 금방 거스름돈을 받을 수 있다.

티머니 카드를 쓰고 싶다면 제주공항에서 구입할 수 있다. 가격은 4,000원, 시내버스 승차 후 60분 이내에 2회까지, 시외버스 승차 후 60분 이내 또는 하차 시 단말기 체크 후 30분 이내이면 환승할 인이 적용된다.

⊙ 공항 리무진버스 (제주공항 ⋯ 서귀포시)

공항에서 서귀포나 중문단지로 바로 갈 때 600번 공항 리무진버스를 이용하면 좋다. 주요 호텔들을 들른다. 공항에서 올레6코스, 7코스, 7-1코스로 갈때 이용하면 편리하다.

⊙ 공항버스 (제주공항 ⋯ 시외버스 터미널)

공항 2번 출구로 나와 100번 버스를 타면 제주 시외버스 터미널에 도착한다. 약 다섯 정거장. 제주 시외버스 터미널에서는 올레코스 어디든지 가까이에 갈 수 있다.

제주시 시외버스 공동운영위원회   064)753-3242

> **Tip** 동회선 시외버스에 올라타면 운전기사 뒷줄에 앉는 게 좋다. 도심을 벗어나면 차창 너머로 푸른 바다와 시커먼 갯바위가 어우러진 제주섬의 테두리가 슬라이드쇼처럼 지나가기 때문이다. 서쪽으로 갈 때는 말할 것도 없이 운전기사 반대편 줄에 앉는 게 좋다.

시외버스 터미널 주변 숙소들

시외버스 터미널에서 떠나는 새벽 첫차는 5시 40분경에 있다. 그리고 밤 9시가 넘으면 버스가 없을 수 있다. 제주에 늦게 도착했거나 올레코스 시점에 가기 어려울 때는 시외버스 터미널에서 숙박을 하고 다음날 일찍 출발하는 것도 요령이다. 시외버스 터미널 부근 도로변에는 10여 개의 모텔들이 자리 잡고 있다. 하루 숙박하는 데 방 1개에 약 2만 5,000원 안팎이다.

> **Tip** **신강남모텔** 터미널 건너편에 있는 신강남모텔은 객실이 15개로 이모집에서 하룻밤 머물고 간다는 생각을 해도 무방할 듯하다. 아침에 일어나면 밤새 뜬눈으로 지새우는 안주인 임희정 씨가 구운 계란과 생수를 올레꾼들의 배낭에 넣어 준다. 여름엔 생수를 꽁꽁 얼려 주고 겨울엔 고구마를 구워 준다. 달콤한 귤과 함께 커피, 둥굴레차, 녹차를 마련해 놓고 있어 누구든지 공짜로 티타임을 가진 뒤 여행길에 오를 수 있다. 1층 카운터 옆에서 인터넷 이용도 가능하다.
> 064)753-8770

럭키장모텔	064)751-2727	올림피아여관	064)753-7011~3
소라장모텔	064)753-0776	온천모텔	064)753-8259, 8210
루비모텔	064)755-5565	남산모텔	064)755-0889
한영장여관	064)752-5597	유정모텔	064)753-6332
호텔 송일장	064)751-1114	캐피탈모텔	064)725-6664 객실 인터넷 가능

제주시내 주변 숙소들 ⚠

이레 게스트하우스

제주시 이도 2동 52번지에 있다. 시외버스 터미널에서는 조금 멀리 떨어져 있어 택시를 타고 15분 정도 가야 한다. 도미토리(2인실 3개, 6인실 1개)와 원룸(4개), 가족룸이 있다. 각각 1만 8,000원, 5만 원, 9만 원에 이용할 수 있다. 공동주방엔 냉장고, 취사도구, 토스트기가 있고 샤워실은 총 4개다. 스페인풍의 게스트하우스로 직접 로스팅한 핸드드립 커피가 빵과 함께 판매된다. 2층은 이레커피숍으로 운영된다. 이레 게스트하우스는 노부부가 운영하고 있던 곳으로 지금은 젊은 부부가 운영하고 있다.
064)723-5150

찜질방(시외버스 터미널에서 택시로 10여 분 거리)
황금불가마 문예회관 옆, 제주 동부경찰서 앞 | 064)721-3355
신라불한증막 제주도 도남동 시청 부근 | 064)723-5888
용두암 해수랜드 용두암 해안도로 부근 | 064)742-7000

올레 코스간 무료 셔틀버스 🚌

⊙ 제주 풍림리조트 올레꾼 셔틀버스 064)739-9001

5~7코스 | 풍림리조트 ↔ 남원포구

		제주풍림리조트	월드컵 경기장 정류소	외돌개 주차장	쇠소깍	남원포구
1회차		8:00 ···▸	8:05	8:10	8:30	8:50
		9:30	9:25	9:20	9:05 ◂···	
2회차		14:00 ···▸	14:05	14:10	14:30	14:50
		15:30	15:25	15:20	15:05 ◂···	

8~10코스 | 풍림리조트 ↔ 하모해수욕장

		제주풍림리조트	월평포구 입구	대평포구 입구	화순항	하모 해수욕장
1회차		9:30 ···▸	9:35	9:55	10:10	10:30
		11:15	11:10	10:55	10:45 ◂···	
2회차		15:30 ···▸	15:35	15:55	16:10	16:30
		17:15	17:10	16:55	16:45 ◂···	

⊙ 제주 해비치호텔&리조트 올레꾼 셔틀버스 064)780-8000

1~3코스 | 해비치호텔 ↔ 시흥 초등학교

		해비치호텔	우물안개구리	온평포구	광치기해변	시흥 초등학교
1회차		10:20 ···▸	10:30	10:40	10:50	11:05
		11:55	11:45	11:35	11:25 ◂···	
2회차		17:00 ···▸	17:10	17:20	17:30	17:45
		18:35	18:25	18:15	18:05 ◂·	

4~7코스 | 해비치호텔 ↔ 쇠소깍

		해비치호텔	산여리통입구 버스정류장	남원포구	쇠소깍	외돌개
1회차		8:00 ···▸	8:15	8:25	8:45	9:05
		10:15	10:00	9:50	9:30 ◂···	
2회차		14:30 ···▸	14:45	14:55	15:15	15:35
		16:45	16:30	16:20	16:00 ◂···	

한라산 등반 🔺

세계자연유산에 등재된 한라산은 해발 1,950m의 높이로 제주섬의 중심부에 우뚝 솟아 있다. 탐방 코스는 출발지에 따라 다르다. 정상까지는 4시간 반에서 5시간 정도가 소요된다. 성판악으로 올라 갔다가 관음사로 내려오는 이들이 많다. 제주 시외버스 종합터미널에서 버스를 타고 가면 30분 거 리다. 성판악 코스는 진달래밭 대피소까지 낮 12시 30분 이전까지 도착해야 정상 등반이 허용된다. 관음사 코스는 성판악 코스에 비해 거리는 짧지만 등산로가 험하고 가팔라 시간이 더 걸린다. 현재 어리목 코스나 영실 코스는 윗세오름 대피소까지만 산행이 허용된다.

◉ **성판악 코스**(9.6km/4시간 30분-편도)
성판악 입구 → 속밭(3.5km/1시간 20분) → 사라악(2.1km/40분) → 진달래밭 대피소(1.7km/1시간) → 동능 정상(2.3km/1시간 30분)

◉ **관음사 코스**(8.7km/5시간-편도)
관음사 야영장 → 탐라 계곡(3.2km/1시간) → 개미목(1.7km/1시간 30분) → 용진각(1.9km/1시간) → 동 능 정상(1.9km/1시간 30분)

한라산 국립공원 064)713-9953 | www.hallasan.go.kr

오일장 📣

오일장은 5일마다 서는 장이다. 장이 서는 곳은 날짜 끝자리 숫자를 보면 알 수 있다. 날짜 끝자리 숫 자가 1과 6으로 끝나는 날에는 모슬포와 성산포, 함덕에서 오일장이 선다. 그런데 31일과 1일이 겹치 는 달에는 31일에는 모슬포장과 성산포장이, 1일에는 함덕장이 선다. 2와 7로 끝나는 날에는 제주시 와 표선에서, 4와 9로 끝나는 날에는 서귀포와 한림, 고성에서 오일장이 선다. 가령 8월 2일은 제주 시 오일장, 표선 오일장, 10월 29일은 서귀포 오일장, 한림 오일장, 고성 오일장이 선다. 오일장의 규 모로는 제주시, 서귀포, 모슬포가 가장 크다. 세화 오일장은 바닷가에서 열리는 오일장으로 이색적이 어서 외국인 관광객들도 종종 방문한다. 성산포, 함덕, 중문, 고성 오일장은 오전장 형태를 띤다.

1, 6, 11, 16, 21, 26, 31 모슬포 오일장, 성산포 오일장, 함덕 오일장
2, 7, 12, 17, 22, 27 제주시 오일장, 표선 오일장
3, 8, 13, 18, 23, 28 중문 오일장
4, 9, 14, 19, 24, 29 서귀포 오일장, 한림 오일장, 고성 오일장
5, 10, 15, 20, 25, 30 세화 오일장

Tip **택배**

제주종하수산_생선 전국어디라도 발송

제주시 오일장, 서귀포 오일장, 모슬포 오일장에서 제주산 수산물을 판다. 하지만 오일
장에 가지 않더라도 건옥돔, 건고등어, 은갈치 등을 살 수 있다. 제주 특산 수산물을 전
국에 택배로 보내준다. 얘기만 잘하면 생선 한 마리 덤으로 얹어 주는 후덕한 인심을
느낄 수 있는 아줌마가 있다.
064)713-1513 ㅣ016-697-1513

과일대통령_여행선물용 귤 관광객들로부터 각광

전국을 떠돌아다니며 10년 동안 과일장사를 해온 제주토바이가 고향에 정착해 문을 연
과일가게. 제주에서 가장 값싸고 맛있는 과일을 골라 판다는 자부심을 갖고 있다. 특히
나 한라봉과 귤은 맛있기로 소문 나 서울에서 택배로 주문해 먹는 고객들이 많다. 공항
에서 택시로 10여 분 거리이고 부두에서는 5분 거리다. 제주시 동문시장 골목으로 들어
가면 나온다.
064)751-8944 ㅣ010-8662-8944

우도바당땅콩영농_껍질째 먹는 땅콩

우도 땅콩은 알이 작지만 특유의 고소한 맛이 나 우도를 찾는 관광객이 즐겨 찾는 특산
물로 껍질째 먹어도 된다. 심심풀이로 좋은데 더 좋은 것은 노화방지에도 탁월하다는 것.
064)782-6000

강추! 제주 향토음식 15선

● 이것만은 꼭 먹어 보자!

제주에서만 특별히 맛볼 수 있는 향토음식들이 있다. 몸국, 자리물회 등이 그것으로 입맛에 맞지 않
을 수도 있지만 이왕 제주까지 왔다면 제주의 음식을 먹어 보자. 다만 자리물회 등은 봄부터 초가
을까지는 나오지만 늦가을부터 겨울철 동안에는 나오지 않는다. 올레길을 걷다가 간판에 아래와 같
은 메뉴가 눈에 띄면 들어가 보자.(각 코스별 맛집 참조)

**옥돔구이 ㅣ 갈치호박국 ㅣ 몸국 ㅣ 성게국 ㅣ 자리물회 ㅣ 전복죽 ㅣ 흑돼지구이 ㅣ 꿩토렴 ㅣ 빙떡 ㅣ 회 ㅣ
돔베고기 ㅣ 고기국수 ㅣ 어랭이물회 ㅣ 말고기 샤브샤브 ㅣ 각재기국**

올레길, 걸어 볼까요?

1 Course 시흥~광치기 올레

오름과 바다가 어우러진 올레다. 말미오름과 알오름에서 소와 말들을 만나고 연녹색 당근 밭을 눈에 담고 돌아서서 걷다 보면 어느새 바다가 보이고 성산일출봉이 성큼 다가와 선다.

1코스 패스포트 스탬프 확인 장소
시작 시흥리 올레안내소 **중간** 금영휴게소(종달~시흥 해안도로 내륙 방향) **종점** 광치기 해산촌

총 15km : 4~5시간 :

시흥 초등학교···› 말미오름2.9km···› 알오름3.8km···› 일주도로 교차로···› 종달리 소금밭7km···› 종달~시흥 해안 도로···› 시흥 해녀의 집···› 성산 갑문12.1km···› 성산일출봉 아래···› 동암사···› 수마포13.6km···› 광치기 해변15km

100번 버스를 타고 '제주 시외버스 터미널'에서 내린다. 터미널에서 '동일주 회선' 시외버스를 타고 '시흥 초등학교 앞'에서 내린다.

🚌 제주항에서 갈 경우

92번 버스를 타고 '광양로터리'에서 내린다. 100번 버스로 바꿔 탄 뒤 '제주 시외버스 터미널'에서 내린다. '동일주 회선' 시외버스를 타고 '시흥 초등학교 앞'에서 내린다.

🚌 서귀포에서 갈 경우

중앙로터리 시외버스 터미널이나 신시가지 시외버스 터미널에서 '동일주 회선' 시외버스를 탄 뒤 '시흥 초등학교 앞'에서 내린다.

볼거리

말미오름 말의 머리와 비슷한 형상인 말미오름은 성산의 조각보 같은 밭들과 성산일출봉, 우도를 보기에 안성맞춤이다.

알오름 새알과 닮았다고 해서 알오름이라고 불린다. 오름 중에서는 작은 편에 속해 산세가 부드럽다. 동쪽을 전망하기에 가장 좋은 곳이다.

종달리 소금밭 옛날 종달리는 소금생산지로 유명했다. 광복 이후 간척사업으로 지금은 갈대밭으로 바뀌었다.

종달리 해수욕장 작고 아담한 해수욕장으로 조개가 많이 나는 곳으로 유명하다.

성산포 조가비 박물관 강원도 고성군 화진포 해양박물관을 운영하고 있는 한광일 관장이 몇 해 전에 개관한 박물관으로 제주지역에 서식하는 조개류를 비롯해 세계적인 희귀 조개류 1,000여 종, 1민 5,000여 섬이 1~2층에 전시되어 있다. 입장료 2,000원.

성산일출봉 세계자연유산에 등재된 성산일출봉은 제주 동쪽 바다에 있다. 다른 오름들과 달리 수심이 낮은 바다 속에서 화산이 분출돼 만들어진 수성화산으로 99개의 바위 봉우리가 분화구 주변을 둘러치고 있다.

광치기 해변 조난당한 시신들이 떠내려 오던 곳이어서 '관치기 해변'이라 불리던 것이 지금에 이르러 광치기 해변이 됐다.

숙소

(★표시가 붙은 곳은 패스포트 할인이 되는 곳이다)

• 민박

오신생 할망집★ 성산읍 시흥리 시흥 해녀의 집과 흑돼지 갈비집 부근에 있다. 2인실이 6개 있다. 1인당 1만 원에 묵을 수 있고 5,000원만 내면 조식도 먹을 수 있다. 조식은 아침 8시에 제공된다.

☎ 064)782-4773, 016-9838-4773

강병희 이장집★ 성산읍 시흥리 71-2번지에 있는 이곳은 제주올레 추천업소 간판을 달고 있다. 4~5인실이 6개 있다. 혼자 묵을 땐 2만 원, 2명 이상일 땐 1인당 1만 원에 묵을 수 있다. 조식이나 석식은 각각 5,000원에 해결된다. 투숙객은 1~3코스 입구까지 픽업도 해준다.

☎ 064)782-3278, 이장 011-601-3278, 부인 010-6253-3278

쏠레 민박★ 1코스의 12km 지점쯤 성산항 부근에 있다. 작은방(3만 원)과 큰방(4만 원)이 각각 5개가 있다. 인원 추가 시 5,000원씩 늘어난다. 올

11

레꾼은 10% 할인 혜택이 있다. 바다가 보이고 교통이 편리하다.

☎ 064)784-1668, 011-692-1438

용궁민박 성산일출봉 주차장 쪽에 있다. 주변에 GS24편의점이 있다. 방은 6개로 2인 기준 2만 5,000원이다. 인원 추가 시 5,000원씩 늘어난다. 성수기에는 3만 원이고 올레꾼은 할인이 적용된다.

☎ 064)782-2379

초롱민박 ★ 성산 초등학교 앞 3분 거리에 있다. 1층에는 5인실 5개, 2층에는 3인실 2개가 있다. 2층은 여자들만 쓸 수 있다. 방 하나에 2만 5,000원이고 3명 이상일 땐 5,000원씩 추가된다. 올레꾼은 할인이 적용된다. 2층 침대로 된 도미토리는 1만 5,000원이다. 5,000원에 조식도 제공된다.

☎ 064)782-4589, 011-691-4580

강태여 할망집 ★ 1코스 시작점에 있다. 성산읍 시흥리 1056번지. 올레꾼 전용 숙소다. 혼자 묵을 땐 2만원, 2명 이상일 땐 1인당 1만 원이다. 조식은 5,000원.

064)782-7753, 010-7755-2948

일조 식당민박 서귀포시 성산읍 성산리 218-3번지. 성산일출봉 아래 성산파출소 뒤쪽에 있다. 2~4인실이 3개 있다. 조식, 석식 포함해 2인이 5만 원이다. 방이 3개뿐이라 전화 예약이 필수다.

☎ 064)782-8882

우리민박 성산파출소 바로 옆에 있다. 5인실이 3개, 3인실이 1개 있다. 1인당 1만 원이다.

☎ 064)782-3351, 010-8989-2629

마당 예쁜집 민박 서귀포시 성산읍 시흥리 534번지로 1코스 출발지점에 있다. 2인 기준 방은 3만 원이고 방이 3칸 있다. 10인용 방도 있다. 조식, 석식이 각각 5,000원에 제공된다. 코스까지 픽업도 해준다.

☎ 064)782-7288, 010-7666-0230

해룡민박 서귀포시 성산읍 성산리 285-1번지에 있다. 작은방 한실(3만 원), 큰방 한실(4만 원), 작은방 양실(4만 원)로 방이 3개다. 1인당 추가 요금은 5,000원.

☎ 064)782-8228, 016-681-2953

● 펜션

라까사인 펜션 ★ 종달~시흥 해안도로 중간의 시흥 해녀의 집에서 약 10분 거리에 있다. 1코스 시작점인 시흥 초등학교에서 가까운 숙소다. 방은 2인 기준 작은방 4만 원, 2인 기준 큰방 5만 원, 4인 기준 큰방 8만 원이다. 인원 추가 시 5,000원씩 추가된다. 취사도구가 있어 취사가 가능하다. 바다도 볼 수 있다.

☎ 064)782-0399

성산포빌리지 성산읍 성산리 399-12번지에 있다. 바다를 볼 수 있는 큰방(2인 기준 4만 원) 4개, 작은방(3만 5,000원) 1개가 있고 일반 큰방(3만 5,000원)이 2개 있다. 1인당 추가 요금은 5,000원. 올레꾼 할인이 적용된다. 자음방을 제외한 모든 방은 취사가 가능하다. 방마다 인터넷이 가능한 PC가 있다.

☎ 064)784-8940, 064)782-2373

봄 그리고 가을 펜션 시흥 해녀의 집에서 성산일출봉 가는 쪽 해안가에 있다. 바다가 보이는 작은방이 4개, 중간방 4개, 큰방이 1개, 산이 보이는 단체 수용 가능한 방이 1개 있다. 가격은 비수기와 성수기가 5~10만 원 정도 차이가 난다. 작은 방은 10만 원부터이고 큰방은 30만 원대. 잔디가 깔린 정원이 있고 개별 테라스가 있다. 취사도구도 구비되어 있다.

☎ 064)784-2211, 010-3260-8410
www.springpen.com

블루씨 펜션 ★ 시흥 해녀의 집 바로 옆에 있다. 작은방(2인 기준 4만 원) 6개, 큰방(2인 기준 7만 원) 4개가 있다. 1인당 추가 요금은 1만 원. 취사 도구가 구비되어 있다.

☎ 064)784-5266

휘닉스 아일랜드 ★ 성산읍 고성리 127-2번 지에 있다. 2인 조식 뷔페도 포함되어 있다.

☎ 064)731-7000~5

파도소리 펜션 제주시 구좌읍 하도리 43-1번 지에 있다. 방은 7개가 있다. 가격은 7~9만 원. 1인당 추가 요금은 1만 원.

☎ 064)747-3337

해뜨는 성 남제주군 성산읍 성산리 298-21번 지에 있다. 가족룸, 큰 커플룸, 작은 커플룸이 있 는데 비수기엔 9~15만 원, 성수기엔 12~20만 원이다.

☎ 064)782-3380, 064)784-3380 | www.sunjeju.com

● **게스트하우스**

너랑 나랑 하우스 제주시 구좌읍 송당리 1469-6번지. 도미토리 6인실 2개, 4인실 4개가 있고 커플실, 가족실, 단체실이 있다. 도미토리는 인터넷 예약시 1만 5,000원이고 일반실은 4만 ~10만 원이다.

☎ 064)783-5089, 011-9543-5089

시드 게스트하우스 ★ 1~2코스 사이 성산 고 등학교와 식산봉 부근에 있다. 6인 남자 도미토 리 방이 2개, 8인 여자 도미토리 방이 2개 있다. 가족실도 2개 있다. 도미토리는 조식(가정식 백반) 포함 1만 5,000원이고 가속실은 4인 기준 6만 원이다. 1~3코스와 우도 올레로 떠나는 성산항 에서 픽업이 가능하다.

☎ 064)784-7842

소낭 게스트하우스 구좌읍 월정리 891-7번지. 남자 6명, 여자 14명이 묵을 수 있다. 성비는 유 동적이다. 조식(백반) 포함 2만 원. 저녁 바비큐는 1만 원이다. 아침 오름 투어가 무료로 진행된다.

☎ 064)782-7676

성산 게스트하우스 ★ 가족실이 하나 있고 남 성용 도미토리, 여성용 도미토리가 있는데 각각 10명씩 묵을 수 있다. 도미토리는 조식(토스트) 포 함 1만 5,000원이다. 매일 아침 6시 30분 오름 일출 투어가 무료로 진행된다. 매월 2회 2~3만 원씩 모아 사진 촬영 투어도 하고 있다. 2010년 1월 1일에 오픈한 신축 건물로 버스정류장 '성산 취락구조' 앞에 있다.

☎ 064)784-6434

요셉나무 게스트하우스 동회선 시외버스를 타고 가다 구좌 중앙 초등학교에 내리면 된다. 시흥 초등학교까지는 버스로 20분 거리. 도미토 리는 남자 12명, 여자 16명이 묵을 수 있고 가족 룸으로 2인실과 4~5인실이 있다. 도미토리는 1 인당 1만 5,000원이고 가족룸은 2인 4만 5,000 원, 3인 6만 원, 4인은 8만 원이다. 아침 토스트 는 셀프다. 무선 인터넷이 되고 PC도 1대 있다. 조용한 분위기로 혼자 여행하는 여자에게 특히 좋다. 도보로 5분 이내에 작고 조용한 해수욕장 이 있다. 휴게실엔 책과 전자피아노도 있다.

☎ 010-3061-5621

● **찜질방&호텔**

성산 한방 찜질방 섭지코지 입구, 성산 중학교 맞은편에 있다. 작은 규모라 12명 정도만 수용이 가능하다. 가격은 7,000원.

☎ 064)782-5533, 011-694-6613

일출봉 관광호텔 성산 초등학교 부근 서귀포 시 성산읍 성산리 261-2번지에 있다. 양실과 한 실이 2인 기준 3만 9,000원이고 4인 기준의 패 밀리룸은 6만 원이다. 성수기 가격은 각각 5만 원, 8만 원.

☎ 064)782-8801~4

시흥 해녀의 집 성산일출봉에서 종달~시흥 해안도로 끝 쪽으로 가다보면 조가비 박물관과 붙어 있다. 게튀김, 보말무침 등 제주도 특산물로 만든 밑반찬이 맛있다. 전복죽 9,000원, 조개죽 6,000원, 오분자기죽 7,000원, 문어 한 접시 1만 원.
☎ 064)782-9230

성산동지식당 성산항 입구 버스정류장 뒤 쏠레민박 뒷골목. 갈치조림 1만 원.
☎ 064)782-2852

오조 해녀의 집 성산일출봉 부근. 전복죽 1만 5,000원.
☎ 064)784-0893

일조식당 성산일출봉 부근. 갈치조림 1만 원, 갈치국 7,000원, 오분자기뚝배기 9,000원.
☎ 064)782-8882

경미휴게소 성산일출봉 입구에서 고성 방향으로 가다가 좌회전해서 10m. 간판이 작아 찾기가 어려울 수도 있다. 문어라면 3,000원, 문어 한 접시 1만 원.
☎ 011-9664-2671

충남식당 쏠레민박 앞. 갈치조림 2만 원, 고등어조림 1만 2,000원, 갈치국 7,000원.
☎ 064)782-4655

윤정식당 성산일출봉 내려와 해안도로 입구 성산우체국 사거리. 콩국수(여름메뉴), 한치물회.
☎ 064)782-3385

백기 해녀의 집 광치기 해변에서 섭지코지 방면. 전복죽 1만 원, 해삼물회 1만 원, 성게칼국수 6,000원.
☎ 064)782-0673, 016-695-4633, 010-3055-9448

성산일출봉 배낚시 성산일출봉에서 배낚시를 즐길 수 있다. 7명에 12만 원(2시간)이면 배를 타고 나갈 수 있다.
☎ 064)782-2402, 선장님 010-2231-2402

쇠소깍 휴게소 매점에서 여러 가지 먹을거리를 판매하고 한라봉, 천혜향, 귤도 살 수 있다. 화장실도 이용할 수 있다.
☎ 064)732-1402

루마인커피숍 종달~시흥 해안도로 앞에 있다. 큰 통유리창을 통해 바다가 한눈에 보이는 고요한 분위기의 커피숍이다. 커피 5,000~7,000원.
☎ 010-9002-5239

금영휴게소 종달~시흥 해안도로 중간에 있다. 패스포트 스탬프를 찍을 수 있는 1코스 중간지점이다. 한치와 순치를 빌러 판매힌디. 기피 500~1,000원.
☎ 064)782-2077

천막카페 알오름에서 내려와 도로를 걷다보면 오른쪽에 있다. 미숫가루, 매실주스, 커피 등을 판다. 오름을 오르내리느라 지친 올레꾼들이 잠시 쉬어가기에 딱 좋다.

1-1 `Course` 우도 올레

소가 누워 있는 모습을 닮았다고 해서 우도(牛島) 혹은 소섬이라 불린다. 우도는 제주도의 부속 섬 중 가장 크다. 검은 돌담을 따라 구불구불 걷다 보면 아름다운 하얀 백사장과 우도봉이 보인다.

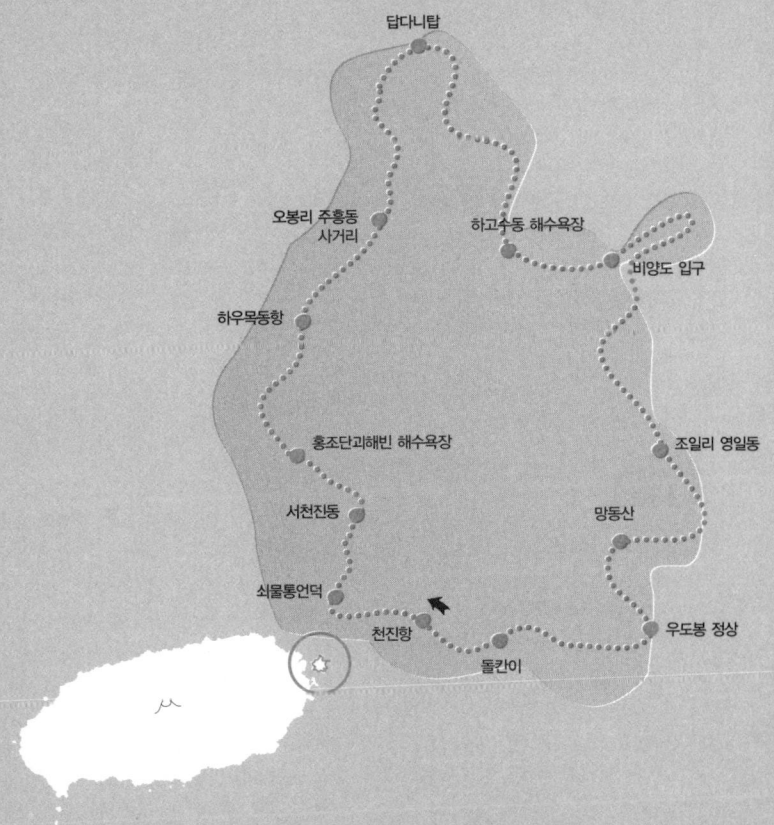

총 16.1km 4~5시간

천진항 ⋯⋯ 쇠물통 언덕 0.8km ⋯⋯ 서천진동 1.4km ⋯⋯ 홍조단괴해빈 해수욕장 2.2km ⋯⋯ 하우목동항 3.2km ⋯⋯ 오봉리 주흥동 사거리 4.4km ⋯⋯ 답다니탑 5.8km ⋯⋯ 하고수동 해수욕장 7.7km ⋯⋯ 비양도 입구 8.7km ⋯⋯ 조일리 영일동 11.8km ⋯⋯ 검멀레 해수욕장 12.7km ⋯⋯ 망동산 13.6km ⋯⋯ 꽃양귀비 군락지 13.9km ⋯⋯ 우도봉 정상 14.3km ⋯⋯ 돌칸이 15.4km ⋯⋯ 천진항 16.1km

제주 국제공항에서 갈 경우

100번 버스를 타고 '제주 시외버스 터미널'에서 내린다. 터미널에서 '동일주 회선' 시외버스를 타고 '성산항 입구' 정류장에서 내려서 15분 정도 걸으면 우도행 배를 탈 수 있는 성산항 여객선 터미널이 나온다.

제주항에서 갈 경우

92번 버스를 타고 '광양로터리'에서 내린다. 100번 버스로 바꿔 탄 뒤 '제주 시외버스 터미널'에서 내린다. 그 이후는 위와 동일하다.

서귀포에서 갈 경우

중앙로터리 시외버스 터미널이나 신시가지 시외버스 터미널에서 '동일주 회선' 시외버스를 타고 '성산항 입구' 정류장에서 내려서 15분 정도 걸으면 성산항 여객선 터미널이 나온다.

우도 들어가기

성산포항에서는 천진항과 하우목동항 등 2개 노선으로 운항되는데 시간은 약 15분 소요된다. 항구와 요일에 따라 돌아오는 배편이 오후 2시 30분이나 4시 30분 등 일찍 끊기는 경우도 있으므로 배 시간을 확인해야 한다. 성인 편도 3,500원, 왕복 5,500원 (우도 해양 도립공원 입장료, 터미널 이용료 포함).

성산포대합실 064)782-5671 **우도대합실** 064)783-0448 **종달대합실** 064)782-7719

우도마을버스 요금 800원 | 064)782-6000

우도관광버스 1인당 5,000원(하루 종일 무제한) | 064)782-5080

볼거리

우도8경 우도에서 자랑하는 우도8경은 1~1코스를 돌다 보면 다 만날 수 있다. 먼저 주간명월은 우도봉 남쪽 기슭의 해식동굴에서 볼 수 있는데 오전 10시에서 11시에 나타난다. 햇빛이 동굴의 천장을 비추면 천장에 동그란 달 모양이 드러나는데 이를 '주간명월'이라고 부르는 것이다.

두 번째는 야항어범으로 여름밤 우도 동쪽에 고기잡이 어선들이 무리를 지어 바다를 밝히는 풍경을 말한다.

천진관산은 동천진동항에서 바라보는 한라산의 모습을 말한다.

지두청사는 우도봉의 푸른 빛깔의 잔디다. 우도봉에서 바라보는 푸른 잔디와 바다가 절경을 이

룬다.

전포망도는 제주와 우도 사이에서 우도를 바라본 모습을 말한다.

후해석벽은 우도봉의 가지런한 단층을 가진 기암절벽이다.

동안경굴은 검멀레 모래사장 끝 절벽 아래 콧구멍이라는 동굴을 말한다. 이 동굴은 썰물 때만 들어갈 수 있다.

홍조단괴해빈은 우도 서쪽 바다의 하얀 백사장을 말한다. 홍조류가 만들어낸 분비물과 조개껍데기로 만들어진 백사장은 이곳에서만 만나볼 수 있다.

쇠물통언덕 천진항에서 바다를 등지고 걸으면 나오는 언덕. 한가운데 물이 고이는 웅덩이가 있어 마소들의 오아시스가 된다.

하고수동 해수욕장 물빛이 곱고 넓은 해수욕장으로 갈매기 새끼들도 날아들어 군무를 펼친다.

호밀밭 5월에는 호밀밭이 우도를 황금빛으로 만든다.

크림슨클로버와 꽃양귀비 군락 5~6월에 우도를 붉은 빛으로 물들인다.

비양도 우도와 연결된 아주 작은 섬. 비양도는 드넓은 수평선을 볼 수 있는 아주 좋은 전망대가 된다.

검멀레 해수욕장 검은 모래가 깔려 있는 작은 해수욕장. 바로 앞에는 옛날에 고래가 살았다는 동안경굴이 있다.

등대공원 우도봉 아래에 있는 공원으로 전국 등대모형이 전시되어 있다.

숙소

● **민박**

명신여관 우도면 서광리 중앙동 | 방 8개 | 064)783-0019

대마도민박 우도면 서광리 상우목동(홍조단괴해빈 쪽) | 방 5개 | 064)783-0087

동춘민박 우도면 조일리 270-9 | 방 3개 | 064)782-7504

하늘이민박 우도면 천진리 서천진동(홍조단괴해빈 내) | 방 10개 | 064)784-0235

경화민박 우도면 천진리 서천진동(홍조단괴해빈 쪽) | 방 5개 | 064)783-0026

해돋이민박 조일리 영일동(검멀레 해수욕장) | 방 5개 | 064)783-0343

정화민박 조일리 영일동(검멀레 해수욕장) | 방 4개 | 064)783-0263

다정민박 조일리 영일동(검멀레 해수욕장) | 방 4개 | 064)783-0104 | 방 4개

심심도방 조일리 비양동(하고수동 해수욕장) | 방 3개 | 064)782-1894

우도민박 우도면 오봉리(하고수동 해수욕장) | 방 4개 | 064)783-0061

썬비치 우도면 오봉리(하고수동 해수욕장) | 방 5개 | 064)782-7345

● **펜션**

로뎀 펜션 & 게스트하우스 홍조단괴해빈 해수욕장 앞. 유럽풍 건물로 광고, 영화나 TV 촬영을 하기도 했던 곳이다. 기간별로 가격 차이가 2배 이상 난다. 비수기 가격 기준으로 크기별로 12만 원, 6만 5,000원, 6만 원, 5만 원이다. 선입금 원칙이다. 게스트하우스는 여성전용으로 1박에 1만 5,000~2만 원 선이다. 미리 말하면 5,000원에 조식도 제공된다.

☎ 064)782-5501~? | www.udo.or.kr

동굴리조트 검멀레 해안 앞. 크기별로 15만 원, 6만 원, 5만 원이다. 성수기에는 각각 20만 원, 8만 원, 7만 원. 32년 물질 경력의 주인 아주머니가 갓 잡아 올린 해산물로 요리한다.

☎ 064)784-6678 | www.iloveudo.co.kr

언덕위의 집 비양동과 영일동 포구 사이. 2층으로 되어 있다. 1층은 화장실과 샤워실이 공용인 2인 기준 2만 5,000~3만 원이다. 2층엔 작은방 2개, 단체방 1개가 있다. 각각 3만 원, 5만 원.

☎ 064)782-0535, 011-698-0535 | cafe.daum.net/woodohouse

하얀 산호 펜션 우도항에서 홍조단괴해빈 방향으로 가다 보면 동천진동에 있다. 비수기와 성수기 가격이 2배 정도 차이가 난다. 크기별로 13만 원, 7만 원, 6만 원, 5만 원, 3만 원. 배낚시, 스피드보트 등 다양한 체험도 즐길 수 있다. 비수기에는 자전거도 무료로 대여해준다.

☎ 064)784-9090, 010-3694-5420 | www.white-sand.co.kr

우도노을사랑 홍조단괴해빈과 도항선 선착장을 지나 주흥동 방향으로 걷다 보면 나온다. 온돌 가족룸은 5만 원, 침대 2인실 5만 원, 온돌 5인실 8만 원이다. 성수기에는 각각 8만 원, 7만 원, 10만 원. 1인당 추가 요금은 1만 원. 배낚시 체험이 가능하다.
☎ 064)782-5005, 011-690-1322 | www.udonoel.co.kr

마린리조트 햇살이든 우도와 성산항을 오가는 선상리조트로 낚시, 선상 레스토랑 등 다양한 체험도 함께 즐기며 하룻밤을 묵을 수 있다. 방이 2개 있는 4인 기준 패밀리룸이 15만 원, 방이 하나인 2인 기준 디럭스룸, 허니문룸, 커플룸, 프랜드룸이 11만 5,000원이다.
☎ 064)784-6161 | www.jejumarine.net

그린제주 우도휴양펜션 홍조단괴해빈 해수욕장 앞. 크기별로 6만 원, 8만 원, 10만 5,000원, 11만 5,000원, 16만 5,000원이다. 정원에서 바비큐 파티를 즐길 수 있고 야외수영장도 있다.
☎ 064)782-7588

하얀성 펜션 홍조단괴해빈 해수욕장 앞. 크기별로 4만 원, 5만 원, 6만 원. 성수기에는 가격 변동이 있다.
☎ 064)784-4487, 010-6382-1499 | www.white.jeju.kr

바다가 있는 풍경 리조트 검멀레 해안 앞. 호텔형 리조트로 식당과 커피숍도 함께 운영된다. 크기별로 5만 원, 6만 원, 8만 원, 통나무룸 6만 원이다. 성수기와 가격 차이가 있다.
☎ 064)784-3335

펜션 로그하우스 홍조단괴해빈 해수욕장 앞. 1층엔 향토음식점과 레스토랑이 운영되고 있다. 스위트룸 2인기준 9만 원, 커플룸 6만 원, 가족룸 6만 원. 낚시 도구를 대여해 주고 자전거는 무료로 대여해 준다. 선착장까지 픽업서비스가 가능하다. 취사와 인터넷 사용도 된다.
☎ 064)782-8212 | www.log-house.co.kr

해와달그리고섬 펜션 조일리에 있다. 4~5인실 5만 원, 6~8인실 6만 원, 훼밀리룸 12만 원이다. 성수기엔 각각 8만 원, 10만 원, 22만 원. 바비큐와 조개구이 취사가 가능하다.
☎ 064-784-5740, 010-4594-0369, 017-210-1680 | www.woodo.or.kr

산호풍경 펜션 홍조단괴해빈 해수욕장 부근에 있다. 게스트하우스 1인당 이용요금은 1만 원이고 펜션 객실은 4만 원이다.
☎ 064)783-3542

맛집

동굴밥상 검멀레 해수욕장 윗동산에 있다. 편의점과 민박도 겸하고 있다. 성게국 6,000원, 자리물회 7,000원.
☎ 064)784-6678

해광식당 하고수동 해수욕장 부근. 보말칼국수 5,000원, 해물칼국수 5,000원.
☎ 064)782-0234

해와달그리고섬 비양도 입구 부근. 뚝배기 8,000원, 조림류 1만 원, 우럭지리 1만 원.
☎ 064)784-0941

쉼터

빨간머리 앤의 집 홍조단괴해빈 해수욕장 앞에 있다. 우도가 소설 '빨간머리 앤'의 배경이었던 캐나다의 남동부 섬 프린스 에드워드 아일랜드와 흡사한 점이 많아 이곳에 세워졌다. 2층엔 여류작가에 관한 전시실이 마련되어 있다. 다양한 차와 초콜릿 판매.
☎ 064)784-2171

2 Course 광치기 ~ 온평 올레

드넓은 '육지 안의 바다' 오조리 내수면을 지나면 마을이 나오고 길은 대수산봉으로 이어진다. 제주의
삼신인이 벽랑국에서 온 세명의 공주를 만나 혼례를 올린 혼인지를 지나면 온평 포구에 당도한다.

2코스 패스포트 스탬프 확인 장소

시작 광치기 해산촌　중간 성산 홍마트　종점 온평 혼인지 정보센터

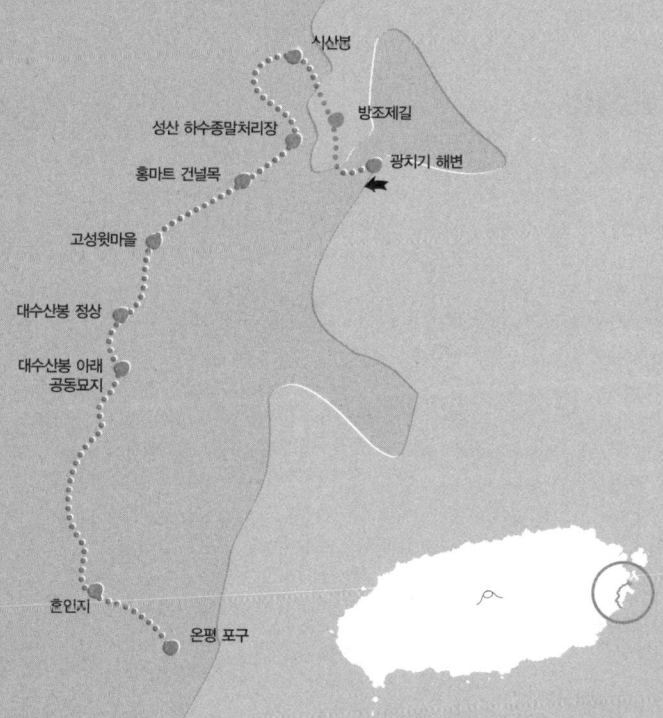

총 17.2km : 5~6시간

광치기 해변… 오조리 내수면0.9km… 식산봉3km… 오조리 성터 입구4.1km… 며느리다리5km… 성산 하수종
말처리장6.8km… 홍마트 건널목… 고성윗마을10km… 대수산봉 입구11.9km… 대수산봉 정상12.7km… 대수산
봉 아래 공동묘지13.4km… 신앙리부녀회 공동밭… 혼인지16.4km… 정한수터… 온평 초등학교… 백년해로
나무… 우물터… 황루알17km… 온평 포구17.2km

19

100번 버스를 타고 '제주 시외버스 터미널'에서 내린다. 터미널에서 '동일주 회선' 시외버스로 바꿔 탄 뒤 '동남'에서 내려, 성산일출봉 방향으로 10분 정도 걷다 보면 광치기 해변이 나온다.

92번 버스를 타고 '광양로터리'에서 내린다. 광양로터리에서 100번 버스로 바꿔탄 뒤 '제주 시외버스 터미널'에서 내려 '동일주 회선' 시외버스를 탄다. '동남'에서 내린 뒤 성산일출봉 방향으로 걷는다.

중앙로터리 시외버스 터미널 또는 신시가지 시외버스 터미널에서 '동일주 회선' 시외버스를 탄다. '동남'에서 내린 뒤 성산일출봉 방향으로 걷는다.

볼거리

오조리 내수면 서울 잠실 야구경기장 그라운드의 100배 크기. 이곳은 철새 도래지로 유명하다.

식산봉 외세의 침입이 잦았던 오조리 바다는 왜구를 속이기 위해 오름을 군량미가 잔뜩 쌓인 것처럼 보이게 했다.

대수산봉 고성리 일대의 2개의 오름 중 큰 오름을 일컫는다. 이 오름 정상에서는 1코스 전부를 한눈에 담을 수 있다.

혼인지 제주의 삼신인이 혼례를 올렸다는 연못이다. 온평리 마을 서쪽 숲에 있다.

황루알 삼신인이 세명의 공주를 맞이한 바닷가의 이름이다. 당시 노을이 금색으로 바다를 물들였다고 해서 황루알이라고 부르게 됐다.

숙소

(★표시가 붙은 곳은 패스포트 할인이 되는 곳이다.)

● 민박

오조리 홍무생 할망집 ★ 내수면과 식산봉을 지나 마을을 걷다보면 보인다. 방은 3개로 기본 2만 원이고 1인당 1만 원이 추가된다. 조식과 석식은 각각 5,000원.

☎ 064)782-2549, 010-9077-2549

동지황토마을 민박 ★ 혼인지 부근에 자리한 널찍한 민박이다. 방은 크기별로 총 31동으로 되어 있고 게스트하우스는 6인실과 8인실이 있다. 민박은 2인 기준 6만 원, 2~3인 기준 10만 원, 4인 기준 15만 원. 1인당 추가요금은 1만 원. 도미토리는 1인당 1만 3,000원이다. 올레꾼 할인이 적용된 가격이다. 인터넷과 취사가 가능하다.

☎ 011-698-0005

소라의 성 민박 ★ 2코스 종점에 있다. 침대방이 3개, 온돌방이 4개 있다. 작은방은 2인 기준 3만 원, 큰방은 7인 기준 7만 원이다. 1인당 추가요금은 5,000원. 2층은 식당이다.

☎ 064)784-6363

해녀 신춘자 할망 민박 ★ 오조리 내수면을 지나면 나온다. 2~4인실이 3개 있다. 잠만 잘 땐 1만 원이다. 식사는 끼니당 5,000원이고 해녀 할머니가 직접 잡아 올린 해산물로 요리해준다.

☎ 064)784-2972

● 펜션

서퍼빌 펜션 2코스 종점 온평 포구 도대불 등대 맞은편에 있다. 가격은 10만 원에서 15만 원인데 올레꾼에게는 비수기 요금으로 적용된다.

☎ 064)784-6916 | www.surfurvil.com
이앤오하임 펜션 서귀포시 성산읍 온평리 648
번지에 있다. 방은 4개로 이용요금은 10~12만
원이다.
☎ 064)784-3434 | www.enojeju.com
제주 빌레성 통나무 휴양 펜션 서귀포시 성
산읍 온평리 1050번지에 있다. 전체가 독채 건
물로 방 크기는 다양하게 있다. 복층 건물도 있
다. 주중은 8만 원에서 20만 원, 주말은 9만 원
부터 21만 원까지다.
☎ 064)782-0559 | www.jejubille.com
성산 제주 별장 주소는 서귀포시 성산읍 신산
리 449-2번지로 2코스 중간지점 해안가에 있
다. 별장 독채로 방이 2개, 주방과 거실, 욕실이
있다. 5인 기준 7만 원, 4인 기준 6만 원, 2인 기
준 5만 원이고 1인당 추가 요금은 5,000원.
☎ 064)782-3955 | www.happyjeju.com

● **게스트하우스**

퐁낭 게스트하우스 ★ 성산읍 온평리 843-2번
지로 온평리 마을회관 옆에 있다. 남자와 여자
각각 5명씩 수용 가능하고 1인당 1만 원이다. 아
침은 샌드위치로 5,000원에 제공된다.
☎ 010-5265-8127

● **찜질방**

빌리켄 찜질방 성산읍사무소 옆에 있고 7,000
원에 이용할 수 있다. 숙박하는 사람은 짐을 맡
기고 이동할 수 있다.
☎ 064)784-5579

맛집

소라네집 섭지코지 해안도로 부근. 해산물 모듬
2만 원, 전복죽 1만 원.

☎ 064)782-2771
용머리 회 수산물 온평 포구 부근. 전복죽 1만
원, 복지리 1만 원, 활돔 1kg 4만 원.
☎ 064)782-5798
해월향 2코스 종점 부근 흑돼지 1인분 1만 2000원
☎ 064)784-4080
백기 해녀의 집 2코스 시작점 광치기 해변 부
근. 성게칼국수 6,000원, 전복죽 1만 원, 해삼물
회 1만 원.
☎ 064)782-0673
올레길국수 고성윗마을 부근. 고기국수 4,000
원, 올레국수 4,000원.
☎ 064)782-5503
맛나갈비식당 성산일출봉 부근인 성산읍 고성
리 농협 건너편 좁은 골목길을 따라 들어가서 골
목 끝 코너 고성수협 부근. 갈치조림 6,000원,
고등어조림 5,000원
☎ 064)782-4771
온평리 생활개선회 혼인지 부근. 마을주민 14
명이 공동 경영하는 곳. 해물국수 4,000원.
☎ 064)782-8689
소라의 성 해녀 식당 2코스 종점 온평 포구에
서 서쪽으로 500m. 온평리 해녀들이 운영한다.
백반은 2인 이상 주문 때만 가능하다. 전복죽, 물
회, 백반 각각 5,000원.
☎ 064)784-6363
둥지 황토마을 식당 둥지 황토마을 펜션 안에
있다. 북어국 6,000원, 갈치국 7,000원.
☎ 011-698-8805

쉼터

혼인지마을 종합센터 서귀포시 성산읍 온평
리 956-1번지로 2코스 종점 온평 포구 앞에 있
다. 온평리 주민들이 운영하는 곳이다.

3 Course 온평 ~ 표선 올레

제주의 오름과 바다를 사랑했던 고 김영갑의 두모악 갤러리가 있는 코스다. 바다와 초장이 조화를 이룬 신풍리 바다목장도 아름답다. 시간이 나면 제주 민속촌 박물관에도 들러볼 일이다.

3코스 패스포트 스탬프 확인 장소

시작 온평 혼인지 정보센터 **중간** 김영갑 갤러리 **종점** 표선 올레 안내소

온평 포구

난산리

도대불

통오름

독자봉

삼달리

김영갑 갤러리 두모악

바다목장 올레

신천리

하천리 배고픈다리

표선 해수욕장

총 22km ┊6~7시간┊

온평 포구 ···› 도대불 ···› 중산간 올레 ···› 난산리8km ···› 통오름9km ···› 독자봉10km ···› 삼달리13km ···› 김영갑 갤러리 두모악14km ···› 우물안개구리16km ···› 바다목장 올레17km ···› 신천리19km ···› 하천리 배고픈다리20km ···› 표선 해수욕장22km

cut cutmo

🚌 제주 국제공항에서 갈 경우

100번 버스를 타고 '제주 시외버스 터미널'에서 내린다. 터미널에서 '동일주 회선' 시외버스로 바꿔 탄 뒤 '온평리'에서 내려, 바다 쪽으로 10분 정도 걷다 보면 3코스 출발지 온평리 종합 안내센터가 나온다.

🚌 제주항에서 갈 경우

92번 버스를 타고 '광양로터리'에서 내린다. 광양로터리에서 100번 버스로 바꿔 탄 뒤 '제주 시외버스 터미널'에서 내린다. '동일주 회선' 시외버스로 바꿔 탄 뒤 '온평리'에서 내려, 바다 쪽으로 10분 정도 걷다 보면 3코스 출발지 온평리 종합 안내센터가 나온다.

🚌 서귀포에서 갈 경우

중앙로터리 시외버스 터미널 또는 신시가지 시외버스 터미널에서 '동일주 회선' 시외버스를 타고 '온평리'에서 내린다. 바다 쪽으로 10분 정도 걷다 부면 3코스 출발지 온평리 종합 인내센터가 나온다.

볼거리

도대불 해안도로에 서있는 옛 등대. 첨성대와 흡사한 모양이다

난산리 800여 년 된 유서 깊은 마을. 박사, 교사, 작가들이 많이 나오는 마을로 유명하다.
통오름 닭배통같이 생겼다고 통오름이리고 불리게 됐다. 통오름 꼭대기에선 사방으로 38개의 오름을 내려다볼 수 있다.
독자봉 통오름과 조금 떨어진 곳에 위치하고 있다. 이 미을에 유독 톡사가 낳아 독자봉이라는 이름이 생겼다는 이야기가 전해온다.
김영갑 갤러리 두모악 서귀포시 성산읍 삼달리 437-5번지로 삼달 교차로에서 좌회선해서

1.4km 지점에 있다. 7~8월을 제외한 매주 수요일은 정기 휴관일이다. 뒷뜰 카페에서 커피, 각종 음료, 아이스크림 등을 판매한다. 입장료는 3,000원(넙서 1장 포함), 성인 단체(15인 이상) 1,500원, 청소년 2,000원, 어린이 1,000원.
📞 064)784-9907

신풍리 바나목상 바다와 초장이 조화를 이루는 목장이다. 이곳에서는 매년 '어멍아방 잔치'가 열리기도 한다.
표선 해수욕장 썰물과 밀물이 현저하게 차이를 보이는 표선 해수욕장은 백사장이 드넓어 맨발로 걷고 싶은 충동을 일으킨다.
당케 포구 폭풍우가 불어 닥치면 마을을 집어삼켜 설문대 할망에게 소원을 빌던 포구라고 한다.

제주 민속촌 박물관 제주의 향토문화를 다양하게 체험할 수 있는 곳이다. 옛 가옥을 둘러볼 수 있고 똥돼지가 있던 옛 화장실 '통시'도 있다. 여러 공예품과 민속공연도 볼 수 있다. 일반 7,000원, 청소년 4,500원, 어린이 3,500원.
☎ 064)787-4501~2

숙소

(★표시가 붙은 곳은 패스포트 할인이 되는 곳이다.)

● **민박**

통오름 고정화 할망집 ★ 중산간 지역에서 첫 번째로 만나는 마을에 있다. 방은 3개로 기본 2만 원이고 1명 추가 비용은 1만 원이다. 인원이 많으면 본인의 방도 내주신다. 조식과 석식은 각각 5,000원.
☎ 010-7474-3888, 011-757-0624

가원비치 민박 ★ 표선 해수욕장 가까이에 있다. 방은 5개로 올레꾼 할인 가격을 적용해 혼자 묵을 땐 2만 5,000원, 2인 3만 원, 3인 4만 원, 4인 5만 원이다.

☎ 064)787-0063

세화의 집 민박 ★ 서귀포시 표선면 세화1리 1128-4번지로 3코스 중간에 있다. 여자만 숙박 가능하다. 방은 3개로 10명까지 수용 가능하다. 아침식사를 포함한 숙박비가 2만 5,000원이고 식사비는 5,000원이다. 코스로 나갈 때 버스정류장까지 데려다 주고 주먹밥과 물도 챙겨 준다.
☎ 064)787-7794

고망난돌 민박 서귀포시 성산읍 신천리 79번지로 3코스 중간지점에 있다. 온돌방과 침대방, 단체용 방이 있다. 작은방(4인실)은 3만 원이다. 단체용(15인실)은 15만 원이다. 2박 이상 예약할 땐 할인해 준다.
☎ 064)787-1060

● **펜션**

해비치 호텔 & 리조트 ★ 표선 해수욕장에 있다. 고급스러운 분위기의 6성급 호텔과 리조트다.
☎ 064)780-8000, 064)780-8513
www.haevichi.com

C&P 리조트 김형집 갤러리에서 성읍 민속마을 방향으로 자동차로 5분 이내 거리다. 픽업이 가능하다. 방은 11개로 10~25만 원선이다. 허브를 길러 허브차를 즐길 수 있다. 리조트 부지가 넓어 산책 코스와 바비큐 시설이 잘 되어 있다.
☎ 064)784-7701

제주애 서귀포시 성산읍 신산리 662-1번지에 있다. 방은 4개로 6~13만 원이다. 취사도구와 바비큐 시설이 구비되어 있다. 바다가 보이는 곳에 있다.
☎ 064)782-7897

탐라스포텔 ★ 서귀포시 표선면 세화리에 있다. 옛 학교를 리모델링한 건물로 초가 형식이 2동, 대형 교실 분위기의 방이 5개, 일반실이 있다. 교실 분위기의 방에는 칠판과 사물함도 있다. 도미토리는 1인당 1만 5,000원이다. 일반실은 2인 기준 3만 5,000원이다. 조식과 석식은 각각 5,000 원으로 가정식 백반으로 준비되고 숯불흑돼지구이도 예약 가능하다.

☎ 019-693-3992, 010-9840-3992

바다리조트 ★ 서귀포시 성산읍 신산리 1180번지에 있다. 4인 방이 8만 원, 6인 방이 12만 원이다. 인원 추가 시 1만 원씩 늘어난다.

☎ 064)784-5158~9 | www.badaresort.com

● **게스트하우스**

제주JJ 게스트하우스 표선면 하천리 33-1번지로 화석 박물관 부근에 있다. 콘도형 방이 6개 있다. 2인 기준으로 최대 4명까지 수용 가능하다. 인원 추가 시 1만 원씩 늘어난다. 비수기엔 8만 원, 성수기엔 13만 원이다. 바다가 보이고 취사도구가 구비되어 있으며 야외 바비큐도 가능하다.

☎ 064)787-6003, 011-705-5311

해비치 호텔 게스트하우스 ★ 표선 해수욕장에 있다. 해비치 호텔 & 리조트와 붙어 있다. 게스트하우스 이용가격은 3만 3,000원으로 올레빵이 제공된다. 고급스럽고 편안하다.

☎ 064)780-8000, 8513

지우네 게스트하우스 3코스 중간지점에 있다. 3~4인실이 3개 있다. 1인당 1만 5,000원으로 조식과 석식은 각각 3,000원이다. 건물을 한 동 늘리고 있다. 아침저녁으로 4코스 시작점까지 픽업서비스를 해준다.

☎ 010-6340-0190

맛집

내고향 해녀식당 온평 해안도로에 있다. 온평리 생활개선회에서 운영하는 곳이다. 해물국수 4,000원, 갈치조림 2만 원.

☎ 064)782-8689

쉼터식당 통오름 가기 전 선인장 마을에 있다. 몸국, 두루치기, 동태찌개.

☎ 064)782-3222

다미진 횟집 표선 해수욕장 부근 해비치 콘도 후문 부근에 있다. 전복죽 1만 3,000원, 돔매운탕 1만 2,000원.

☎ 064)787-5050

우물안개구리 3코스 중간지점에 있다. 통나무집으로 코스 안에 있는 거의 유일한 음식점이다. 전복뚝배기, 길지조림, 양식노 있다.

☎ 064)784-9300~1

표선해녀등대식당 3코스 종점에 있다. 겡이죽, 성게칼국수.

☎ 064)787-1450

표선 토촌식당 표선 해수욕장 버스정류장 부근 몰국, 숟대국, 산겹살.

☎ 064)787-8003

장수해장국 표선 해수욕장 입구. 배달도 가능하다. 각종 해장국 5,000원.

☎ 064)787-5667

어촌식당 당케 포구 먹거리 골목 안쪽에 있다. 한치물회 8,000원, 옥돔지리 8,000원.

☎ 064)787-0175

해미원 회·초밥을 판다. 전복죽이 깔끔하게 나온다. 한치물회, 자리물회도 맛있다. 표선 당케포구 옆에 있다.

☎ 064)787-3311

쉼터

네잎크로바 3코스 종점 표선 해수욕장 맞은편에 있다. 샌드위치, 당근주스 비롯한 유기농 생과일주스, 팥죽, 팥빙수.

☎ 064)787-8252

4 *Course* 표선 ~ 남원 올레

(사)제주올레에 의해 35년 만에 복원된 가마리 해녀 올레를 지나 내륙으로 향하면 토산리에 다다른다.
거슨새미에는 아리따운 여신이 농부와 함께 샘물을 지킨 이야기도 깃들어 있다.

4코스 패스포트 스탬프 확인 장소

시작 표선 올레 안내소 **중간** 토산 남쪽나라 횟집 **종점** 남원 포구 편의점

망오름

거슨새미

영천사

토산리

표선 해수욕장

갯늪

거문머체

토산 바다산책로

송천 삼석교

태흥리 해안도로

남원 포구

총 23km : 6~7시간 :

표선 해수욕장···거욱개1km···갯늪2.2km···거문머체4km···가마리개5.5km···フ는개7.4km···토산 바다산책
로9km···토산리10km···망오름11.7km···거슨새미12km···영천사13.8km···송천 삼석교14km···태흥3리17km···
햇살 좋은 쉼터21.5km···남원 포구23km

🚌 제주 국제공항에서 갈 경우

100번 버스를 타고 '제주 시외버스 터미널'에서 내린다. 터미널에서 '동부관광노선(번영로)' 시외버스로 바꿔 탄 뒤 '표선삼거리'에서 내려, 해수욕장 쪽으로 5분 정도 걷다 보면 4코스 출발지 잔디광장이 나온다.

🚌 제주항에서 갈 경우

92번 버스를 타고 '광양로터리'에서 내린다. 광양로터리에서 100번 버스로 바꿔 탄 뒤 '제주 시외버스 터미널'에서 내린다. '동부관광노선(번영로)' 시외버스로 바꿔 탄 뒤 '표선삼거리'에서 내려, 해수욕장 쪽으로 5분 정도 걷다 보면 4코스 출발지 잔디광장이 나온다.

🚌 서귀포에서 갈 경우

중앙로터리 시외버스 터미널 또는 신시가지 시외버스 터미널에서 '동일주 회선' 시외버스를 타고 '표선삼거리'에서 내린다. 해수욕장 쪽으로 5분 정도 걷다 보면 4코스 출발지 잔디광장이 나온다.

볼거리

당케 포구 폭풍우가 불어 닥치면 마을을 집어삼켜 설문대 할망에게 소원을 빌던 포구라고 한다.

기미리개와 가마리 해녀올레 갯머리가 변형되어 가마리로 불리게 됐다. 행정구역의 이름은 세화2리지만 지역 주민들에게는 아직도 가마리로 통한다.

해병대길 ㄱ는개 앞바다부터 샤인빌 리조트를 잇는 바윗길이다. 해병대들에 의해 만들어져 해병대길이라 불린다.

망오름 조선시대에 신호를 주고받던 봉수대의 흔적이 남아 있다.

거슨새미 한라산을 향해 거슬러 오르는 샘이다. 물이 귀했던 제주에서 거슨새미 부근은 물이 풍부했다고 한다.

로 한 방에 7명까지 수용된다. 가격은 4~5만 원.
📞 064)764-0310

길목민박 서귀포시 표선면 표선리 1282-6번지로 4코스 갯늪 부근에 있다. 8인실이 4개 있다. 도미토리는 1만 5,000원, 방은 2인 기준 3만 원. 1인당 추가요금은 1만 원이다. 원룸형으로 바다를 마주보고 있다. 취사도구도 구비되어 있다.
📞 064)787-7007, 010-4269-7007
kilmok.ejeju.net

숙소

(★표시가 붙은 곳은 패스포트 할인이 되는 곳이다.)

●민박

해안가 민박 남원포구 정면에 자리한 민박집으

●펜션

해비치 호텔 & 리조트 ★ 표선 해수욕장에 있다. 고급스러운 분위기의 6성급 호텔과 리조트다.
📞 064)780-8000, 064)780-8513
www.haevichi.com

27

탐라스포텔 ★ 서귀포시 표선면 세화리에 있다. 옛 학교를 리모델링한 건물로 초가 형식이 2동, 대형 교실 분위기의 방이 5개, 일반실이 있다. 교실 분위기의 방에는 칠판과 사물함도 있다. 도미토리는 1인당 1만 5,000원이다. 일반실은 2인 기준 3만 5,000원이다. 조식과 석식은 각각 5,000원으로 가정식 백반으로 준비되고 숯불흑돼지구이도 예약 가능하다.

☎ 019-693-3992, 010-9840-3992

펜사콜라 4코스 중간지점에 있다. 2인실부터 8인실까지 크기가 다양하다. 가격은 8~16만 원으로 1인 추가 시 1만 원 더 내야 한다. 펜션 바로 앞에 바다가 있어 전 객실에서 바다를 볼 수 있다. 취사도구도 구비되어 있다.

☎ 064)787-8004

고품격 민박 티롤 표선면 세화리 199-1번지로 4코스 시작점에서 차로 7분 거리에 있다. 방이 6개 있고 10~20만 원 선이다.

☎ 064)787-7804

아망뜨 펜션 4코스 중간지점에 있고 방은 17개로 5~15만 원이다.

☎ 064)787-0300

샤인빌 리조트 4코스 중간지점에 있고 객실은 다양하다. 가격은 30~159만 원까지 다양하다.

☎ 064)780-7000 | www.shineville.com

제주 목화 휴양 펜션 서귀포시 남원읍 남원리 2452번지로 4코스 종점 부근이다. 방이 9~22만 원의 가격으로 준비되어 있다. 바비큐 시설이 구비되어 있고 어린이 놀이터, 연못, 체험농장 등이 있다.

☎ 064)764-7942

제주 스카이 휴양 펜션 서귀포시 표선면 세화리 1002-2번지로 4코스 시작점 표선 해수욕장 부근에 있다.

☎ 064)787-0067

롱비치 펜션 서귀포시 남원읍 남원리 1398-4번지에 있다. 복층은 2인 기준 12만 원이고 4인 기준 방은 12만 원이다. 인원 추가는 1인당 1만원씩이다. 넓게 잔디밭이 있고 통나무집 정자와 그네가 있다. 야외 바비큐 시설도 마련되어 있고 테라스에서도 취사가 가능하다. 별주부전이라는 패밀리 레스토랑도 운영하고 있다.

☎ 064)764-9944 | www.jejulongbeach. co.kr

테우 펜션 서귀포시 남원읍 2355-2번지에 있고 방 크기가 다양하다. 가격은 6~15만 원으로 1인당 추가 요금은 5,000원. 잔디 정원과 바비큐장, 운동장, 산책로 등이 있다. 제주의 일간지인 〈제민일보〉가 선정한 베스트 숙박업소로 뽑히기도 했다.

☎ 064)764-1855 | www.jejutw.co.kr

아침산 저녁해 서귀포시 표선면 표선리 810-1번지로 제주 민속촌과 표선 해수욕장 사이에 있다. 별장 독채형으로 4인 기준 10만 원이고 1인당 추가 요금은 5,000원.

☎ 064)787-3088

뜨리바다 펜션 서귀포시 남원읍 남원리 2397번지에 있다. 커플룸과 스위트룸이 있다. 작은방은 8만 원, 큰방은 9만 원이다. 바비큐 가능하고 갤러리와 전망대가 있다.

☎ 064)764-8844

● 게스트하우스

와하하 게스트하우스 표선면 표선리 1299번지에 있다. 도미토리(1만 5,000원)는 남자가 10명, 여자가 20명까지 수용되고 2인실(4만 원)이 3개, 4인실(6만 원)이 2개가 있다. 취사와 인터넷이 가능하다. 바로 앞에는 갯늪이다. 한쪽에는 토끼 두어 마리도 기르고 있다. KBS2 1박2일팀이 다녀간 것으로 유명하다.

☎ 064)787-4948, 016-268-4948
www.wahahajeju.co.kr

신산 게스트하우스 신산리 594-1번지에 있다. 가격은 1인당 1만 5,000원.
☎ 064)782-1375, 010-3381-6646
해비치 호텔 게스트하우스★ 표선 해수욕장에 있다. 해비치 호텔 & 리조트와 붙어 있다. 게스트하우스 이용가격은 3만 3,000원으로 올레빵이 제공된다. 고급스럽고 편안하다.
☎ 064)780-8000, 8513

맛집

남촌 뚝배기 서귀포시 표선면 표선리 1461-1번지. 전복뚝배기 10,000원, 전복죽 10,000원, 제주흑돼지 12,000원, 갈치·고등어·옥돔구이 정식 15,000원. 민박도 운영한다.
☎ 064-787-5432
비치별미식당 당케 포구 진입 전 좌측에 있다. 우거지탕 5,000원.
☎ 064)787-7783
춘자국수 표선4거리 부근 코끼리마트 건너편. 멸치국수 2,000원, 곱배기 2,500원.
☎ 064)787-3124
하노루 해비치 리조트 1층에 있는 한식음식점. 런치 메뉴 흑돼지 김치 덮밥, 제주 고사리 육개장 1만 5,000원.
☎ 064)780-8000
남원포구식당 4코스 종점. 해물전골 1만 원.
☎ 064)764-2663
남쪽나라 횟집 샤인빌 리조트 부근. 해물뚝배기 7,000원.
☎ 064)787-5556
마당갈비 남원사거리에 있다. 메밀과 무를 끓인 돼지고기국이 있다. 돼지고기국 5,000원.
☎ 064)764-5989
하늘식당 남원사거리 부근. 고등어, 갈치조림.
☎ 064)787-2789
별주부전레스토랑 큰엉 산책로 끝부분. 올레길에 있는 유일한 패밀리 레스토랑이다. 흑돼지 허브 바비큐 1만 5,000원.
☎ 064)764-8899

5 Course 남원 ~ 쇠소깍 올레

제주에서 가장 아름다운 산책로인 큰엉 경승지 산책로가 기다리고 있다. 용천수가 솟아나는 바닷가의
자연풀장 '신그물'과 130여 년이 된 동백나무 군락지도 지나게 된다. 쇠소깍에서 테우도 타 보자.

5코스 패스포트 스탬프 확인 장소

시작 남원 포구 편의점 **중간** 곤내골 올레점방 **종점** 쇠소깍 휴게소

총 15km : 4~5시간 :

남원 포구 ··→ 큰엉 경승지 산책로 2.4km ··→ 신성동 3km ··→ 신그물 4.7km ··→ 동백나무 군락지 6.5km ··→ 위미항 조
배머들코지 8km ··→ 넙빌레 9.6km ··→ 공천포 검은모래사장 11km ··→ 망장 포구 12.2km ··→ 예촌망 13km ··→ 효돈천 ··→
쇠소깍 15km

🚌 **제주 국제공항에서 갈 경우**

100번 버스를 타고 '제주 시외버스 터미널'에서 내린다. 터미널에서 '남조로' 시외버스로 바꿔 탄 뒤 '남원리'에서 내려, 바닷가 쪽으로 5분 정도 걷다 보면 남원 포구가 나온다.

🚌 **제주항에서 갈 경우**

92번 버스를 타고 '광양로터리'에서 내린다. 광양로터리에서 100번 버스로 바꿔 탄 뒤 '제주 시외버스 터미널'에서 내린다. 터미널에서 '남조로' 시외버스로 바꿔 탄 뒤 '남원리'에서 내려, 바닷가 쪽으로 5분 정도 걷다 보면 남원 포구가 나온다.

🚌 **서귀포에서 갈 경우**

중앙로터리 시외버스 터미널 또는 신시가지 시외버스 터미널에서 '동일주 회선' 시외버스를 타고 '남원 포구'에서 내린다.

볼거리

남원 큰엉 산책로 제주에서 가장 아름다운 산책로로 꼽히는 남원 큰엉 산책로는 1.5km의 해안가를 따라 기암절벽들이 둘러싸여 있다

신영 영화 박물관 영화와 관련된 모든 체험을 할 수 있는 곳. 영화에 관한 것을 다양하게 전시하고 있고 크로마키나 영화소품 등도 체험해 볼 수 있다.
☎ 064)764-7777~9 | www.jejuscm.co.kr

위미 동백나무 군락지 130여 년 전 현맹춘 할머니가 모은 돈으로 바람을 막기 위해 나무를 심은 것이 지금의 동백나무 군락지가 되었다.

조배머들 코지 위미항의 기암괴석군. 이전에는 훨씬 더 컸지만 일본인이 거짓말로 속여 파괴토록 했다.

넙빌레 용천수가 차갑고 깨끗해 여름철 피서지로도 유명하다. 노천 남탕과 여탕이 있다.

쇠소깍 바닷물과 민물이 만나는 곳으로 절경을 이룬다. '테우'라는 전통 배도 타볼 수 있다.

숙소

(★표시가 붙은 곳은 패스포트 할인이 되는 곳이다.)

● **민박**

영등 현동순 할망집 ★ 5코스 1/3 지점인 신례2리를 지나서 붉은 벽돌색의 삼각형 지붕이 3개 있는 집이다. 2~3인실 방이 2개로 1인당 1만 5,000원이고 조식은 5,000원이다.
☎ 010-5696-3666, 010-6698-0539

쇠소깍 민박 하효동 996-4번지로 쇠소깍 부근에 있다. 방은 총 10개로 2명에서 10명까지 수용 가능하다. 작은방은 3만 원, 큰방은 10만 원이다. 조식은 5,000원이다. 바다가 보인다.
☎ 064)767-2900, 2180

애순이네 민박 ★ 중정로 91번지 23-6번지로 서귀포 시내 중심가에 있는 가정식 민박집이다. 방은 3개로 총 10명 수용 가능하다. 1인당 1만 5,000원이다. 아침식사는 5,000원. 여자들만 묵을 수 있고 교통이 편리하다. 부근의 재래시장구경이 가능하고, 5분 거리에 천지연폭포와 같은 관광지가 있다.

☎ 011-600-3316

팔도민박 남원 포구 출발점 500m 쯤에 있다. 방은 8개로 작은 방은 3명까지, 큰방은 20명까지 들어간다. 2인기준 3만 원이고 큰방은 20만 원이다. 조식은 5,000원에 제공된다.

☎ 064)764-7700

공천포 민박 공천포에 있는 민박으로 간단한 음식을 해먹을 수 있으며 창문을 열면 바다가 눈앞에 보인다.

☎ 064)767-0150

● **펜션**

티파니에서 아침을 ★ 남원읍 의귀리 1318-1번지로 5코스 시작점이다. 작은방부터 가족실까지 다양하게 있고 가격도 7~20만 원까지 다양하다. 올레꾼에게는 3박 이상 머물면 30% 할인해 준다. 조식은 무료고 무선 인터넷이 가능하다. 취사와 바비큐도 된다. 스위스 통나무집 느낌이 나는 펜션이다.

☎ 064)764-9669, 9779

금호리조트 ★ 남원 큰엉 산책로에 있는 고급 리조트다.

☎ 064)766-8000 | www.kumhoresort.co.kr

밸리 통나무 빌리지 5코스 종점인 쇠소깍 부근에 있다. 작은방이 6개, 큰방이 1개 있다. 작은 방은 6만 원, 큰방은 8만 원이다. 제주도 숙박업소 중 최우수 점수를 받았다. 개인 조각공원이 있고 공원 내에 바비큐장이 있다. 아침엔 6코스 시작점이나 인근 식당으로 픽업서비스가 된다.

☎ 064)767-3337 | www.valleyvillage.co.kr

휴 펜션 공천포 검은 모래사장에 있다. 방은 3개, 주방 겸 거실은 공동으로 사용하고, 욕실이 2개 있다. 2인 기준 2만 원이고 1인당 추가 요금은 1만 원

☎ 064)767-2529, 016-330-2529

포유 펜션 서귀포시 남원읍 남원리 398-2번지에 있다. 다양한 크기의 방을 6~15만 원에 이용할 수 있다. 바비큐 시설과 노래방 기기가 준비되어 있다.

☎ 064)764-2777, 010-8662-3414

신라 휴양 펜션 5코스 시작점인 서귀포시 남원읍 남원리 2362번지에 있다. 작은방과 큰방이 있고 11~16만 원까지다.

☎ 064)764-8188 | jjmp.co.kr

● **게스트하우스**

게스트하우스 풍경 5코스 시작점에 있다. 도미토리 6개와 객실도 있다. 1층이 도미토리, 2층이 객실로 되어 있다. 도미토리는 1만 5,000원, 객실은 2만 원부터다. 도서관도 만들 예정이다. 동네 주민을 위해 영화 상영도 할 계획에 있다.

☎ 070-8900-0114, 010-4119-5212

맛집

지귀도 섬마을 횟집 위미마을을 지나 항구 쪽으로 내려와 조금 걸으면 오른쪽에 있다. 고등어조림 2인분 1만 5,000원, 김치찌개 5,000원, 회덮밥 7,000원.

☎ 064)764-7177

서귀포수협 위미활어회센타 위미항 바로 옆. 매운탕 2인분 1만 원, 갈치조림 2인분 1만

4,000원.
☎ 064)764-3530

아서원 5코스 종점에서 다시 돌아 나와 효돈 방향으로 약 1km 정도에 있다. 해물짬뽕으로 유명한 곳이다. 짬뽕 4,000원.
☎ 064)767-3130, 3230

남원 범일분식 남원포구 부근 패밀리마트에서 서귀포 방향으로 200m 쯤에 있다. 순대국밥 5,000원, 순대 7,000원.
☎ 064)764-5069

공천포식당 공천포 겸은 모래시장 앞. 한치물회 5,000원, 자리물회 6,000원, 소라물회 6,000원.
☎ 064)767-2425

웅담식당 서귀포 아케이드 상가 가는 길. 오겹살 1인분 9,000원.
☎ 064)762-6442

황금어장 서귀포 아케이드 상가 어시장 입구. 회는 시가로 판매된다.
☎ 064)738-4418

수악관 위미마을 내. 자장면 3,500원, 짬뽕 4,000원.
☎ 064)764-2267

황금분식 위미마을 킹마트 앞. 다양한 분식과 국수도 판다.
☎ 064)764-7896

쇠소깍 태우 체험 하효동과 남원읍 하계리 사이를 흐르는 효돈천 하류의 포구다. 해수와 담수가 합수하면서 절경을 만들어 낸다. 제주도의 전통 배인 태우를 탈 수 있다. 젊은 선장님이 표준어와 제주어를 적당히 섞어가며 아주 재미있게 쇠소깍에 대해 설명해 준다. 이용 요금 성인 5,000원, 7세 이상 3,000원.
☎ 선장님 010-6530-3002

마음과 마음 전통찻집 삼매봉 오르기 전. 외돌개 종점에서 쇠소깍 방향. 비빔밥, 녹차수제비 등 간단한 식사도 가능
☎ 064)732-5888

무인카페 신그물 앞에 있다. 간단한 음료수 판매.

공천포 쉼터 신례2리 마을회관에 자리잡고 있다. 안에 들어가 편지를 써서 밖에 있는 우체통에 넣으면 배달된다. 간혹 문이 닫혀 있을 때가 있다.

6 Course 쇠소깍 ~ 외돌개 올레

자리돔으로 유명한 보목항을 지나 한참 걷다 보면 이중섭 미술관이 나온다. 가난한 화가 이중섭이 6·
25 때 내려와 스케치북을 들고 언덕을 오르내리는 모습이 연상되는 듯하다. 칠십리시공원 기정에서 내
려다보면 천지연 폭포가 고스란히 보인다.

6코스 패스포트 스탬프 확인 장소

시작 쇠소깍 휴게소 **중간** 제주올레 사무실 **종점** 외돌개 제주올레 안내소

이중섭 미술관
소정방 폭포
쇠소깍
남성리 삼거리
서귀포 보목 하수처리장
제지기 오름
외돌개
천지연 기정길
보목포구
구두미 포구

총 15km : 4~5시간

쇠소깍…소금막0.8km…제지기 오름2.3km…보목포구3km…구두미포구4km…서귀포 보목 하수처리장5km
…서귀포 KAL호텔6.8km…파라다이스호텔7.9km…소정방 폭포8.2km…서귀포 초등학교10.2km…이중섭 미
술관10.6km…천지연 기정길11.2km…남성리 삼거리13.6km…삼매봉14km…외돌개15km

🚌 제주 국제공항에서 갈 경우

600번 공항리무진을 타고 종점인 KAL호텔에서 내려 택시로 쇠소깍까지 간다. 또는 100번 버스를 타고 '제주 시외버스 터미널'에서 내린 뒤 터미널에서 '5·16노선' 시외버스로 바꿔 타고 종점인 '서귀포 중앙로터리'에서 내려, 중앙로터리 동쪽 정류장(동문서적 앞)에서 시내버스를 탄다. '하례리'에서 내린 다음 도보로 15~20분 정도 걷다 보면 쇠소깍이 나온다.

🚌 제주항에서 갈 경우

92번 버스를 타고 '광양로터리'에서 내린다. 광양로터리에서 100번 버스로 바꿔 탄 뒤 '제주 시외버스터미널'에서 내린다. '5·16노선' 시외버스로 바꿔 탄 뒤 종점인 '서귀포 중앙로터리'에서 내려, 중앙로터리 동쪽 정류장(동문서적 앞)에서 시내버스를 탄다. '하례리'에서 내린 다음 도보로 15~20분 정도 걷다 보면 쇠소깍이 나온다.

🚌 서귀포에서 갈 경우

중앙로터리 동쪽 정류장(동문서적 앞)에서 시내버스로 '하례리'에서 내린다. 도보로 15~20분 정도 걷다 보면 쇠소깍이 나온다.

볼거리

제지기 오름 섶섬이 가장 가깝게 보이는 곳으로 옛날에는 절이 있고 절을 지키는 이가 살았다고 해서 절지기 오름이라고도 불렸다.

소정방 폭포 정방 폭포에 비해 아담한 규모로 물맞기엔 딱 좋다. 소정방 폭포는 정방 폭포에서 동쪽으로 500m 떨어진 장소에 있다.

서복 전시관 서귀포시 정방동 100-2번지로 정방 폭포 옆에 있다. 중국 진나라 때 불로초를 찾아 제주도로 온 서복을 기념해 지어졌다. 운영시간 9:00~18:00. 일반 500원, 청소년 300원.
📞 064)763-3225

이중섭 미술관 서귀포시 중앙로 308번지로 소정방 폭포 지나 40여 분 가면 보인다. 불운의 천재 화가 이중섭은 제주도에 체류하며 많은 작품을 남겼다. 매년 10월 말 경에는 약 7일 간 이중섭 예술제가 개최된다. 운영시간 9:00~18:00, 매주 월요일은 휴관. 일반 1,000원, 청소년(24세까지) 500원, 어린이 300원.
📞 064)733-3555

새섬 서귀포항에서 서귀포 바다 쪽으로 연륙교를 건너서 넘어갈 수 있다. 연륙교는 제주도의 전통 배 '테우'를 형상화시켰다고 한다. 새섬은 30분 정도면 다 둘러볼 수 있다.

소암 기념관 제주가 고향인 서예가 소암 현중화 선생을 만나볼 수 있는 곳이다. 서복전시관 100m 전방에 있다.
📞 064)760-3511~4

걸매생태공원 천지연 폭포 상류에 있다. 자연을 되살리자는 취지로 조성된 생태공원. 아이들 자연 교육에도 좋다.

칠십리시공원 서귀포시를 노래한 시나 노래를 돌에 새겨 전시해뒀다. 천지연 폭포가 고스란히 보이는 천지연 기정길이 나 있다.

천지연 폭포 높이 22m, 너비 12m, 수심 20m를 자랑하는 폭포다. 기암절벽과 숲이 이루는 조화가 볼 만하다.

외돌개 어부 할아버지를 기다리다 바위가 된 할머니의 전설이 어린 곳. 바위에 머리카락처럼 나무가 자란다.

숙소

(★표시가 붙은 곳은 패스포트 할인이 되는 곳이다.)

● 민박

숲섬 오영자 할망집 ★ 6코스 중간지점인 보목 신협 부근. 방은 3~4개가 유동적으로 쓰인다. 1인당 1만 원이고 식사는 5,000원에 제공된다.
☎ 064)733-3910, 016-9606-3600

● 펜션

제주 풍림리조트 ★ 강정교 옆에 있는 리조트다. 게스트하우스도 운영된다. 게스트하우스는 1인당 2만 원이고 일반 객실은 가격대가 다양하다. 바다가 보이는 객실은 3만 원을 추가해야 한다. 올레꾼들은 할인된다. 정원에 바닷가 우체국이라고 쓰인 빨간 우체통에 엽서를 써 넣으면 발송해 준다. 로비에는 올레꾼들을 위한 물품 나눔터가 있다. 풍림리조트에서는 6코스 출발지인 쇠소깍, 9코스 종착지인 화순항까지 가는 무료 셔틀 버스를 운행한다.
☎ 064)739-9001

호도하우스 ★ 법환 포구와 범섬 바다 산책길 사이 바닷가에 자리 잡고 있다. 크기별로 4가지 타입이 있다. 비수기엔 7~15만 원에 이용할 수 있다.
☎ 064)739-1152

유로리조트 서귀포 KAL 호텔에서 보목동 방향에 있다. 게스트하우스는 조식 포함 2만 원이다.
☎ 064)763-1003 | www.epclub.co.kr

하늘정원 펜션 6코스 1/3지점인 보목 하수처리장 부근에 있다. 가격은 크기별로 5~12만 원. 1인당 추가 요금은 1만 원. 쇠소깍과 서귀포 KAL 호텔, 서귀포 터미널에서 픽업 가능하다.
☎ 064)733-5798, 011-693-6044 | www.jejuheaven.net

서귀포 푸른바다 펜션 외돌개 입구 SGI 한일연수원 안쪽에 있는 독채 펜션이다. 인원이 많을 때 이용하면 좋다. 기준 인원이 10명에서 최대

20명이다. 10인 기준 20만 원이고 1인당 추가 요금은 5,000원. 서귀포시 앞바다가 잘 보이고 거실에서 일출을 볼 수 있다.
☎ 064)739-1331 | www.jejudominbak.net

● 게스트하우스

민중각 여관 ★ 서귀포 중앙로터리에서 제주시 가는 시외버스터미널 방향으로 100m 아래쪽에 있다. 도미토리는 3~4개가 있고 일반객실이 13개다. 도미토리는 1인당 1만 원이고 객실은 2인 기준 2만 5,000원이다.
☎ 064)763-0501

금우게스트하우스 6코스 이중섭 미술관에서 2~3분 거리에 있다. 방은 다양하게 30개 정도가 있다. 도미토리는 1만 원, 가족실은 5만 원에 이용할 수 있다.
☎ 010-7179-6939

하이킹 Inn 게스트하우스 서귀포시 서귀동 587-15번지로 썬비치 호텔에서 천지연 폭포 가는 길에 있다. 가족룸이 2개, 일반 객실이 20개가 있다. 1인당 1만 원. 혼자 방 하나를 쓸 땐 2만 2,000원이다. 외국인들이 많이 이용한다.
☎ 064)763-2380, 010-3294-0878 | www.hikinginn.com

● 여관

금우장 ★ 서귀포시 서귀동 408-4번지에 있다. 방은 3만 원에 이용할 수 있다.
☎ 010-6449-7141

뉴서울 모텔 ★ 서귀포항 가까이 있는 모텔로 게스트하우스도 운영한다. 모텔은 2만 5,000원이고 게스트하우스는 1만 원에 이용 가능하다.
☎ 064)732-8814

대림 모텔 썬비치 호텔에서 도보로 5분 거리에 있고 픽업서비스가 된다. 1인 기본 2만 원이고 2인은 2만 5,000원이다. 세탁이 가능하고 로비에서

인터넷이 가능하다. 7코스까지 왕복 픽업해 준다.
☎ 064)732-0500, 732-2211, 011-639-4976

대명장 모텔 뉴 경남관광 호텔에서 5분 거리에 있다. 2인 기준 2만 5,000원이고 1명 추가 시 5,000원을 더 내야 한다.
☎ 064)762-3696, 064)733-7070, 010-9960-7667

남일 모텔 천지연 폭포에서 도보로 2분 거리다. 올레꾼이나 자전거 여행자는 1인당 1만 원에 이용할 수 있다.
☎ 064)733-0617

한두 모텔 뉴경남 호텔 뒤편에 있다. 2인 기준 3만 원에 이용할 수 있다.
☎ 064)732-4458, 011-249-7409 | www.handoomotel.co.kr

면형의 집 서귀포시 서홍동에 있다. 2만 원에 이용할 수 있고 조식과 석식은 각각 5,000원씩이고 예약을 해야 한다. 천주교에서 운영하고 있지만 가톨릭 신자가 아니어도 된다.
☎ 064)762-6009 | user.chollian.net/~ausgud

● **찜질방&호텔**

건강나라 찜질방 서귀포 시내에 있는 찜질방으로 7,000원에 이용할 수 있고 세탁이 가능하다.
☎ 064)732-5300

대곡 이일린 호텔 ★ 시귀포 시내에 있는 깔끔한 중급 호텔이다. 비수기 기준으로 조식을 포함해서 2인 기준 5만 원부터 시작한다.
☎ 064)763-0002

제주 크리스탈 호텔 ★ 서귀포 시내에 있는 깔끔한 중급 호텔로 이용객들의 후기가 좋다. 비수기 기준으로 조식을 포함해서 2인 기준 5만 원부터 시작한다.
☎ 064)732-8311

나포리 호텔 천지연 폭포와 서귀포항에서 가까운 곳에 있는 저렴한 호텔이다. 4인 기준 한실이 20개, 양실이 20개가 있다. 각각 3만 원에 이용할 수 있고 큰방은 6만 원이다.
☎ 064)733-4701~3 | www.napolihotel.co.kr

신성호텔 서귀포시 서귀동 637-2번지로 외돌개와 정방 폭포 사이에 있다. 온돌 일반실이 4개, 일반실이 27개, 스위트룸이 4개 있다. 일반실은 5만 원이고 스위트룸은 8만 원이다. 비즈니스센터와 모비라운지, 실내 골프연습장이 있다.
☎ 064)732-1415

● **기타**

제주대 연수원 보목리 구두미 포구 부근에 있다. 제주대학교의 연수원으로 올레 회원으로 예약할 수 있다. 방에 따라 3만 4,000원~15만 5,000원이다. 성수기에는 5만 2,000원~18만 6,000원이다.
☎ 064)732-6930

맛집

대청마루 웰빙 한정식 이중섭 거리에 있다. 한정식 2만 원대.
☎ 064)732-2366

제주찰망뚝배기 시귀포항 해군기지 맞은편 횟집 골목에 있다. 갈치국 7,000원, 오분자기뚝배기 8,000원.
☎ 064)733-9934

갑돌이와 갑순이 서귀포시청 1청사 정문 북쪽 20m 지점 방향 서귀중앙여중 맞은편에 있다. 국수류 5,000원, 돔베고기 1만 5,000원.
☎ 064)763-5701

안거리밖거리 이중섭 미술관에서 천지연 가는

길목에 있다. 고영우 화백의 부인이 운영하는 식당이다. 보리밥 정식은 2인분 이상부터 시킬 수 있다. 보리밥 정식 6,000원.
☎ 064)763-2552

서귀포 청정 횟집 재래시장 공영주차장에서도 걸어서 3분 거리에 있다. 모듬회 7만 원.
☎ 064)763-8292~3

블란디 꿩요리 전문점 정방 폭포와 천지연 폭포 사이, 서복전시관 바로 앞에 있다. 코스요리 4만 원.
☎ 064)733-0457

우정횟집 서귀포 아케이드 상가 부근, 서귀포 일호광장 뒤편에 있다. 자연산 회, 지리국.
☎ 064)733-8522

곤밥 서귀포 중앙로터리 아랑조울거리 입구, 민중각 부근, 구 터미널부근. 황태해장국 5,000원, 정식 5,000원.
☎ 064)763-6735

할매정식 천지연 폭포 가는 길로 서귀포항 부근. 정식 5,000원, 갈치구이 및 조림 2만 원, 고등어구이 및 조림 1만 원.
☎ 064)733-7014

기억나는집 이중섭 미술관 부근. 해물탕(소) 2만 5,000원(2인), (중) 3만 5,000원(3인), (대) 4만 5,000원(4인).
☎ 064)733-8500

천지식당 서귀포 버스터미널 중앙로터리 부근. 회백반 8,000원, 해물뚝배기 6,000원, 갈치조림 6,000원, 갈치국 6,000원.
☎ 064)733-0763

감귤찐빵 천지연 폭포 주차장에 있다. 인터넷으로도 살 수 있다. 4개 묶음 2,000원.
☎ 064)733-2900 | www.ggzzbb.com

새섬갈비 천지연 폭포 주차장에서 건너편 언덕. 흑돼지 오겹살 1만 3,000원, 돼지갈비 1만 1,000원.

☎ 064)732-4001

사방팔방 횟집 서귀포시 서귀동 294-16번지. 오후 5시부터 영업한다. 어랭이회 3만 원.
☎ 064)732-6156, 010-8360-3388

고향생각 동문로터리에서 한라산 방향으로 30m. 고기국수 4,500원.
☎ 064)733-6009

쉼터

갤러리카페 미루나무 이중섭 미술관 옆에 바로 붙어 있다. 악기도 있고 미술품도 있는 예술적 분위기의 신비스러운 카페다.
☎ 064)763-6248

행복한 차실 서귀포 중앙로터리 파리바게트에서 한라산 쪽 건너편에 있다. 일반 2층 가정집을 개조한 전통찻집으로 식사도 가능하다. 올레꾼 차 무료.
☎ 064)738-1267

TWO WEEKS 보목 포구에서 5분 거리 어진이 네횟집 앞 올레길에 있다. 고 이주일 별장을 카페로 개조했다. 그래서 이름이 Two(이) Weeks(주일)이다. 커피 3,000원, 토스트 5,000원.
☎ 070-8147-9307

국궁장 6코스 중간지점에 있다. 활을 쏘는 곳이지만 올레꾼에게 생수와 커피를 무료로 제공해 주고 있다.

Vetro커피 동문로터리에서 미스터피자로 가는 번화한 거리에 있다. 커피 맛이 좋기로 유명하다.
☎ 064)732-9900

7 Course 외돌개 ~ 월평 올레

도마를 만들던 나무가 많았던 데서 유래한 돔베낭길을 지나 옥색 바다를 왼쪽에 두고 걷다 보면 어느 새 '좀녀 마을' 법환에 당도한다. 강정 바다에서는 섶섬, 문섬, 범섬을 한꺼번에 볼 수 있다.

7코스 패스포트 스탬프 확인 장소

시작 외돌개 제주올레 안내소 **중간** 강정 올레쉼터 **종점** 월평 송이슈퍼

총 16.4km : 4~5시간

외돌개 ···돔베낭길2.3km··· 속골3.4km··· 수봉로3.8km··· 법환 포구4.8km··· 서건도 바다산책길7.7km··· 제주 풍림리조트(약근내)8.8km··· 강정천9.2km··· 강정마을올레12.1km··· 강정 포구13.2km··· 일강정14.2km··· 월평 포구 15.1km··· 월평마을 아왜낭목16.4km

39

🚌 **제주 국제공항에서 갈 경우**

600번 공항리무진을 타고 '뉴 경남호텔 앞'에서 내려 길을 건너 택시를 타고 외돌개까지 간다. 또는 100번 버스를 타고 '제주 시외버스 터미널'에서 내린다. 터미널에서 '5·16노선' 시외버스로 바꿔 탄 뒤 종점인 '서귀포 중앙로터리'에서 내려, 중앙로터리 서쪽 정류장(파리바게트 앞)에서 8번 시내버스를 타고 '외돌개'에서 내리면 된다.

🚌 **제주항에서 갈 경우**

92번 버스를 타고 '광양로터리'에서 내린다. 광양로터리에서 100번 버스로 바꿔 탄 뒤 '제주 시외버스 터미널'에서 내린다. '5·16노선' 시외버스로 바꿔탄 뒤 종점인 '서귀포 중앙로터리'에서 내려, 중앙로터리 서쪽 정류장(파리바게트 앞)에서 8번 시내버스를 탄 다음 '외돌개'에서 내리면 된다.

🚌 **서귀포에서 갈 경우**

중앙로터리 서쪽 정류장(파리바게트 앞)에서 8번 시내버스를 탄 다음 '외돌개'에서 내리면 된다.

볼거리

돔베낭길 도마를 만들던 나무가 많아서 돔베낭길이라는 이름이 되었다. 섶섬과 문섬을 볼 수 있는 길.

법환 좀녀마을 제주 해녀의 생활문화가 잘 간직된 이름다운 해안마을이다.

서건도(썩은섬) 서귀포시 법환과 강정마을 중간쯤에 서건도 표지판을 따라 해안으로 약 500m 가면 나온다. 조수간만의 차로 하루에 두 번 썰물 때마다 걸어서 들어갈 수 있는 '모세의 기적'이 생겨 유명해진 섬이다. 앞바다에는 간혹 돌고래떼가 출현하기도 한다.

일강정 바당올레 최고의 강정이라는 뜻에서 일강정이라고 불린다. 섶섬, 문섬, 범섬을 한꺼번에 볼 수 있는 곳이다.

숙소

(★표시가 붙은 곳은 패스포트 할인이 되는 곳이다.)

● **민박**

미령언니네 ★ 서귀포시 법환동 법환하로 52번지에 있다. 올레꾼 할인가로 1인당 2만 원에 간단한 조식도 포함된다.
📞 010-2905-2291

월평 포구 올레 민박 월평 포구 쪽 7코스 종점 100m 전에 있다. 6~10인용 도미토리가 3개, 4인실 가족룸이 2개 있다. 게스트하우스는 1인당 1만 5,000원, 가족룸은 5만 원이다. 조식은 5,000원이고 옥동정식은 8,000원이다. 바비큐, 흑돼지구이, 회는 시가로 즐길 수 있다.
📞 010-3191-1945

ALLEZ OLLE B&B HOUSE ★ 7코스 5km 지점인 법환 포구에서 한라산 방향으로 5분 거리이다. 가정집으로 평균 4명을 받고 최대 6명까지 받는다. 조식 포함 2만 원이고 1인당 추가 요금은 1만 원. 수용 인원이 많지 않기 때문에 전화 예약이 필수다.
📞 011-894-3984

● **펜션**

제주풍림리조트 ★ 서귀포시 강정동 2677번지에 있다. 주중, 주말 가격이 각각 9만 원, 13만 원이다. 조식이 포함되어 있고 게스트하우스도 2만 원에 운영 중이다.

☎ 064)739-9001 | www.poonglim
resort.co.kr

유러하우스 서귀포시 법환동 1523-1번지. 남
쪽 바다와 범섬이 정면으로 보이는 곳에 자리하
고 있어 전망이 좋다. 유럽형 펜션. 방 크기가 다
양하고 비수기에는 6~16만 원에 이용할 수 있
다. 올레꾼은 4~12만 원으로 할인된다. 작은방
의 가격은 호텔식 조식이 포함된 가격이다. 나머
지 방은 취사가 가능하고 방마다 고급욕조, 발코
니가 있고 바다 전망이 좋다. 갯바위와 밤바다
낚시, 야외 바비큐, 캠프파이어 등도 가능하다.

☎ 064)739-2522, 011-9660-5023 |
www.eurohouse.co.kr

바닷가 리조트 ★ 돔베낭길 끝나는 지점에 있
는 전망 좋은 펜션이다. 가격은 8만 원부터다. 객
실에서 인터넷 사용이 가능하고 올레꾼은 할인
된다. 게스트하우스도 운영하고 있는데 1인당 1
만 5,000원이다.

☎ 064)739-2023~4

강정씨 빌리지 펜션 강정 포구 강정농협 부근
에 있다. 가족룸이 12개 있고 기본 6만 원이다.
바다가 보이는 바비큐장이 있고 잔디가 깔려 있
다. 7, 8코스는 픽업서비스도 가능하다. 게스트하
우스도 같이 운영되는데 정원이 6명인 방이 3개
있고 1인당 1만 5,000원에 이용한다.

☎ 010-3639-3099

제주남국호텔 ★ 7코스 시작점에서 도보로 10
분, 서귀포 터미널에서 도보로 10분 걸린다. 큰
방은 5만 원, 작은방은 2만 5,000원, 1인실은 1
만 5,000원, 게스트하우스는 1만 원이다. 호텔
안에 전복 음식점이 있고 투숙객에게는
30~50%가 할인된다.

☎ 064)762-4111, 010-8492-0307,
010-4533-4111

바다와 섬 제주풍림리조트에서 200m 거리에
있다. 큰방이 1개, 작은방이 6개 있는데 방 크기

에 상관없이 2인 기준 4만 원이다. 1인당 추가
요금은 1만 원. 취사가 가능하고 저렴한 가격에 1
층에서 삼겹살이나 회를 함께 즐길 수 있다.

☎ 064)739-5866 | www.badasum.co.kr

재즈 마을 리조트 서귀포시 상예동 2850번지.
가격은 9~35만 원. 야외 수영장을 이용할 수
있고 바비큐장에서는 1만 5,000원에 테이블과
그릴, 숯을 쓸 수 있다. 자전거를 무료로 빌려주
고 감귤체험도 할 수 있다. 컴퓨터는 시간당
1,500원에 이용할 수 있고 노래방도 있다.

☎ 064)738-9300 | www.jazzvillage.co.kr

바닷가 하얀집 서귀포시 호근동 405-1번지. 2
인실 2개, 4인실 1개, 6인실 1개가 있다. 비수기
에는 8~18만 원, 주말에는 10~20만 원에 이용
할 수 있다. 조각공원, 비치루프, 바닷가 산책로
등이 있고 바비큐도 가능하다.

☎ 064)739-2733, 4000, 011 606-1150

● **게스트하우스**

뜨레피아 게스트하우스 ★ 약천사 입구에서
하원초등학교 바닷가 쪽으로 500m 가면 있다.
7코스 종점에서 차로 3분 거리인데 픽업서비스
가 가능하다. 게스트하우스는 1만 5,000원이고,
2인 기준 펜션방은 4만 원이다. 취사가 가능하
고 세탁기, 인터넷, 바비큐 시설이 있다. 7, 8코
스까지는 올레꾼이 2인 이상이면 픽업해 준다.

☎ 064)738-5848, 011-691-5848

● **여관**

경원모텔 서귀동 319-19번지. 4인 기준 온돌방
은 3만 원, 3인 기준 침대방은 2만 원이다. 취사
가 가능하다.

☎ 064)733-3338, 011-827-5103

강남장 7코스 시작점에 있다. 방은 18개가 있고
방 하나에 2인 기준 2만 원이다. 1인당 추가 요
금은 1만 원.

☎ 064)762-7900, 011-9663-7487

맛집

제주풍림리조트 뷔페 서귀포시 강정동 2677
번지 제주풍림리조트 내에 있다. 수요일부터 일
요일은 오전 11시 30분부터 오후 2시까지 운영
한다. 월요일, 화요일에는 올레정식이 있다. 1인
7,000원.
☎ 064)739-9001

막숙올레 맛집 서귀포시 옆 법환동 법환 포구
에서 서쪽 바닷가 쪽으로 3층짜리 흰색 건물이
다. 소라물회, 한치물회 7,000원.
☎ 064)739-1234

강정 해녀의 집 강정포구 옆. 성게칼국수
6,000원, 소라물회 6,000원, 자리물회 7,000원,
겡이죽 7,000원, 성게물회 8,000원.
☎ 064)739-0772

하정식당 경원모텔 부근. 갈치국 8,000원, 갈치
구이 1만 원, 정식 5,000원.
☎ 064)762-1001

네거리식당 서귀포시 천지동 310-40번지. 갈
치국 8,000원, 갈치구이 1만 1,000원.
☎ 064)762-5513

덤장 서귀포시 색달동 2119번지로 중문관광단지
입구 부근. 한치물회 7,000원.
☎ 064)738-2550

알드르 서귀포시 정방동 433-8번지. 흑돼지 1
인분 1만 원.
☎ 064)733-9972

덕이죽집 서귀포시 중앙동 276-14번지로 서귀
포 매일시장 안. 호박죽, 잣죽, 팥죽 4,000원.
☎ 064)733-6317

산동산식당 법환 포구를 지나 올레길을 따라 걷
다가 대륜 우체국 방향에 있다. 몸국은 하루 전에
미리 예약해야 제대로 먹을 수 있다. 정식 5,000
원, 보말국 6,000원, 해물뚝배기 7,000원, 물회
7,000원.
☎ 064)739-6938

동완식당 서귀포 중앙로타리 부근 5·16도로
경유하는 시외버스 터미널 뒷편. 몸국 5,000원.
☎ 064)732-0183

몰질식당 강정사거리 부근. 돼지고기짬뽕
4,000원.
☎ 064)739-1542

즐길 거리

한길 농장 7코스 종점에 있는 과일 직판장으
로 귤따기 체험 등이 가능하다.
☎ 011-692-6396

법환 해녀 체험센터 법환 포구 옆에 있다. 일
반인들이 해녀의 고무옷을 입어 볼 수도 있고 테
왁을 메고 바다에서 소라나 전복을 딸 수도 있다.
☎ 064)739-1232

쉼터

올레쉼터 놀멍걸으멍 7코스 중간지점 법환 포
구에 있다. 간식거리를 판매한다.
☎ 064)739-9633

제주풍림리조트 정원 약근내에서 올라가면
제주풍림리조트로 이어진다. 잘 손질된 리조트의
정원도 돌아보고 정자로 된 바닷가 우체국에서
편지 한 통을 써 보는 것도 좋다.

쉼터 월평 포구 가는 길에 있는 무인쉼터. 커
피를 만들어 마시거나 라면을 끓여 먹을 수도
록 되어 있다. 바다가 보인다. 커피 1,000원.

7-1 Course 월드컵 경기장 ~ 외돌개 올레

도심 속에 있는 엉또 폭포의 물줄기를 보기 위해 비 온 뒤에 많이 찾는 코스다. 중산간에 70mm이상의 비가 내리면 거대한 물줄기를 쏟아 내며 대장관을 이룬다. 밭농사가 대부분인 제주에서 논농사로 유명한 하논을 지나면 외돌개가 멀지 않다.

7-1코스 패스포트 스탬프 확인 장소

시작 이마트 옆 GS25 편의점 중간 서호동 호서마트 종점 외돌개 제주올레 안내소

총16km : 4~5시간

서귀포 월드컵경기장…성산빌라1.2km…월산동2.7km…엉또 폭포4.4km…고근산 입구7km…고근산 뒷면8.5km…서호마을10.2km…하논분화구 입구13.4km…삼매봉 입구15.3km…외돌개16km

🚌 제주 국제공항에서 갈 경우
제주공항에서 600번 공항리무진을 타고 1시간 남짓 가면 '월드컵경기장'에 도착한다. 또는 100번 버스를 타고 '제주 시외버스 터미널'에서 내린다. 터미널에서 '중문 고속화 노선' 시외버스를 탄 뒤 '신시가지/월드컵경기장 앞'에서 내린다.

🚌 제주항에서 갈 경우
92번 버스를 타고 '광양로터리'에서 내린다. 광양로터리에서 100번 버스로 바꿔 탄 뒤 '제주 시외버스 터미널'에서 내린다. '중문 고속화 노선' 시외버스로 바꿔 탄 뒤 '신시가지/월드컵경기장 앞'에서 내린다.

🚌 서귀포에서 갈 경우
중앙로터리 시외버스 터미널에서 '중문 고속화 노선' 시외버스로 바꿔 탄 뒤 '신시가지/월드컵경기장 앞'에서 내린다. 또는 중앙로터리 서쪽 정류장(파리바게트 앞)에서 좌석버스를 타고 '월드컵경기장'까지 이동한다.

볼거리

엉또 폭포 도심 속 폭포 '엉또 폭포'의 물줄기는 대장관이다. 하지만 3박자가 맞아야 볼 수 있다. 계곡의 상류지역에 70mm 이상의 비가 내려야 하고, 그 시간대가 낮이어야 하고, 그 자리에 있어야 한다.

고근산 나무계단으로 오르면 서귀포 앞바다와 밭들이 보인다. 밤에는 70리 야경을 조망할 수 있다. 주변 풍광을 볼 수 있는 전망대도 설치되어 있다.

하논 분화구 동양 최대의 마르형 분화구인 하논 분화구는 지하의 가스가 한 군데 모여 폭발하면서 생긴 분화구다. 큰 논이란 의미다.

숙소

(★표시가 붙은 곳은 패스포트 할인이 되는 곳이다.)

● 펜션
여행스케치 중문관광단지에서 조금 떨어져있다. 픽업서비스 가능하다. 보통 4만 원이지만 혼자 묵을 때는 3만 원에 이용할 수 있다.
☎ 010-4691-7815

● 찜질방
워터월드 찜질방 ★ 서귀포 월드컵 경기장 내에 있는 해수사우나 찜질방이다. 해수사우나만 이용할 땐 5,000원, 찜질방은 7,000원이다. 신서귀포 시외버스 터미널이 가까워 어느 코스로든 쉽게 이동할 수 있다.
☎ 064)739-1930

맛집

가정집식당 서호마을 부근. 고메기국 5,000원.
064)739-7222

동환식당 법환 포구 부근. 돼지고기 김치찌개 5,000원, 몸국 5,000원, 뚝배기 7,000원, 갈치국 7,000원.
☎ 064)739-8644

남호식당 서귀포 월드컵 경기장 건너 큰길에서 고근산 쪽으로 올라가다가 왼쪽. 족탕 1만 원, 우럭매운탕 7,000원.
☎ 064)739-8375

고근산 식당 서귀포 월드컵 경기장 건너편 고근신 올리기는 길. 고기국수 4,500원, 몸국 5,000원, 돔베고기 소 2만 원, 쌈밥정식 6,000원.
☎ 064)739-6020

수원해장국 서귀포 월드컵 경기장 건너편 고근산 올라가는 길. 소머리 해장국, 선지해장국, 콩나물해장국 5,000원.
☎ 064)739-7677

법환리 포구식당 법환 포구 바로 앞. 민박도 함께 운영한다. 갈치조림 3인분 2만 4,000원, 자리물회 7,000원, 한치물회 7,000원.
☎ 064)739-2987~8

국수냐 국밥이냐 신서귀포 김정 문화회관 앞에 있다. 고기국수 4,500원, 순대국밥 5,000원, 몸국 5,000원.
☎ 064)739-3382

막동산 연탄구이 식당 서호 새마을금고 밑에 있다. 백반 5,000원, 돼지고기 연탄구이 1인분 8,000원.
☎ 064)739-9233

신천지동산식당 서귀포시 호근동 2004번지. 백반 5,000원, 삼겹살 1인분 8,000원.
☎ 064)739-8282

솔왓동산 서귀포시 호근동 1297번지. 백반 5,000원, 삼겹살 1인분 8,000원.
☎ 064)739-2026

토계촌 서귀포시 호근동 689-3번지. 삼계탕 1만 원, 뚝배기 1만 원.

☎ 064)739-7281

쉼터

전망대휴게소(바다빛쉼터) 팥빙수, 토스트 5,000원.
☎ 064)739-1777

오즈비 서귀포 월드컵 경기장 쪽 이마트 옆에 있다. 아메리카노 2,000원, 커피 4,000~6,000원.
☎ 064)738-8640

8 Course 월평 ~ 대평 올레

수만 년 동안 파도와 바람에 깎인 갯깍 주상절리의 아름다움에 눈을 떼지 못하다가 종점의 대평 포구에 다다라 산수화처럼 거대한 돌병풍을 펼쳐 놓은 박수기정을 바라보노라면 또 한 번 눈이 동그래진다.

8코스 패스포트 스탬프 확인 장소

시작 월평 송이슈퍼 **중간** 주상절리 관광 안내소 **종점** 대평 명물식당

총 16.3km : 4~5시간 :

월평마을 아왜낭목 **→** 선궷내1.6km **→** 대포 포구3.1km **→** 대포동 **→** 주상절리4km **→** 시에스호텔 리조트5.3km **→** 베릿내 오름6.5km **→** 베릿내7km **→** 퍼시픽랜드8.7km **→** 색달해녀의 집 **→** 중문 해수욕장9km **→** 하얏트호텔 산책로10km **→** 존모살 해변11.4km **→** 갯깍 주상절리 **→** 들렁괴 **→** 해병대길12.5km **→** 열리 해안길13km **→** 논짓물14km **→** 하예해안가15km **→** 대평 포구16.3km

🚌 제주 국제공항에서 갈 경우

100번 버스를 타고 '제주 시외버스 터미널'에서 내린다. 터미널에서 '중문 고속화 노선' 시외버스를 타고 '중문 초등학교'에서 내린다. 5번 시내버스를 타고 '월평알동네'에서 내려 천혜수산 이정표를 따라 바다 쪽으로 20분 정도 걷다 보면 8코스 출발지 월평 포구가 나온다.

🚌 제주항에서 갈 경우

92번 버스를 타고 '광양로터리'에서 내린다. 광양로터리에서 100번 버스로 바꿔 탄 뒤 '제주 시외버스 터미널'에서 내린다. '중문 고속화 노선' 시외버스로 바꿔 탄 뒤 '중문 초등학교'에서 내린다. 5번 시내버스를 타고 '월평알동네'에서 내려 천혜수산 이정표를 따라 바다 쪽으로 20분 정도 걷다 보면 8코스 출발지 월평 포구가 나온다.

🚌 서귀포에서 갈 경우

중앙로터리 서쪽 정류장(파리바게트 앞)에서 5번 시내버스를 타고 '월평알동네'에서 내려 천혜수산 이정표를 따라 바다 쪽으로 20분 정도 걷다 보면 8코스 출발지 월평 포구가 나온다.

볼거리

대포동 주상절리 모난 돌기둥늘이 병풍처럼 펼쳐져 있는 모습이 절경인 주상절리. 높이 25m 가량의 사각, 육각형 기둥들이 2km 해안에 걸쳐 겹겹이 박혀 있다.

중문 해수욕장 제주에서 유명한 해수욕장. 모래사장이 넓다.

갯깍 주상절리 대포동 주상절리와 달리 아래로 거닐 수 있어 사람들이 많이 찾는다.

해병대길 능숙한 해녀들만이 겨우 다니던 길이 해병대의 도움으로 평평하게 정리됐다. 바다에 근접해 물소리와 함께 걷는다.

열리 해안길 억새와 바다의 조화가 일품이다.

논짓물 해수와 담수가 만나는 곳으로 물놀이를 할 수 있다.

대평리 넓은 들을 품고 있는 마을 대평리는 포구를 감싸는 돌병풍 박수기정이 절경이다.

숙소

(★표시가 붙은 곳은 패스포트 할인이 되는 곳이다.)

● 민박

하얀도화지 민박 1층은 여성전용 게스트하우스로 1인당 2만 원, 가족룸은 4만 원이다. 게스트하우스 이용자는 차려져 있는 식사를 얼마든지 먹을 수 있다. 방마다 취사도구와 조미료가 구비되어 있다. 귤따기 체험이 가능하고 논짓물 바다를 풀장으로 사용하고 있다.

☎ 011-693-0411

대평리 동굴나무 민박 8코스 종점인 해녀식당 부근에 있다. 방은 총 4개로 화장실과 욕실, 부엌이 있는 방이 있고 공동욕실을 쓰는 방이 있다. 공동욕실 방은 2인 기준 2만 5,000원이고 개별 방은 3인 기준 4만 원이다. 1인당 추가 요금 5,000원.

☎ 064)738-0532, 017-699-0532, 010-5005-9889

신진민박 ★ 서귀포시 중문동 1489-8번지에 있다. 방은 2인기준 2만 5,000원, 도미토리는 1인당 1만 2,000원에 이용할 수 있다.

☎ 010-4161-7545

바다 풍경 올레 8코스 끝자락인 하예리(동난드리) 포구에 있다. 방은 총 3개로 2인 기준 3만 원이고 1인당 추가 요금은 1만 원. 혼자 이용할 땐 2만 원.

☎ 064)738-5566, 010-5546-1061

대평리 슈퍼민박 ★ 8코스 종점에 있다. 크기별 독채가 4개 있다. 2인 기준 4만 원이고 1인당 추가 요금은 1만 원. 식사는 5,000원이고 취사도 구도 있다.

☎ 064)738-0505, 011-690-8016

● **펜션**

써니데이 제주 펜션 ★ 8코스 시작점인 대포 포구 부근에 자리 잡은 통나무집 펜션이다. 2인부터 4인까지 들어갈 수 있는 방이 7개 있다. 각각 8만 원, 10만 원, 12만 원이고 1인당 추가 요금은 1만 원.

☎ 064)738-1999

팡숑예래 펜션 ★ 서귀포시 하예동 562번지로 논짓물 부근 바닷가에 자리 잡은 유럽식 목조주택이다. 방은 7개 있는데 올레꾼 할인가로 2인

기준 6만 원으로 최대 6명까지 수용된다. 인원 추가 시 1만 원씩이다. 취사가 가능하고 아침은 1만 원에 옥돔구이 정식이나 전복죽이 제공된다.

☎ 064)738-1133, 019-611-8002

중문빌리지 펜션 서귀포시 하예동 141번지로 8코스 종점 부근이다. 방이 30개 있다. 가격은 10~12만 원이고 1인당 추가 요금은 1만 원. 7세 이하의 어린이는 5,000원이다. 3인 이상일 땐 중문관광단지와 대평 포구에 픽업이 된다. 바비큐장과 잔디정원, 폭포, 정자 등이 있고 매점과 노래방 등 부대시설도 갖춰져 있다.

☎ 064)738-3151 | www.jungmuncondo.co.kr

가자남쪽나라 펜션 8코스 중간지점인 중문 해수욕장 부근 서귀포시 중문동 1489-2번지에 있다. 방 크기가 다양하게 있고 가격은 3만 5,000원~10만 원. 1인당 추가 요금은 1만 원. 올레꾼은 추가 요금 없이 이용할 수 있다.

☎ 011-690-5679, 011-698-2689

이리랑 펜션 서귀포시 하예동 20-5번지로 논짓물에서 예래동사무소방향으로 가다 보면 있다. 중문관광단지와도 가깝다. 2인 기준 5만 원이고 인원 추가 시 5,000원씩 늘어난다. 제주 국제컨벤션센터가 지정한 숙박업소이자 제주특별자치도가 우수관광사업체로 선정한 업체다. 숙소 앞에는 자연생태공원이 있고 바다 용천수로 만든 야외수영장도 있다. 주인아저씨가 관광안내도 해주며 할인된 가격으로 렌트는 물론 픽업서비스도 제공된다. 한라봉과 감귤체험, 바비큐도 가능하다.

☎ 064)738-7773, 017-693-3636 |

www.arirangminbak.com

남제주 펜션 서귀포시 안덕면 대평리 890-4
번지로 대평 포구에서 도보로 5~10분 소요된
다. 방이 7개 있다. 가격은 4~8만 원. 렌트를
10~30% 할인된 가격에 할 수 있다.

☎ 064)738-6310, 010-4431-1309,
010-8996-9829

해라의 성 중문관광단지 천지연 폭포 부근에
있다. 작은방은 4만 원(호텔식 조식 포함)이다. 중간
방과 큰방은 각각 6만 원, 8만 원으로 취사도구
가 있고 1인당 추가 요금은 5천원이다. 올레꾼은
10% 할인된다. 7, 8코스는 픽업도 가능하다.

☎ 064)738-9490

큰갯물 펜션 ★ 서귀포시 대포동 2070번지에
있고 2인 기준 5만 원에 이용할 수 있다. 성수기
엔 8만 원

☎ 064)738-4554

제주 바다 바당끝 8코스 종점인 대평 포구에
있다. 방은 총 5개로 4인 기준 7만 원에 이용할 수
있고 독채는 10만 원이다. 1인 추가 요금 1만 원.

☎ 016-697-5056

나폴리 휴양 펜션 서귀포시 대포동 2065번지
로 8코스 1/3 지점쯤이다. 방 크기가 다양하게
있고 12~45만 원에 이용할 수 있다. 골프연습
장, 어린이 놀이터가 있고 자전거를 무료로 이용
할 수 있다.

☎ 064)738-4820 l www.jejunapoli.com

하바다 통나무집 서귀포시 안덕면 대평리 976
번지에 있다. 중문관광단지에서 10분 거리. 복층
독채가 기본 2인 기준으로 8만 원, 4인 기준 9만
원이고 1인 추가 요금 1만 원. 징통 소나무로 된
통나무 펜션이다.

☎ 064)738-3599, 016-895-8374

보리솔 펜션 서귀포시 하예동 50번지로 8코스
논짓물 부근에 있다. 크기별로 7~13만 원에 이
용할 수 있다.

☎ 064)738-5573, 011-1779-5573 l
www.borisol.com

● **게스트하우스**

중문SS클럽 게스트하우스 중문관광단지 입구
쪽으로 여미지 식물원에서 도보로 10분 거리에
있다. 3층은 여성전용 층으로 게스트하우스는 1
만 5,000원. 캠핑도 가능한데 텐트 대여료는 별
도로 캠핑장 이용만 4인 기준 3만 원이다. 샤워
시설, 취사시설, 바비큐 시설이 있고 2층엔 여행
정보나 레저스포츠를 이용할 수 있는 창구가 마
련되어 있다. 레스토랑과 카페테리아가 있고 인
터넷은 물론 플레이스테이션도 있다. 월평 포구
부터 대평리까지 매일 저녁 픽업이 된다. 밤 9시
엔 공짜 술파티가 열린다.

☎ 064)738-8150~1 l www.club-jj.co.kr

남제주 게스트하우스 서귀포시 안덕면 대평
리 890-4번지로 대평 포구에서 도보로 5~10
분 소요된다. 남자방, 여자방이 각각 하나씩으로
1인당 2만 원이고 3~4명일 땐 1인당 1만 5,000
원, 인원이 늘수록 가격은 싸진다. 자전거 대여,
바비큐장, 농장 체험, 대나무 낚시 체험 등이 무
료로 가능하다.

☎ 064)738-6310, 010-4431-1309,
010-8996-9829

웰리조트 게스트하우스 ★ 공항리무진으로 1
시간 소요되는 약천사 쪽에 있는 고품격 리조트
다. 리조트는 12~25만 원, 노비토리는 조식 포
함 1인 1만 5,000원에 이용할 수 있다. 게스트하
우스 이용객도 리조트의 야외 수영장 이용이 가
능하다.

☎ 064)738-4000

대평 해녀식당 대평 포구 입구 우측골목. 정식 5,000원, 갈치조림(대) 2만 5,000원, 매운탕 1만 5,000원.
☎ 064)738-8818, 010-3188-3043

외갓집정식 8코스에서 한라산 방향 농협 하나로 마트 맞은 편, 중문초등학교 사거리 부근. 정식 5,000원, 황태해장국 5,000원.
☎ 064)738-2262

덕성원 중문 초등학교 사거리. 화교 출신이 대를 이어 운영하는 곳으로 본점은 6코스 서귀포천주교성당 쪽에 있다. 게짬뽕 6,000원.
☎ 064)738-0750

바다풍경올레 8코스 종점 대평 포구 부근에 있다. 보말칼국수 5,000원, 들깨수제비 5,000원, 해초비빔밥 6,000원.
☎ 064)738-5566

퍼시픽 마린뷔페 서귀포시 색달동 2950-5번지로 중문관광단지 퍼시픽랜드 안. 대인 6,000원, 소인 4,000원, 고등어조림 4,500 원, 갈치조림 6,000원.
☎ 064)738-4808

용왕난드르 향토 음식점 8코스 종점인 서귀포시 안덕면 대평리 876-11번지. 보말수제비 5,000원, 강된장비빔밥 6,000원.
☎ 064)738-0915

쌍둥이식육점 8코스 중간쯤인 중문 우체국 골목길 바로 안에 있다. 오겹살 1인분 9,000원.
☎ 064)738-9981

웰리조트 약천사 부근. 올레정식 5,000원.
☎ 064)738-4301

중문 해녀의 집 서귀포시 중문동 2658-2번지. 시에스호텔 아래 해안가에 있다. 주문을 받은 후 조리를 시작하기 때문에 최소 20분 이상 걸린다. 해삼, 소라 한 접시에 1만 원씩, 전복죽 1만 원.
☎ 064)738-9557

사해방 중문 초등학교 사거리 부근. 쟁반자장(소) 1만 원, 자장면 3,500 원.
☎ 064)738-2262

색달 해녀의 집 중문 해수욕장 입구. 해산물한 접시 1만 원.

보리솔 식당 예래동 주민센터 건너편에 있다. 정식 5,000원, 생갈비 김치전골 3인분 2만 원, 해물탕 3인분 2만 원.
☎ 064)738-3466

물고기카페 8코스 종점 대평 포구 부근. 제주의 옛집을 카페로 만들었다. 만든 사람은 영화〈꽃잎〉과 〈성냥팔이 소녀의 재림〉의 장선우 감독이다. 부부가 함께 운영하는 조용한 카페다. 영업시간은 11:00~22:00, 월요일 휴무. 음료 5,000원, 식사와 주류도 있다.
☎ 070-8147-0804

Red & Brown 대평 포구 부근. 아기자기한 소품과 파스텔톤의 색이 가득한 카페다. 이름도 생소한 드립커피들이 많이 있다. 영업시간은 12:00~22:00, 수요일 휴무. 토스트, 커피 6,000원, 올레꾼 특별가격 3,000원
☎ 064)739-0615

제주다원 탐라대학교에서 핀크스 골프장으로 가는 길에 있다. 녹차테마파크가 구성돼 있어 시음과 관광을 즐길 수 있다.
☎ 064)738-4433~5 | www.jejugreentea.co.kr

9 Course 대평 ~ 화순 올레

말들이 다녔던 몰질을 걸어 올라가 숲 능선을 따라 내려오면 산방산이 눈앞으로 보인다. 황개천을 따라 걷다 보면 풀 사이로 게들이 불쑥 불쑥 기어 나와 사람을 놀라게 하고 선비와 용왕아들의 전설이 어린 안덕 계곡도 지나게 된다.

9코스 패스포트 스탬프 확인 장소

시작 대평 명물식당 중간 화순 황개천 다리 옆 화장실 종점 화순 바당올레횟집

총 9.1km : 3~4시간

대평포구 ⋯ 박수덕 ⋯ 몰질0.4km ⋯ 조슨다리 위1.38km
⋯ 볼레낭 길2.1km ⋯ 봉수대2.7km ⋯ 황개천 입구3km ⋯
화순 선사유적지3.6km ⋯ 진모르 동산5.1km ⋯ 안덕계
곡6.9km ⋯ 화순 귤농장 길7.4km ⋯ 동하동 마을8km ⋯
화순 해수욕장9.1km

🚌 **제주 국제공항에서 갈 경우**

100번 버스를 타고 '제주 시외버스 터미널'에서 내린다. 터미널에서 '중문 고속화 노선' 시외버스로 바꿔 탄 뒤 '중문 초등학교'에서 내린다. 길을 건너 정류장에서 '대평 방향' 120번 좌석버스를 타고 종점인 '대평리'에서 내린다. 바다 쪽으로 10분 정도 걷다 보면 9코스 출발지 대평 포구가 나온다.

🚌 **제주항에서 갈 경우**

92번 버스를 타고 '광양로터리'에서 내린다. 광양로터리에서 100번 버스로 바꿔 탄 뒤 '제주 시외버스 터미널'에서 내린다. '중문 고속화 노선' 시외버스로 바꿔 탄 뒤 '중문 초등학교'에서 내린다. 길을 건너 정류장에서 '대평 방향' 120번 좌석버스를 타고 종점인 '대평리'에서 내린다. 바다 쪽으로 10분 정도 걷다 보면 9코스 출발지 대평 포구가 나온다.

🚌 **서귀포에서 갈 경우**

중앙로터리 서쪽 정류장(파리바게트 앞)에서 120번 좌석버스로 바꿔탄 뒤 종점인 '대평리'에서 내린다. 바다 쪽으로 10분 정도 걷다 보면 9코스 출발지 대평 포구가 나온다.

볼거리

박수기정 기정, 즉 절벽에서 솟아 나오는 샘물을 바가지로 담았다는 데서 박수기정이라 한다. 이곳의 샘물은 피부에 좋다고 알려져 백중날 물맞이 장소로도 유명하다.

몰질 말들이 다니는 길이라는 뜻이다. 고려 때 박수기정 위의 말들을 원나라로 싣고 가기 위해 대평 포구로 가는 길을 만들었다.

황개천 바닷물과 민물이 합수되는 곳으로 이른 아침에 걷다 보면 풀 사이로 게들이 불쑥 불쑥 기어 나온다.

안덕계곡 안덕면을 가르는 계곡으로 양 옆으로 상록수가 울창하다. 절경이 빼어나 예로부터 선비들이 많이 찾았다.

숙소

(★표시가 붙은 곳은 패스포트 할인이 되는 곳이다.)

● **민박**

소라민박 ★ 화순 해수욕장 부근에 있다. 2인 기준 방이 2개, 5인 기준 방이 3개 있다. 올레꾼 할인가로 2인용은 2만 5,000원, 5인용은 3만 원이고 1인당 추가 요금은 1만 원. 공동취사도구가 있다.
☎ 064)794-1561

대평리 대동 민박 9코스 시작점에 있다. 원룸형 방이 2개로 2인 기준 4만 원이고 1인당 추가 요금은 1만 원. 조식 무료.
☎ 010-4012-5461

화순지점 민박집 9코스 종점인 화순 해수욕장 부근으로 천지연민물장어식당과 함께 운영되는 가정집 독채다. 방이 커서 10명까지 수용된다. 기본 2인 3만 5,000원, 1인당 추가 요금은 1만 원.
☎ 064)792-1092, 016-690-6447

황금미락 민박 ★ 9코스 종점인 화순 해수욕

장 바로 앞에 있다. 2인 기준 큰 방이 4만 원이
고 1인당 추가 요금은 1만 원.

☎ 064)794-6789

용왕 난드르 민박 9코스 시작점에 있고 방은
총 2개로 2인 기준 4만 원이다. 1인당 추가 요금
은 1만 원. 주인아주머니의 요리 솜씨가 좋다.

☎ 016-9840-2321

대평리 슈퍼민박 ★ 9코스 시작점에 있다. 크
기별로 독채가 4개 있다. 2인 기준 4만 원이고 1
인당 추가 요금은 1만 원. 식사비는 5,000원이고
취사도구도 있다.

☎ 064)738-0505, 011-690-8016

● **펜션**

뉴제주 펜션 ★ 9코스 시작점에 있어 중문관광
단지에서 8분 거리다. 2인실 5만 원, 5인실 10만
원, 7인실 14만 원이고 1인당 추가 요금은 1만
원. 방은 총 5개. 취사가 가능하고 인터넷도 된
다. 바다가 보이는 곳에 있고 오골계 농장이 운
영되고 있다. 오골계는 1마리당 3만 원에 잡아
준다. 인근 버스정류장까지 픽업이 된다.

☎ 064)738-2926

사계 여행 남제주군 안덕면 사계리 236-2번
지로 산방산 용머리 해안 부근에 있다. 2인실이
2개, 그 외에 좀 더 큰방이 2개 있고 2인 기준으
로 각각 3만 원, 4만 원, 5만 원이다. 1인당 추가
요금은 5,000원.

☎ 064)792-4466, 016-645-5323 |
www.minbakcafe.com

해피제주 펜션 서귀포시 안덕면 대평리
1022-1번지에 있다. 4인실 원룸(12만 원), 6인실
복층(18만 원)이 있다. 비수기엔 투숙객에게 차를
24시간 무료로 렌트해 준다. 모든 객실에 컴퓨터
가 구비되어 있다.

☎ 064)739-3273, 011-328-7775

맛집

바당올레횟집 9코스 종점에 있다. 올레꾼정식
1만 원, 오분자기뚝배기 1만 2,000원.

☎ 064)794-8558

명경식당 서귀포시 안덕면 화순리 333번지로
안덕농협 4거리에서 화순 해수욕장 방면으로 걸
어서 3분 정도, 화순 해수욕장에서는 화순농협
쪽으로 걸어서 10~15분 정도에 있다. 멧돌콩국
수(여름메뉴) 3,500원.

☎ 064)794-9557

송도식당 9코스 종점 부근인 가세기마을 앞에
있다. 보리비빔밥 6,000원, 국수 4,500원.

☎ 064)794-9408

황금미락 화순 해수욕장 앞. 고등어회정식
3~5만 원, 해물정식 8,000원.

☎ 064)794-6789

10 Course 화순 ~ 모슬포 올레

출출할 땐 기기묘묘한 동병풍이 서 있는 용머리 해안의 '고무다라 횟집'에서 싱싱한 소라 한 접시도 먹을 수 있다. 두 개의 섬이 마주보고 있는 형제섬을 바라보며 해안을 걷다가 송악산에 오르면 대형 선풍기처럼 바람이 불어 댄다.

10코스 패스포트 스탬프 확인 장소

시작 화순 바당올레횟집 중간 송악산휴게소 식당 종점 하모 제주올레 안내소

총 15km : 4~5시간

화순 해수욕장···소금막1km···산방산 옆 해안1.84km···용머리 해안···산방연대2.4km···산방산 입구2.82km··· 허멜 상선전시관2.8km···사계 포구3.9km···사계 해안체육공원···사계 화석 발견지5.8km···송악산편의점7.3km··· 송악산 입구8km···송악산 정상···송악산 소나무숲9.1km···상모 해변도로9.5km···상모 해녀의 집10.2km··· 모슬포하수처리장11km···알뜨르 비행장 해안도로11.5km···하모 해수욕장13.5km···모슬포항(하모 체육공원)15km

🚌 **제주 국제공항에서 갈 경우**

100번 버스를 타고 '제주 시외버스 터미널'에서 내린다. 터미널에서 '서부관광도로' 시외버스로 바꿔 탄 뒤 '화순리'에서 내린다. 바다 쪽으로 10분 정도 걷다 보면 화순어촌계 건물 옆 화순선주협회 사무실이 나온다.

🚌 **제주항에서 갈 경우**

92번 버스를 타고 '광양로터리'에서 내린다. 광양로터리에서 100번 버스로 바꿔 탄 뒤 '제주 시외버스 터미널'에서 내린다. '서부관광도로' 시외버스로 바꿔 탄 뒤 '화순리'에서 내린다. 바다 쪽으로 10분 정도 걷다 보면 화순어촌계 건물 옆 화순선주협회 사무실이 나온다.

🚌 **서귀포에서 갈 경우**

중앙로터리 시외버스 터미널에서 '중문 고속화 노선' 버스를 타고 '중문 초등학교'에서 내려 '서일주 노선' 시외버스를 탄다. '화순리'에서 내려 바다 쪽으로 10분 정도 걷다 보면 화순어촌계 긴물 옆 화순선주협회 사무실이 나온다.

볼거리

화순 해수욕장 모래가 잘고 부드러운데다 수심도 깊지 않아 아이들이 놀기에 적당한 곳이다.

용머리 해안 해안 경관이 최고로 손꼽히는 용머리 해안. 하늘에서 내려다 보면 승천하려는 용의 머리를 닮았다고 한다.

하멜표류지 1653년 네덜란드 상인 헨드릭 하멜이 탔던 스페르웨르호가 풍랑을 맞아 제주에 표류하게 되는데 8개월을 제주에서 보낸 그는 고국으로 돌아가 책을 펴내 서양에 한국을 소개했다.

사계 화석 발견지 2003년 사람, 새, 우제류의 발자국과 어류의 화석이 100여 점이나 발견됐다. 구석기 말에서 신석기 초의 것으로 추정되고 있다.

송악산 국토 최남단의 산으로 산방산, 한라산, 가파도, 마라도, 형제섬까지 한눈에 볼 수 있다. 높지 않지만 여러 개의 크고 작은 분화구들이 모여 오름을 형성하고 있다. 바람이 굉장히 세다.

가파도 · 마라도 바다 위에 떠 있는 2개의 섬. 빌려간 돈을 갚아도 되고 말아도 된다는 말이 있듯 인심이 후덕하다. 옆으로 길게 늘어진 섬이 가파도다.

숙소

(★표시가 붙은 곳은 패스포트 할인이 되는 곳이다.)

● 민박

소라민박 ★ 화순 해수욕장 부근에 있다. 2인 기준 방이 2개, 5인 기준 방이 3개 있다. 올레꾼 할인가로 2인용은 2만 5,000원, 5인용은 3만 원이고 1인당 추가 요금은 1만 원. 공동취사도구가 있다.

☎ 064)794-1561

대정 해수 민박 ★ 서귀포 대정읍에 있다. 크기별로 각각 3만 원, 8만 원. 매월 첫째, 셋째 수요일은 쉰다. 9~12코스는 픽업서비스가 된다.

☎ 064)794-2700, 011-691-2849, 010-9032-2849

● 여관

에쿠스 모텔 10코스 시작점인 서귀포시 안덕면

화순리에 있다. 한실이 5개, 양실이 16개 있다. 방은 비수기 가격으로 4만 원씩.

☎ 064)792-2341, 011-219-0703 | alljeju.co.kr

● 펜션

송악리조트 ★ 서귀포시 대정읍 상모리 74번지. 4인부터 15인까지 묵을 수 있는 방들이 있고 숙박비는 7~20만 원이다. 1인당 추가 요금은 1만 원.

☎ 064)794-6307~8 | www.saresort.co.kr

멜케로그빌 10코스 종점인 하모 해수욕장 앞에 있다. 2인실, 3인실, 4인실, 6인실, 8인실이 총 12개가 있고 남자, 여자가 20명씩 수용되는 도미토리도 있다. 방은 5~17만 원이고 1인 추가 요금은 1만 원이다. 1층 카페에서는 저녁시간에 흑돼지 모듬꼬치구이를 2,500 원에 판매한다. 9~12코스에서 숙소로 올 때 픽업이 가능하다. 인근에 있는 산방산 탄산온천 30% 할인티켓도 제공된다. 통나무로 될 3층 건물이다.

☎ 064)792-3636, 010-8631-8400

다이버 하우스 화순 해수욕장에서 5분 거리로 산방산 부근이나 10코스 부근에서 연락하면 픽업이 가능하다. 방은 총 8개로 2인 기준 3만 원. 10인 이상은 올레꾼 할인가로 1인당 1만 원이다. 인터넷 사용이 가능하고 음료가 제공된다. 식사비는 5,000원이고 공동취사장이 있다.

☎ 064)792-3336, 7972

유니콘 펜션 서귀포시 안덕면 사계리 2082-1번지로 산방산 부근이다. 양실은 8만 원, 한실은 15만 원이고 1인 추가 요금은 5,000원이다. 바비큐장과 텃밭에서 직접 재배한 채소를 무료로 이용할 수 있다.

☎ 064)738-3834

바닷가 하우스 서귀포시 대정읍 상모리 73번지에 있다. 2인실, 6인실이 있고 6~15만 원으로

이용할 수 있다.

☎ 064)794-0977 | seasidehouse.co.kr

● 게스트하우스

book&cafe 사이 게스트하우스 ★ 10코스 중간지점으로 사계 해안도로 옆에 있다. 송악산에서 10분 거리다. 1층은 게스트하우스, 2층은 북카페와 테라스, 3층은 펜션이다. 게스트하우스는 1인당 1만 5,000원이고 펜션은 2인 기준 6만 원, 6인 기준 18만 원이다. 1인 추가 요금은 1만 원. 조식과 석식은 가정식 백반으로 5,000원이다. 자전거도 대여해 준다. 픽업서비스는 1,000원에 가능한데 불우이웃돕기에 쓰인다. 매일 아침 9~11코스까지 픽업된다.

☎ 064)792-0042, 010-4751-0042

산방산 게스트하우스 서귀포시 안덕면 사계리에 있다. 140명까지 수용 가능하다. 탄산온천, 찜질방, 수영장 이용까지 포함해 2만 원이다. 조식은 1,000원, 석식은 3,000원이다. 무료로 바비큐 파티를 벌이기도 한다. 픽업서비스도 가능하다.

☎ 064)792-2533

대정 게스트하우스 ★ 10코스의 종점이자 11코스의 시작점에 있다. 모슬포항에서 2분 거리. 한방에 4~6명이 수용되는 도미토리가 남녀 각각 2개씩 있다. 가격은 1인당 1만 5,000원이고 식사는 5,000원에 해결할 수 있다.

☎ 064)792-6666

● 찜질방

제주 산방산 탄산온천 화순~모슬포 일주도로 옆에 있다. 탄산온천 찜질방으로 2층 침대가 빼곡히 있어 120명까지 수용 가능하다. 1만 1,000원에 이용할 수 있다. 실내에서는 정숙해야 하고 바비큐파티는 시간을 지정할 수 있다.
☎ 064)792-8300

맛집

선유횟집 모슬포항에 있다. 벵어돔지리 1만 원, 모둠회 3~5만 원.
☎ 064)794-5125

옥돔식당 10코스 종점 모슬포 오일장 맞은 편에 있나. 보밀갈국수 5,000원, 보말국 6,000원.
☎ 064)794-8833

부두식당 모슬포항에 있다. 갈치조림 2만 원.
☎ 064)794-1223

홍가네 뷔페 하모 체육공원 바로 옆에 있다. 11~15시 4,900 원, 16~22시 7,000원.
☎ 064)792-7200

상모 해녀의 집 송악산을 지나 해안도로 검은 모래 해변. 한치물회 8,000원, 자리물회 6,000원, 성게소라물회 1만 원, 성게보말칼국수 5,000원, 전복죽 8,000원, 해물모둠 1만 5,000원.
☎ 010-5270-6116

중앙식당 산방산 부근, 화순리 안덕 농협 옆에 있다. 성게보말국 8,000원, 갈치국 7,000원.
☎ 064)794-9167

우리어멍 송악산 입구 마라도 유람선 선착장 옆에 있다. 보말메밀칼국수 5,000원.
☎ 064)792-0667

화순반점 화순 해수욕장 일대에서 배달시켜 먹을 수 있다.
☎ 064)794-1157

산방식당 모슬포 시내 상설시장 부근. 밀면 4,000원, 수육 5,000~8,000원.
☎ 064)794-2165

항구식당 모슬포항 부근에 있다. 회덮밥 7,000원, 잡어 매운탕 6,000원.
☎ 064)794-2254

해안도로식당 하모 해수욕장에서 일주도로 서쪽으로 300m쯤 가면 있다. 객주리탕(대) 3만 원, 고등어회 3만 원.
☎ 064)792-0103

즐길 거리

바릇잡기 체험 상모 해녀의 집에서 즐길 수 있다. 체험비는 3,000원.

산방산 탄산온천 제주의 하나뿐인 온천으로 건강에 좋아 인기가 많다. 온몸에 기포가 붙는 신기한 온천수는 아이들이 특히 좋아한다. 입장료 1만 1,000원. 영업시간 7:00~16:30
☎ 064)794-5088

불란지 펜션 SBS 주말 드라마 '인생은 아름다워'의 세트장으로 지어진 펜션 송악산 입구 주차장 건너편에 있다. 촬영 중에는 출입할 수 없지만 촬영 시간 외에는 관람이 가능하다.

쉼터

사이 10코스 중간쯤에 자리잡고 있다. 송악산에서 도보로 10분 거리. 게스트하우스 겸 북카페다. 저녁 시간엔 영화도 상영한다.
☎ 064)792-0042

10-1 Course 가파도 올레

섬 전체를 푸르게 물들인 청보리의 아름다움에 바람도 멈추어 선다. 섬을 한 바퀴 돌다 보면 남쪽으로 대한민국 최남단 마라도가 보이고 북쪽으로는 본섬 제주의 해변 풍광 3분의 1이 일직선으로 펼쳐져 있다.

가파포구(하동)
냇골챙이
제단
가파 초등학교
전화국
장택코 정자
큰 옹짓물
개엄주리코지
상동포구

총5km : 1~2시간 :
상동포구···상동본향당0.2km···➤장택코 정자0.8km···➤냇골챙이1.7km···➤가파 초등학교2.1km···➤전화국2.4km···➤
개엄주리코지3.6km···➤큰 옹짓물4.1km···➤제단4.4km···➤부근덕4.8km···➤가파포구(하동)5km

가파도에 들어가려면 우선 모슬포항으로 가야 한다.

🚌 제주 국제공항에서 갈 경우
100번 버스를 타고 '제주 시외버스 터미널'에서 내린다. 터미널에서 '대정(모슬포)행' 직행버스(평화로 경유)로 바꿔 탄 뒤 '모슬포 시외버스 터미널'에서 내린다. 모슬포항 쪽으로 10분 정도 걷다 보면 가파도/마라도행 정기여객선 대합실이 나온다.

🚌 제주항에서 갈 경우
92번 버스를 타고 '광양로터리'에서 내린다. 광양로터리에서 100번 버스로 바꿔 탄 뒤 '제주 시외버스 터미널'에서 내린다. '대정(모슬포)행' 직행버스(평화로 경유)로 바꿔 탄 뒤 '모슬포 시외버스 터미널'에서 내린다. 모슬포항 쪽으로 10분 정도 걷다 보면 가파도/마라도행 정기여객선 대합실이 나온다.

🚌 서귀포에서 갈 경우
중앙로터리 시외버스 터미널에서 '서회선 일주도로' 버스를 타고 '모슬포 농협사거리 정류장'에서 내린다. 모슬포항 쪽으로 5분 정도 걷다 보면 가파도/마라도행 정기여객선 대합실이 나온다.

🚢 가파도행 여객선은 하루에 3번 운항한다. 풍랑주의보가 뜨면 배가 출항하지 못할 수 있어서 미리 일기예보를 확인해 둬야 한다. 배삯은 왕복 8,000원

모슬포 → 가파도 9:00, 12:00, 16:00
가파도 → 모슬포 9:25, 12:25, 16:25
모슬포항 064)794-5490

볼거리

청보리밭 가파도에는 푸른 빛이 넘실대는 청보리밭이 있다. 3월 말부터 4월 중순까지 절정을 이룬다.

상동마을 할망당 소원을 비는 곳이었던 할망당. 지금은 터만 남아 있다.

고인돌 군락지 제주에서 고인돌이 가장 많은 곳이 가파도이다. 왕돌이라 불리는 고인돌이 56기 있다.

김성숙 선생 동상 가파 초등학교 부근에 신유의숙 설립자이자 독립운동가인 김성숙 선생의 동상이 서 있다.

까마귀돌 이 바위에 올라가거나 걸터 앉으면 태풍이 불고 비바람이 인다는 전설이 내려온다.

춘포제단 해마다 마을남자 9명이 3박 4일 동안 합숙을 하며 깨끗한 심신으로 제사를 준비하는 전통이 이어지고 있다.

숙소

가파도 바다별장 2인 1실 3만 원. 식사도 맛있기로 유명하다.

상동 바다별장 ☎ 064)794-6885, 010-5755-9234

하동 가파도별장 ☎ 064)794-7083, 011-697-7083

가파도 민박 1박에 3만 원. 식사가 맛있다.
☎ 064)794-7083, 7089

블루오션 가파 초등학교에서 하동포구 가는 길목에 있다. 커플룸은 2인 기준 3만 원, 4인 기준 5만 원, 패밀리룸은 5인 기준 6만 원, 6인 기준 9만 원이다. 성수기 가격은 각각 5만 원, 7만 원 10만 원, 15만 원.
☎ 064)794-4500 ┃ www.gapadopension.com

맛집

수놀음 모슬포항 부근. 흑돼지 전문집이다.
☎ 064)794-0025

우리바다 모슬포항 부근.

☎ 064)792-0337

영성수산 모슬포항 부근. 어촌계 수산물 직판장이다.
☎ 064)792-0110

해리수산 모슬포항 부근. 어촌계 수산물 직판장이다.
☎ 064)794-0303

포구식당 모슬포항 부근. 조림 전문집이다.
☎ 064)794-7140, 4343

동성수산횟집 모슬포항 부근.
☎ 064)794-7034

둥지식당 모슬포항 부근. 각종 조림과 생선회를 판다.
☎ 064)794-8465

항구식당 모슬포항 부근.
☎ 064)794-2254

부두식당 모슬포항 부근. 조림 전문집이다.
☎ 064)794-1223

덕승식당 모슬포항 부근.
☎ 064)794-0177, 2521

선유식당 모슬포항 부근. 자연산 활어를 판다.
☎ 064)794-5125

춘자네집 상동포구 부근. 각종 해산물을 판다.
☎ 010-3691-7170

꼬마 블루코너 포차 각종 해산물 구이와 방어 칼국수를 판다.
☎ 064)794-7371, 010-2693-7332

하동포구 해녀의 집 여름에만 운영되는 해녀의 집이다.

11 Course 모슬포 ~ 무릉 올레

일제 시대 비행장이었던 알뜨르를 걷다 보면 아카돈보를 숨겼던 격납고가 보이고 4·3의 상흔이 남아 있는 섯알오름 학살터도 마주친다. 다산 정약용의 조카인 정난주 마리아의 가슴 아픈 사연도 듣게 된다.

11코스 패스포트 스탬프 확인 장소

시작 하모 제주올레 안내소 **중간** 상모리 올레상점 **종점** 무릉 생태학교내 제주올레 안내소

곶자왈 출구
인향동 마을 입구
무릉2리 제주
자연생태무화 체험골
곶자왈 입구
정난주 마리아 묘지
모슬봉 입구
모슬봉 정상
이교동 상모2리 마을 입구
하모 체육공원(모슬포항)
백조일손묘 갈림길
알뜨르 비행장 터
섯알오름

총 21.5km 6~7시간

하모 체육공원(모슬포항)···알뜨르 비행장 터2km···섯알오름2.2km···백조일손묘 갈림길5.7km···포도원교회7km···이교동 상모2리 마을 입구8.2km···해병대 부대앞10km···모슬봉 입구10.3km···모슬봉 정상11.7km···정난주 마리아 묘지13.7km···신평마을 입구15km···곶자왈 입구16.5km···곶자왈 출구19.4km···인향동 마을 입구20.7km···무릉2리 제주 자연생태문화 체험골21.5km

🚌 제주 국제공항에서 갈 경우

100번 버스를 타고 '제주 시외버스 터미널'에서 내린다. 터미널에서 '서부관광도로' 시외버스로 바꿔 탄 뒤 종점인 '모슬포 읍내'에서 내린다. 모슬포항 쪽으로 3분 정도 걷다 보면 하모 체육공원이 나온다.

🚌 제주항에서 갈 경우

92번 버스를 타고 '광양로터리'에서 내린다. 광양로터리에서 100번 버스로 바꿔 탄 뒤 '제주 시외버스 터미널'에서 내린다. '서부관광도로' 시외버스로 바꿔 탄 뒤 종점인 '모슬포 읍내'에서 내린다. 모슬포항 쪽으로 3분 정도 걷다 보면 하모 체육공원이 나온다.

🚌 서귀포에서 갈 경우

중앙로터리 시외버스 터미널에서 '중문 고속화 노선' 버스를 타고 '중문 초등학교'에서 내려 '서일주 노선' 시외버스를 탄다. '모슬포'에서 내려 모슬포항 쪽으로 3분 정도 걷다 보면 하모 체육공원이 나온다.

볼거리

무릉 곶자왈 곶자왈은 나무와 덩굴 따위가 마구 엉클어져 수풀같이 어수선하게 된 곳을 이르는 제주어이다. 올레 11코스 종점에 있는 '비밀의 숲' 무릉 곶자왈은 한국에서 가장 아름다운 숲길로 선정됐다.

알뜨르 비행장 1926년 무렵부터 중국을 손에 넣기 위한 교두보로 일본이 건설한 비행장. 지금은 감자밭으로 이용되고 있지만 곳곳에 격납고들이 보이고 전쟁의 흔적이 보인다.

섯알오름 한국전쟁 당시 210여명 이상의 민간인이 군경에 의해 학살된 곳이다.

모슬봉 모슬포 평야지대에 우뚝 솟은 오름이다.

군사적으로 볼 때 매우 중요한 방어 시설로 올레 길은 정상 바로 아래에서 우회한다.

정난주 마리아 묘지 정난주 마리아는 정약용의 조카딸이자 순교한 황사영의 아내로 대정읍에 유배돼 이곳에서 생을 마감했다. 지금은 천주교 신자들의 순례지가 되고 있다.

(★표시가 붙은 곳은 패스포트 할인이 되는 곳이다.)

● 민박

곶자왈 현순여 할망집 ★ 곶자왈 출구에 있다. 큰방(8인실)이 4개, 작은 방(4~5인실)이 3개 있다. 단체는 1인당 1만 원, 1인은 2만 원, 2인은 3만 원이다. 식사는 5,000원이다.

☎ 064)792-3446, 010-5291-3449, 010-6662-3448

고사리 김보운 할망집 ★ 서귀포시 대정읍 신평리 380-10번지로 곶자왈 입구에 있는 마을에 이용할 수 있다. 1인당 1만 원에 이용할 수 있다.

☎ 064)794-8364, 010-9661-8364

● 게스트하우스

Island Guesthouse 서귀포시 대정읍 보성리 1612-4번지로 추사적거리 부근에 있다. 보성농협슈퍼 골목 안쪽 삼거리에서 오른쪽으로 70m 가면 있다. 도미토리는 2만 원, 더블룸은 5만 원, 온돌방은 6만 5,000원, 텐트는 1만 원이다. 말레이시아에서 온 아이링 씨가 운영하고 있다. 한국말이 유창하고 무려 7개 국어가 가능하다. 조식은 직접 만든 식빵과 여러 가지 잼에 여러 종류의 차, 계란, 과일, 우유가 제공되고 조리기구와 주방용품을 이용할 수 있다. 외국인 관광객이 특히 많이 묵는다.

☎ 070-7096-3899, 010-2509-8662 | islandguesthouse.kr

제주 자연 생태문화 체험골 ★ 11코스 종점에 있다. 1만 원~1만 3,000원에 이용할 수 있다. 생태문화체험, 별보기 체험, 낚시 등 다양한 체험이 가능하다. 옛 무릉 동초등학교를 개조해 만든 곳으로 운동장도 고스란히 남아 있다.

☎ 064)792-2333, 011-301-2085

● 찜질방

다모인 건강랜드 11코스 시점 부근의 모슬포 중앙시장 옆에 있다. 1층은 찜질방, 사우나, 헬스장으로 이용되고 2층은 모텔이다. 사우나만 이용할 땐 4,000원, 찜질방은 7,000원이다. 2층 모텔은 2인 기준 2만 5,000원이고 큰방은 4만 원이다. 1인당 추가 요금은 5,000원.

☎ 064)794-6477

모슬포항구식당 서귀포시 대정읍 모슬포항에 있다. 회덮밥 7,000원, 매운탕 6,000원, 돔 매운탕 7,000원, 자연산 회(대) 2만 5,000원.

☎ 064)794-2254

신호능 식당 서귀포시 대정읍 하모리 1456-3번지로 모슬포 시내길에서 읍사무소길로 들어가 150m 정도 가면 나온다. 가정식 백반 5,000원.

☎ 064)794-6111

덕승식당 서귀포시 대정읍 하모리 770번지로 모슬포항에서 먹자골목 쪽에 있다. 갈치조림 7,000원.

☎ 064)794-0177

우리마을 식당 대정읍사무소 옆에 있다. 제주산 돼지고기 모듬 구이 갈비 1인분 1만 1,000원.

☎ 064)794-1121

12 Course 무릉~용수 올레

낙조가 유명한 수월봉을 지나 당산봉의 생이기정길로 올라간다. 강태공들만이 알음알음 전해 들어 찾았던 길. 바람이 불면 띠풀이 눕고 바다가 뒤척인다. 바다에 떠 있는 차귀섬과 누운섬이 한 폭의 그림 같다.

12코스 패스포트 스탬프 확인 장소

시작 무릉 생태학교 안내소 중간 신도리 산경도예 종점 용수 어촌계 편의점

절부암(용수 포구)

생이기정

당산봉 입구

자구내 포구

엉알길

수월봉 정상

녹남봉   평지교회

무릉2리 제주
자연생태문화 체험골

신도 포구

도원횟집

총 17.6km : 5~6시간 :

무릉2리 제주 자연생태문화 체험골 ➡ 평지교회2.5km ➡ 신도 연못4.1km ➡ 녹남봉6km ➡ 신도리 산경도예 7km ➡ 도원횟집8.2km ➡ 신도 도구리알8.7km ➡ 신도 포구9.2km ➡ 서귀포/제주 분기점11.1km ➡ 수월봉 정상 12.6km ➡ 엉알길13.3km ➡ 자구내 포구14km ➡ 당산봉 입구15km ➡ 생이기정16.1km ➡ 절부암(용수 포구)17.6km

🚌 제주 국제공항에서 갈 경우
100번 버스를 타고 '제주 시외버스 터미널'에서 내린다. 터미널에서 '모슬포행(평화로 운행)' 버스로 바꿔 탄 뒤 '모슬포'에서 내린다. 신창-모슬포 순환버스로 바꿔 탄 뒤 '무릉2리'에서 내린다. 또는 제주 시외버스 터미널에서 신평, 보성을 경유하는 모슬포행(평화로 운행) 버스를 타고 신평에서 내려 택시로 무릉2리까지 간다. 택시 요금은 7,000원~8,000원.

🚌 제주항에서 갈 경우
92번 버스를 타고 '광양로터리'에서 내린다. 광양로터리에서 100번 버스로 바꿔 탄 뒤 '제주 시외버스 터미널'에서 내린다. '모슬포행(평화로 운행)' 버스로 바꿔 탄 뒤 '모슬포'에서 내린다. 신창-모슬포 순환버스로 바꿔탄 뒤 '무릉2리'에서 내린다. 또는 제주 시외버스 터미널에서 신평, 보성을 경유하는 모슬보행(평화로 운행) 버스를 타고 신평에서 내려 택시로 무릉2리까지 간다. 택시 요금은 7,000원~8,000원.

🚌 서귀포에서 갈 경우
중앙로터리 시외버스 터미널에서 '서회선 일주도로' 버스를 타고 '모슬포'에서 내린다. 신창-모슬포 순환버스로 바꿔 탄 뒤 '무릉2리'에서 내린다. 또는 제주 시외버스 터미널에서 신평, 보성을 경유하는 모슬포행(평화로 운행) 버스를 타고 신평에서 내려 택시로 무릉2리까지 간다. 택시 요금은 /,000원~8,000원.

볼거리

녹남봉 분화구가 있는 오름으로 기분전환하기에 딱 좋을 만한 높이다.

차귀도 제주의 부속 섬 중 무인도로는 가장 큰 섬이다. 해안절벽과 기암괴석이 절경을 이루는 곳으로 자구내 마을에서 배로 10여 분 정도면 갈 수 있다.

수월봉 제주 서부지역을 한눈에 담을 수 있는 해발 77m의 봉우리다. 바다 쪽으로 '엉알'이라는 절벽이 있는데 곳곳에서 '녹고물'이라는 샘물이 솟는다.

자구내 포구 차귀도와 당산봉, 풍력 발전기가 그럴싸한 포구다. 포구에서는 바닷바람에 말린 한치와 오징어를 판다.

절부암 남편을 잃은 고씨 부인이 팽나무에 목매달아 죽은 바닷가 절벽으로 지금은 육지가 되었다.

용수 포구 한국인 최초 신부인 김대건 신부가 표착해 최초로 미사를 올린 포구다.

숙소

(★표시가 붙은 곳은 패스포트 할인이 되는 곳이다.)

● 민박

신도 고인옥 할망집 ★ 서귀포시 대정읍 신도 1리 1447번지로 12코스 중간지점인 신도리에 있다. 방은 총 3개로 기본 2만 원이고 인원 추가 시 1만 원씩이다.

☎ 064)792-1542, 010-7382-8890, 010-2697-8500

차귀도 횟집 민박 차귀도를 앞에 두고 있다. 원룸형이 4개 있다. 3인 기준 3만 원. 성수기엔 5만 원이다. 1인당 추가 요금은 1만 원. 취사도구도 구비되어 있다.

☎ 064)773-1114

대정 해수 민박 ★ 서귀포 대정읍에 있다. 크기별로 각각 3만 원, 8만 원. 매월 첫째, 셋째 수요일은 쉰다. 9~10코스 종점, 11~12코스는 픽업서비스가 된다.

☎ 064)794-2700, 011-691-2849, 010-9032-2849

차귀도 동환식당 · 민박 차귀도 앞 자구내 포구에 있다. 1박에 3만 원.

☎ 064)772-2955

● **펜션**

노을이 아름다운 펜션 12코스 종점인 용수 포구 앞에 있다. 방은 2인부터 6인까지 늘어날 수 있다. 큰방은 1인당 1만 5,000원이고 작은 방은 2인 기준 4~6만 원, 4인 기준 10만 원이다. 1인당 추가 요금은 어른 1만 원, 초등학생 이하는 5,000원이다. 와인패키지가 있고 바비큐장은 무료로 이용할 수 있다. 번개탄, 숯, 철망은 1만 원에 제공된다. 노을바비큐정식이 있는데 흑돼지오겹살, 목살, 해물된장찌개, 기본 반찬, 숯불이 제공되고 1인당 2만 원이다. 2인분 이상일 때 주문할 수 있다. 그 외의 조식과 석식은 각각 5,000원이고 전복죽은 1만 원이다.

☎ 064)772-5587, 010-3690-0444

차귀도펜션 차귀도가 시원스럽게 보인다. 주중 요금은 12평(2~4인용) 객실 5만 원, 22~24평(6~9인용) 객실 14만 원 가량이다. 픽업이 가능하고 가까운 거리까지 자전거가 무료로 대여된다. 세탁기, 인터넷 관리실, 바비큐장이 있고 취사도구도 구비되어 있다.

☎ 064)772-5545

● **게스트하우스**

제주 자연 생태문화 체험골 ★ 12코스 시점에 있다. 1만 원~1만 3,000원에 이용할 수 있다. 생태문화체험, 별보기 체험, 낚시 등 다양한 체험이 가능하다. 옛 무릉 동초등학교를 개조해 만든 곳으로 운동장도 고스란히 남아 있다.

☎ 064)792-2333, 011-301-2085

맛집

차귀도 동환식당 차귀도 앞 자구내 포구. 성게국 8,000원, 김치찌개 5,000원.

☎ 064)772-2955

고산 육거리 식당 고산농협 앞에 있다. 육개장 5,000원, 돼지갈비 1인분 9,000원.

☎ 064)772-5560

안당네 풀내음 대정읍 무릉리에 있다. 순대국밥 5,000원, 정식 5,000원.

☎ 064)792-4525, 011-323-4310

황금룽버거 무릉로터리에서 고산 방면으로 2.2km쯤에 있다. 햄버거 1만 5,000원(3~4인분).

☎ 064)773-0097

쉼터

고산기상대 제주시 한경면 고산리 수월봉 정상에 있는 기상대로 전망이 좋아 유명하다. 통유리 너머 보이는 바다 풍광이 절경이다.

☎ 064)773-0379

13 Course 용수 ~ 저지 올레

드넓은 용수 저수지와 〈접동새〉의 작곡가 나운영이 살았던 돌집도 만나게 된다. 중산간 마을에 3층 높이의 의자가 서 있는 낙천리 마을을 지나면 산책길로 더할 나위 없이 좋은 저지 오름이 보인다.

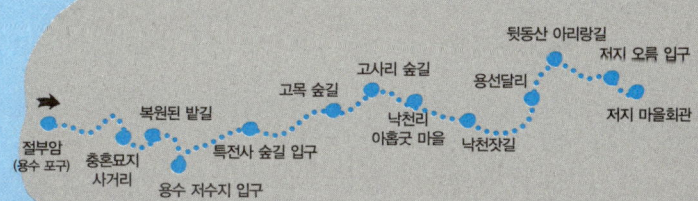

뒷동산 아리랑길

저지 오름 입구

고사리 숲길

고목 숲길

용선달리

낙천리
아홉굿 마을

저지 마을회관

복원된 밭길

절부암
(용수 포구)

충혼묘지
사거리

특전사 숲길 입구

용수 저수지 입구

낙천잣길

총 15.3km : 4~5시간

절부암(용수 포구)···충혼묘지 사거리1.5km···▶복원된 밭길2.1km···용수 저수지 입구3km···▶특전사 숲길 입구
4.7km···▶고목 숲길6.6km···고사리 숲길7.4km···▶낙천리 아홉굿 마을8.5km···▶낙천잣길9km···▶용선달리11.1km
···뒷동산 아리랑길11.7km···▶저지 오름 입구12.5km···▶저지 마을회관15.3km

🚌 제주 국제공항에서 갈 경우

100번 버스를 타고 '제주 시외버스 터미널'에서 내린다. 터미널에서 '서회선 일주도로' 버스로 바꿔 탄 뒤 '용수리'에서 내린다. 용수 포구까지는 걸어서 15분 정도 걸린다.

🚌 제주항에서 갈 경우

92번 버스를 타고 '광양로터리'에서 내린다. 광양로터리에서 100번 버스로 바꿔 탄 뒤 '제주 시외버스 터미널'에서 내린다. '서회선 일주도로' 버스로 바꿔 탄 뒤 '용수리'에서 내린다. 용수 포구까지는 걸어서 15분 정도 걸린다.

🚌 서귀포에서 갈 경우

중앙로터리 시외버스 터미널에서 '서회선 일주도로' 버스를 타고 '용수리'에서 내린다. 용수 포구까지는 걸어서 15분 정도 걸린다.

볼거리

용수 저수지 운이 좋으면 제주를 찾아오는 철새들을 만날 수 있다. 그 앞에는 〈접동새〉의 작곡가 나운영이 살았던 돌집이 있다.

낙천리 아홉굿 마을 제주 한경면 낙천리 1916번지. 2003년 농촌진흥청이 농촌전통 테마마을로 지정해 다양한 볼거리를 만들어 내고 있다. 마을에는 낙천리 주민들이 직접 만든 1,000여 개의 다양한 의자가 재밌는 글귀들과 함께 어우러져 있다. 아홉굿 마을은 대장간의 주재료인 점토를 파내면서 생겨난 9개의 연못 때문에 붙여진 이름이다. 전통풀무 체험, 연못낚시 체험, 천연염색 체험 등 다양한 체험도 가능하다.
☎ 064)773-1946

저지 오름 아름다운 숲 전국대회에서 당당히 대상을 수상한 숲이 있다. 닥나무가 많아서 닥나무의 한자식 표현인 저지가 오름의 이름이 됐다.

특전사 숲길 공수특전여단 병사들이 길을 냈다. 사람의 왕래가 적었던 곳이라 자연 경관이 수려하다.

고목 숲길과 고사리 숲길 나이가 많은 고목들과 고사리가 많은 숲길이다.

유리의 성 제주시 한경면 저지리 3135-1번지에 있다. 온통 유리로 뒤덮인 이곳은 세계 유명 작가들의 유리 공예 작품도 전시되어 있다. 다양한 유리 공예를 체험해 볼 수도 있다. 영업시간은 9:00~19:00로 연중무휴다. 일반 9,000원, 청소년 8,000원, 어린이 7,000원.
☎ 064)772-7777 | www.jejuglasscastle.com

생각하는 정원 제주시 한경면 저지리 1534번지에 있다. 아름다운 조경을 즐길 수 있다. 세계 각국의 유명 인사들이 다녀간 곳이다. 점심(10:30~15:00)에는 뷔페도 7,500원에 제공된다. 영업시간은 9:30~18:00로 연중무휴다. 하절기에는 19:30분까지 연장 운영된다. 일반 9,000원, 청소년 7,000원, 어린이 5,000원.
📞 064)772-3701~3 | www.spiritedgarden.com

만 원. 단체숙박에 좋다.
📞 011-692-1960

에덴 통나무 빌리지 한경면 저지리 2481-3번지로 생각하는 정원과 유리의 성 박물관 중간쯤에 있다. 원룸 건물이 두 동으로 비수기엔 4인 기준 4만 원, 성수기엔 6만 원이다. 혼자 묵을 땐 3만 원에 이용할 수 있다. 바비큐장이 있고 귤농장이 넓다. TV, 비디오, 노래방 등 부대시설이 있는 외부 휴게실이 있다.
📞 064)772-3808, 011-9662-3261 | www.edenvillage.co.kr

숙소

● 민박

저지리 마을 민박 저지리 마을 주민들의 집을 민박으로 이용할 수 있다. 저지리사무소로 전화하면 민박집을 연결해 주고 카드 결제도 가능하다. 1박에 3만 원으로 4명까지 묵을 수 있다. 조식과 석식은 5,000원씩이다. 저지리 사무소에서는 마을 인근의 관광지 정보를 제공하고 관광지 할인 입장권도 판매한다.
📞 070-7098-4111(저지리 사무소 마을 민박담당) | jeoji.invil.org

용성 민박집 13코스 시작점에 있다. 방은 3~4개로 3인까지 3만 원이고 1인당 추가 요금은 1만 원이다. 부부가 농사지으면서 하는 민박집으로 농사일로 조식은 불가능할 수도 있지만 석식은 가능하다.
📞 064)773-0459, 010-3699-1459

연지곤지 민박 13코스 종점과 50m 정도 떨어져 있다. 2인실이 3만 원이다. 1층은 미용실.
📞 070-8900-5500, 010-5126-5045

● 펜션

들메 농수산 생각하는 정원 부근에 있다. 방이 2개 있고 3인기준 4만 원. 1인당 추가 요금은 1

맛집

낙천리마을 체험관 식당 낙천리마을 체험관 안에 있다. 빙보리수제비 4,000원.
📞 064)773-1946

만나와 메추라기 생각하는 정원에서 10m 거리에 있다. 저청 초등학교 앞. 보리밥 5,000원, 손칼국수 5,000원.
📞 064)772-3255

새오름중식 저지리 마을회관 100m 전방에 있다. 자리물회, 콩국수(여름메뉴).
📞 064)772-5807

닥마루가든 저지리사무소 파출소 옆. 말고기 생구이 1인분 1만 3,000원, 코스요리 2~3만 원.
📞 064)772-5550

신토불이 가든 저지리사무소 동쪽 300m 저지마을 입구에 있다. 꿩 샤브샤브 4인분 4만 원, 삼계탕 9,000원.
📞 064)772-4458

14 Course 저지~한림 올레

월령리 바다를 배경으로 손바닥선인장 밭이 드넓게 펼쳐져 있다. 〈찔레꽃〉을 부른 일제 시대 국민가수 백난아의 고향 명월리를 걷다 보면 어느새 한림항이다. 어부와 아줌마들이 둘러서서 그물을 털고 있다.

총 19.3km : 6~7시간 :

저지 마을회관 ···› 저지밭길0.5km ···› 나눔허브제약 입구1.5km ···› 나눔허브제약 쉼터2km ···› 저지잣길2.3km ···› 큰소낭 숲길2.6km ···› 삼거리3.6km ···› 오시록헌 농로4.2km ···› 월림잣길4.9km ···› 굴렁진 숲길5.4k ···› 야자나무 삼거리5.7km ···› 선인장밭 숲길6.1km ···› 무명천 산책길6.5km ···› 월령 숲길6.9km ···› 무명천 산책길2 7.4km ···› 무명천 산책길3 8.3km ···› 월령 해안 입구9.5km ···› 월령 포구10.2km ···› 월령 바당올레10.6km ···› 해녀콩 자생지11.3km ···› 금능 등대12km ···› 금능 포구12.7km ···› 금능 해수욕장13.2km ···› 협재 해수욕장14.1km ···› 협재 포구15km ···› 옹포 포구16.1km ···› 국립 패류육종센터17.4km ···› 한림항 비양도 도항선 선착장19.3km

한림항 비양도 도항선 선착장

옹포 포구

협재 포구

협재 해수욕장

금능 해수욕장

금능 포구

월령 포구

월령 해안 입구
무명천 산책길3

무명천 산책길2

월령 숲길

무명천 산책길1

선인장밭 숲길

굴렁진 숲길

월림잣길

오시록헌 농로   큰소낭 숲길

삼거리   나눔허브제약 쉼터

나눔허브제약 입구

저지밭길

저지 마을회관

🚌 제주 국제공항에서 갈 경우
100번 버스를 타고 '제주 시외버스 터미널'에서 내린다. 터미널에서 '노형-중산간' 버스를 타고 '저지리 마을회관'에서 내린다. 버스는 오전 6시 40분, 7시 40분, 9시 30분, 오후 3시 30분, 오후 5시 30분, 오후 6시 50분에 있다. 또는 '서회선 일주도로' 버스를 타고 신창(한경면사무소 맞은편)에서 내려 한경면사무소 후문 건너편에서 '신창-모슬포' 순환버스로 바꿔 탄 뒤 '저지리 마을회관'까지 간다.

🚌 제주항에서 갈 경우
92번 버스를 타고 '광양로터리'에서 내린다. 광양로터리에서 100번 버스로 바꿔 탄 뒤 '제주 시외버스 터미널'에서 내린다. '노형-중산간' 버스로 바꿔 탄 뒤 '저지리 마을회관'에서 내린다. 또는 '서회선 일주도로' 버스를 타고 신창(한경면사무소 맞은편)에서 내려 한경면사무소 후문 건너편에서 '신창-모슬포' 순환버스로 바꿔 탄 뒤 '저지리 마을회관'까지 간다.

🚌 서귀포에서 갈 경우
중앙로터리 시외버스 터미널에서 '서회선 일주도로(사계 경유)' 버스를 타고 '모슬포 우체국'에서 내린다. 또는 '대정초등학교 입구 삼거리'에서 내려 '모슬포-신창' 순환버스로 바꿔 탄 뒤 '저지리 마을회관'까지 간다.

볼거리

저지 예술인 마을 14코스 시작점에 있다. 예술인들이 사는 아기자기한 집들이 옹기종기 모여 있다. 예술인 마을 안에는 제주현대미술관도 있다. 입장료는 무료.
📞 064)710-6601

방림원 저지 예술인 마을 내에 있다. 크고 화려한 꽃보다 들에서 만날 수 있는 다양한 야생화들을 만날 수 있다. 세계 각국에서 수집한 야생화가 무려 3,000여 송이나 된다.
영업시간 9:00~18:00. 입장료 일반 5,000원, 청소년 3500 원, 어린이 3,000원.
📞 064)773-0090

해녀콩 자생지 강낭콩과 비슷하게 생긴 콩으로 독이 있어 예전에는 원치 않은 임신을 한 해녀들이 먹었다고 한다.

금능 해수욕장·협재 해수욕장 아름다운 비취색 바다가 손꼽히는 해수욕장이다. 백사장도

조개껍데기가 많아 하얗다.

비양도 비양도가 생긴 지는 불과 1,000년밖에 되지 않았다. 청정 해양수역으로 손꼽힌다.

한림 오일장·한림 매일시장 제주의 재래시장을 만나 보고 싶다면 날짜가 4나 9로 끝나는 날에 이곳을 찾으면 된다. 수산물이 많이 나온다.

숙소

● 민박

쉬멍 민박 협재 해수욕장 앞에 있다. 4인실이 3개 있고 혼자 묵을 땐 2만 원, 2인 기준 3만 원, 3인 기준 4만 원이다. 1인 당 추가 요금은 1만 원. 교직을 정년퇴직한 부부가 운영하고 있다. 차로 20분 내로 갈 수 있는 거리(12~16코스)는 무료로 픽업이 된다. 공항까지 픽업서비스는 1만 원이다. 아침은 제주토속 보리빵과 과일, 음료가 무료로 제공되고 저녁은 4,000원에 제공된다.

☎ 011-683-1432

● 펜션

힐타워 제주시 한림읍 844-5번지에 있다. 방 크기가 다양하게 있고 협재 해수욕장과 비양도가 보인다.

☎ 064)796-1905

이쁜새 이쁘게 노래하고 펜션 제주시 한림읍 협재리 2082-2번지에 있다. 방이 3개 있는 독채와 원룸이 있다. 독채는 15만 원, 원룸 6만 원으로 인원 추가 시 1만 원씩 추가된다.

☎ 064)796-8120

풍차와 바다 레스토랑 펜션 월령 포구 앞에 있다. 레스토랑 내부에 천연동굴이 있다. 원룸은 8만 원, 복층은 12만 원, 가족형 원룸은 15만 원이다. 성수기에는 3~10만 원씩 오른다.

☎ 064)796-9967 | www.jejuwas.com

월령코지 펜션 월령코지 앞에 있다. 올레꾼 할인이 가능하다. 방은 크기별로 각각 8만 원, 10만 원, 14만 원이고 성수기에는 2~4만 원 오른다.

☎ 064)796-7138~9 | www.jeju-condo.com

코지하우스 금능리에 있다. 6~12만 원까지 다양하다. 성수기에는 10~15만 원. 올레꾼에게는 할인해 준다. 취사도 가능.

☎ 064)796-0945

협재원 펜션 비양도 선착장에서 차로 5~10분 거리. 4인실이 6만 원이다. 귤밭과 정원이 있다.

☎ 064)796-9224 | www.jjwon.co.kr

● 게스트하우스

마레 게스트 하우스 금능해수욕장에서 멀지 않다. 1층은 휴게소 및 식당으로 이용되고 2층에 방이 4개가 있다. 1인당 1만 5,000원. 조식(토스트)은 무료고 석식은 올레꾼들이 함께 장을 봐서 만들어 먹기도 한다. 아침엔 14코스 시점까지 픽업이 된다. 4시 30분에는 모인 사람들끼리 일몰 투어를 가기도 한다. 자전거나 스쿠터 배낭여행객도 많이 찾는 곳이다.

☎ 064)796-6116, 010-9652-5342

금능 게스트하우스 금능 해수욕장 앞에 있는 고급 게스트하우스다. 도미토리는 1인당 1만 5,000원에 이용할 수 있다. 자그마한 야외수영장이 있고 비양도와 금능 해수욕장이 보인다. 주인이 스킨스쿠버 강사로 여름엔 바나나보트, 스킨스쿠버, 스노클링, 제트스키 등 다양한 해양레저 이용도 가능하다. 조식은 5,000원이다.

☎ 011-696-4739

맛집

풍년순대족발상회 한림매일시장 내에 있다. 14코스 종점에서 5분 거리. 아바이순대.

☎ 064)796-2342

재임식팅 협재 해수욕장 입구 버스정류장 부근. 해물뚝배기 7,000원, 갈치조림 2만 원.

☎ 064)796-2858

새오름중식 저지리 마을회관 건너편에 있다. 간자장 4,000원, 뼈다귀해장국 5,000원, 막걸리 2,000원.

☎ 064)772-5807

영일만식당 한림항 제주은행 골목 옆에 있다. 게장정식 6,000원.

☎ 064)796-3875

옹포별장가든 한림읍 옹포리 숲 속에 있다. 유명 인사들이 즐겨 찾는 곳이다.

☎ 064)796-3146

한림바다체험마을식당 한림항 부근. 활어회 1kg 3만 원 정도.

☎ 064)796-1817

14-1 Course 저지 ~ 무릉 올레

마을이 보이지 않는 올레. 에코 올레 중 으뜸이다. 팽나무 아래에서 잠시 쉬다가 문도지 오름에 오르면
능선이 여인네 허리처럼 아름답다. 무릉 곶자왈 세 개의 옹달샘을 지나면 인향동 마을이 가깝다.

저지 마을회관
강정 동산
문도지오름 정상
저지곶자왈 입구
동물농장 숲길
오설록
무릉 곶자왈(향물)
영동케(봉근물)
인향마을
무릉2리 제주
사연생태문화 체험골

총17.5km : 5~6시간 :

저지 마을회관···강정 동산3.7km···문도지오름 정상5km···저지곶자왈 입구6.5km···동물농장 숲길7.9km···
오설록10km···무릉 곶자왈(향물)13.5km···영동케(봉근물)14.5km···인향마을16.2km···무릉2리 제주 자연생태문
화 체험골17.5km

100번 버스를 타고 '제주 시외버스 터미널'에서 내린다. 터미널에서 '노형-중산간' 버스로 바꿔 탄 뒤 '저지리 마을회관'에서 내린다. 또는 터미널에서 '서회선 일주도로' 버스를 타고 '신창'에서 내려 한경면사무소 후문 건너편에서 '신창-모슬포' 순환버스로 바꿔 타고 '저지리 마을회관'까지 간다. '신창-모슬포' 순환버스는 약 1시간 간격으로 있다.

🚌 제주항에서 갈 경우
'노형-중산간' 버스를 타고 '저지리 마을회관'에서 내린다. 또는 '서회선 일주도로' 버스를 타고 '신창'에서 내려 '신창-모슬포' 순환버스로 바꿔 타고 '저지리 마을회관'까지 간다.

🚌 서귀포에서 갈 경우
중앙로터리 시외버스 터미널에서 사계를 경유하는 '서회선 일주도로' 버스를 타고 '모슬포 우체국'에서 내린다. 또는 '대정 초등학교 입구 삼거리'에서 내려 '신창-모슬포' 순환버스로 바꿔 타고 '저지리 마을회관'에서 내린다.

볼거리

오설록 티 뮤지엄 앞에는 초록빛 계단 모양으로 녹차 밭이 펼쳐져 있다. 국내 최대의 차 전시관이라 할 수 있는 이곳은 역사가 담긴 다구와 차에 대한 문화와 역사를 볼 수 있는 곳이다.

동물농장 숲길 말과 돼지들을 방목하는 구간이다. 이곳의 동물들은 사람을 위협하지 않기 때문에 마주쳐도 놀라지 말고 조용히 지나가면 된다.

문도지오름 부드럽게 흘러내린 능선 위에서 풀을 뜯고 있는 백마들이 오름의 아름다움을 더한다.

다. 8명 수용할 수 있는 큰방이 4개, 4~5명 수용할 수 있는 작은 방이 3개 있다. 단체는 1인당 1만 원, 개인은 1인당 2만 원, 2인당 3만 원이다. 식사는 끼니당 5,000원이다.
☎ 064)792-3446, 010-5291-3449, 010-6662-3446

제주 자연 생태문화 체험골 ★ 14-1코스 종점에 있다. 1만 원~1만 3,000원에 이용할 수 있다. 생태문화체험, 별보기 체험, 낚시 등 다양한 체험이 가능하다. 옛 무릉 동초등학교를 개조해 만든 곳으로 운동장도 고스란히 남아 있다.
☎ 064)792-2333, 011-301-2085

숙소

(★표시가 붙은 곳은 패스포트 할인이 되는 곳이다.)

고사리 김보운 할망집 ★ 서귀포시 대정읍 신평리 380-10번지로 곶자왈 입구에 있는 마을에 있다. 1인당 1만 원에 이용할 수 있다.
☎ 064)794-8364, 010-9661-8364

곶자왈 현순여 할망집 ★ 곶자왈 출구에 있

맛집

안당네 풀내음 대정읍 무릉리에 있다. 순대국밥 5,000원, 정식 5,000원.
☎ 064)792-4525, 011-323-4310

오설록 티 뮤지엄 서귀포시 대정읍 무릉리 84-2번지에 있다. 녹차를 이용한 다양한 간식거리가 있다. 영업시간 10:00~18:00

15 → Course 한림 ~ 고내 올레

바다에서 출발해 중산간의 고내봉을 점 찍고 다시 바다로 내려오는 올레. 바다 건너의 비양도를 등지고 걸어가면 이내 밭길……밭길……이다. 납읍 숲길을 지나가면 금산이 나오고 둘레길과 숲길이 이어진다.

총 19km : 6~7시간 :

한림항 비양도 도항선 선착장 → 평수 포구0.7km → 대림안길 입구2.5km → 영새생물2.8km → 사거리3.8km → 성로동 농산물집하장4.7km → 귀덕 농로5.5km → 선운정사6.5km → 버들못 농로7.6km → 혜린 교회8.9km → 납읍 숲길9.3km → 납읍 초등학교 금산공원 입구10.5km → 납읍리사무소11.3km → 백일홍길 입구12.1km → 과오름 입구12.5km → 도새기 숲길13.8km → 고내봉 입구14.9km → 고내봉 정상16km → 하르방당16.5km → 고내촌16.9km → 고내봉 아래 하가리 갈림길17.6km → 고내 교차로18.5km → 배염골 올레18.6km → 고내 포구19km

🚌 **제주 국제공항에서 갈 경우**

100번 버스를 타고 '제주 시외버스 터미널'에서 내린다. 터미널에서 '서회선 일주도로' 버스로 바꿔 탄 뒤 '한림'에서 내린다.

🚌 **제주항에서 갈 경우**

92번 버스를 타고 '광양로터리'에서 내린다. 광양로터리에서 100번 버스로 바꿔 탄 뒤 '제주 시외 버스 터미널'에서 내린다. '서회선 일주도로' 버스로 바꿔 탄 뒤 '한림'에서 내린다.

🚌 **서귀포에서 갈 경우**

중앙로터리 시외버스 터미널에서 '서회선 일주도로' 버스를 타고 '한림'에서 내린다.

볼거리

비양도 한림항에서 하루에 2번 배가 뜬다. 15분 소요. 해수욕보다는 낚시나 소라, 전복 채취 등을 하기 위한 관광객이 많다.

버들못 농로 버드나무가 많다고 버들못 농로라고 불린다.
백일홍길 말 그대로 여름철에 백일홍이 빨갛게 피어 난다는 길이다.
도새기 숲길 방목해 놓은 돼지를 만날지도 모른다. 위험하진 않지만 돼지에게 음식을 주는 것은 금물.

금산공원 난대림지대인 이곳은 후박나무, 생달나무, 종가시나무 등이 1년 내내 울창하다. 출입이 금지되었던 금산(禁山)에서 비단처럼 아름다운 금산(錦山)으로 바뀌었다.
고내봉 등허리가 고래등같이 둥글고 넓다. 허리 동북쪽에는 큰 굴이 있다.
배염골 올레 배염은 제주어로 뱀을 이르는 말. 길의 모양이 좁고 길게 이어져 뱀의 형상을 닮았다는데서 붙여진 이름이다.

숙소

● **게스트하우스**
게스트하우스 정글 애월읍 곽지리 1622번지에 있다. 도미토리 이용은 1만 5,000원에 가능하다. 주인이 직접 만든 내부 디자인이 독특하다.
☎ 070)8900-6648, 011-256-6648

● **펜션**
마녀가 탄 빗자루 고내와 신엄 사이에 있다. 레스토랑과 함께 운영된다. 양실, 한실, 콘도형이 있고 각각 9만 원, 9만 원, 19만 원이다.
☎ 064)799-7749 | www.matanbi.com
리조트 메인 고내와 신엄 사이 해안도로에 있다. 요금은 14~40만 원. 올레꾼은 할인된다.

☎ 064)799-2002 | www.resortmain.co.kr
비치펜션 하귀~애월 해안도로에 있다. 요금은 9~19만 원. 올레꾼은 할인된다.
☎ 064)799-9910 | www.jejubeach.co.kr
비치캐슬펜션 애월읍 하귀2리 2812-7번지에 있다. 방 크기별로 4~12만 원까지다. 성수기에는 9~25만 원. 취사도구가 있다.
☎ 064)713-5027 | www.beachcastle.kr

맛집

금산식당 남읍리사무소 지나 횡단보도 건너면 바로 있다. 몸국 5,000원, 두루치기 5,000원.
☎ 064)799-1330

화연이네식당 15코스 종점 고내포구 패밀리마트에서 서쪽으로 20m에 있다. 펜션도 겸하고 있다. 보말된장찌개 5,000원, 갈치국 6,000원, 몸국 5,000원.
☎ 064)799-7551

제주고등어쌈밥 애월 해안도로 입구에 있다. 은갈치조림 2인 3만 5,000원, 오분자기뚝배기 1만 2,000원.
☎ 064)713-9914
풍석가든 납읍리 사거리 주변에 있다. 말고기 전문점이다. 코스요리 1인분에 2만 5,000원, 불고기 2만 원이다.
☎ 064)799-9979
한일식당 납읍초등학교 부근. 소내장탕 5,000원, 육회비빔밥 5,000원, 갈비탕 5,000원.
☎ 064)799-3191
곤밥 보리밥 애월읍 애월리 1818번지에 있다. 보리밥정식 6,000원, 보쌈정식 7,000원.
☎ 064)799-0116

쉼터

산책 종점 부근에 있는 무인카페. 각종 차와 커피, 주스 등이 구비돼 있다.
납읍교회 여름엔 샤워도 가능하고 휴식과 차 한 잔은 언제나 가능하다.
선운정사 15코스 중간지점. 2011년에는 올레꾼이 묵을 수 있는 숙소도 생길 예정이다.

16 Course 고내~광령 올레

수평선 위로 관탈섬이 희미하게 보인다. 넓고 평평한 암반이 깔려져 있는 소금빌레에 앉아 놀다 내륙 쪽으로 걸어가면 수산 저수지가 시원스럽게 펼쳐져 있다. 올레길은 삼별초의 한이 서린 항파두리와 숲길을 거쳐 광령리로 이어진다.

총 17.8km : 5~6시간 :

고내 포구···다락 쉼터0.5km···신엄 포구1.5km···산책로 입구2km···남두연대2.8km···중엄 새물3.8km···구엄 포구4.8km···수산봉 둘레길6.4km···곰솔7km···수산저수지 둑방길7.2km···수산리9.3km···수산 밭길9.6km··· 예원동 복지회관10.5km···장수물11.3km···항파두리 입구12.2km···항파두리 항몽유적지12.6km···고성 숲길 13km···고성 천길13.7km···숭조당14.4km···청화마을16.1km···항림사17km···광령 초등학교17.5km···광령1리 사무소17.8km

78

100번 버스를 타고 '제주 시외버스 터미널'에서 내린다. 터미널에서 '서회선 일주' 시외버스로 바꿔 탄 뒤 '고내'에서 내린다. 고내 포구 쪽으로 5분 정도 걷다 보면 나온다.

🚌 **제주항에서 갈 경우**

92번 버스를 타고 '광양로터리'에서 내린다. 광양로터리에서 100번 버스로 바꿔 탄 뒤 '제주 시외버스 터미널'에서 내린다. '서회선 일주' 시외버스로 바꿔 탄 뒤 '고내'에서 내린다. 고내 포구 쪽으로 5분 정도 걷다 보면 나온다.

🚌 **서귀포에서 갈 경우**

중앙로터리 시외버스 터미널에서 '서회선 일주도로' 버스를 타고 '고내'에서 내린다. 고내 포구 쪽으로 5분 정도 걷다 보면 나온다.

볼거리

고분여 서쪽 해안의 만을 부르는 말이다. 연근해 어류가 많이 잡히는 곳으로 이름나 있다.

남누언내 제주시 애월읍 신엄리에 있는 조선 시대 애월진 소속의 연대로 봉수와 비슷한 역할을 했다.

신엄 도대불 제주에 특히 많은 현무암으로 쌓아올려진 전통 등대. 생선기름을 이용해 불을 피우곤 했다.

수산봉 물메오름이라고도 불리는 수산봉은 제주에 가뭄이 들면 기우제를 지내는 곳이었다.

곰솔 수산리 저수지 옆에 있다. 높이 10m, 둘레 4m의 커다란 소나무로 400살의 노송이다. 눈이 쌓이면 백곰이 물을 마시는 모습을 닮았다고 곰솔이라는 이름이 붙여졌다.

제주 항파두리 항몽유적지 고려 때 삼별초군이 마지막으로 여·몽 연합군과 항쟁했던 유서 깊은 유적지다. 제주의 유일한 토성으로 계속 복원 중이다. 관람료 성인 500원, 청소년 300원.

중엄 새물 용천수가 나 식수로 사용하던 곳. 중엄 해안가에 있다. 아직도 옛 모습이 남아 있다.

구엄 돌염전 바위 위의 바닷물을 증발시켜 소금을 만들었던 곳이다. 이곳 소금은 유난히 굵고 맛이 좋아 인기가 좋았다.

하얀둥지 펜션 애월읍 고내리에서 신엄으로 가다 보면 하얀 커피숍이 나온다. 바로 뒤에 펜션이 붙어 있는데 서울에서 주택사업을 하던 김해수 씨가 고향 제주도로 내려와 건물을 예쁘게 지었다. 지나가는 올레꾼들에게 커피 한잔을 대접하기도. 방 10개. 5~8만 원.

☎ 064)799-1600 | www.whitenest.co.kr

풀하우스 중엄리 해안도로 새물 부근. 방은 크기별로 9~80만 원까지 가격차이가 난다. 연휴와 성수기에는 할증된다. 야외수영장도 있다.

☎ 064)799-7992 | www.jejufullhouse.co.kr

노루물 민박 16코스 종점 부근. 정원이 넓어 아름답다. 방 크기 별로 5~10만 원이다. 성수기에는 6~15만 원

☎ 064)748-8250, 016-699-0281 | www.norumul.com

남또리 별장 신엄리 해안도로 부근.

☎ 064)799-2110~1

오센 펜션 신엄리와 중엄리 사이 해안도로 부근.

☎ 064)799-9909

1박2일 펜션 중엄 새물 옆에 있다. 커플룸, VIP룸, 훼미리룸이 각각 7만 원, 14만 원, 23만 원이다.

☎ 064)743-1821 | www.jeju1bak.com

메리민 중엄 새물 옆에 있다. 펜션으로 홈스테이 형식이다. 커피와 맥주도 즐길 수 있다.

☎ 064)711-7555 | www.meerymin.com

바다풍경별장 애월읍 광령리 3240-1번지에 있다. 가문동 해안도로 입구에 서 있는 유럽식 건물을 볼 수 있다. 독채로 된 통나무 집이 여러 동 있다.

☎ 064)747-8122

호텔 숲속의 테마 애월읍 광령리 929번지에 있다. 일반방 5만 원, 특실 8만 원이다.

☎ 064)748-8558 | www.bnjeju.com

바다하우스 항몽 유적지 부근 해안도로변에 있다. 5만 원짜리 방을 올레꾼에게 3만 원에 해준다.

☎ 064)799-6192

해녀촌식당 고내 푸구에서 신엄 방향으로 500m. 전복죽, 옥돔구이, 고등어구이, 해물뚝배기.

☎ 064)799-8600

호반가든 수산저수지 바로 옆. 흑돼지, 모듬보쌈, 양념갈비, 훈제오리 등을 판다. 점심시간(11:30~14:30)에는 오천냥 쌈밥을 판다.

☎ 064)743-1330

중엄리 해녀의 집 전복, 소라 등 해산물을 즐길 수 있다.

☎ 064)713-9366

수산식당 물메 초등학교 부근. 각종 찌개류와 조림이 있다. 찌개류 5,000원, 고등어조림 4인 기준 2만 원

☎ 064)713-5806

순두물식당 광령1리사무소 부근. 제주 전통음식인 멜국, 몸국 등을 즐길 수 있다.

☎ 064)747-7333